Wolfgang Haupt

# Der algerische Hirte

Thriller

Dieses Buch ist auch als E-book erhältlich.

midnight.ullstein.de

Copyright © 2015 Wolfgang Haupt

Coverbild © Christian Maarhof

2. überarbeitete Auflage

Herstellung und Verlag:

BoD - Books on Demand,

Norderstedt

ISBN 978-3-7386-0629-4

Für Wolfgang.

Und alle anderen,

die glauben, nicht zu genügen.

Geschichte birgt Schwierigkeiten.

Sie ist niemals Wahrheit oder Lüge.

# 1

Ein Schlagstock fährt langsam über ein Gitter. Es fühlt sich an, als ob der Gummi sein Gehirn umrührt. Ranfort stützt sich auf die Ellbogen. Klackende Absätze, ein monotoner Tritt. Er sieht nur Umrisse. Den Armen fehlt die Kraft, ihn oben zu halten. Was immer ihn in diese Situation gebracht hat, er will es lieber nicht wissen. Er tastet den Schorf auf der Stirn ab. Kaum größer als eine Fingerspitze. Neben dem Kopf ein nasser Fleck. Auf dem Laken müssen schon Tausende gelegen haben. Der abgeblätterte Putz neben ihm war ursprünglich grün. Ranfort hört ein Lachen, hebt die Hände vors Gesicht. Er dreht sich auf den Rücken und starrt minutenlang auf einen Rost, der sich über ihm befindet. Offenbar hat es niemand für nötig befunden, ihm die Schuhe auszuziehen. Eine Frau säuselt aus einem Radio. Margaret Thatcher hat einen Rabatt für die Briten in der EWG errungen, in Amerika tobt der Wahlkampf zwischen Ronald Reagan und Walter Mondale. Das Wetter, dann singt France Gall *Ella, elle l'a*.

Complatier taucht am Gitter auf. Die glatt polierten Schuhe, darüber der exakte Hosenumschlag. Er hat nur ein Grinsen für Ranfort übrig, steckt den Schlagstock in das Halfter und dreht sich um. Dann entfernt er sich wieder. Langsam. Ranfort steht auf und geht zum Spiegel, der über dem Waschbecken hängt. Kein Rahmen, nur das Glas auf einer Halterung. Er wäscht das eingetrocknete Blut von der Wunde. Jede Berührung trifft ihn wie ein Blitz. Was war letzte Nacht bloß?

Cécille. Sie trug ein rotes Kleid, die Haare hochgesteckt. Sie wurden an den Tisch neben dem Fenster gesetzt, weil es draußen regnete. Ein spätes Essen, dazu ein Glas Wein. Ein Weg durch die Weinfelder. In der Mitte ein Streifen Gras, der links und rechts von Schotter begleitet wurde. Nichts mehr.

Ranfort fährt über den Schorf. Die Wunde sieht schlimm aus. Er richtet den Kragen und tritt ans Gitter, um zu sehen, ob Complatier zurückkommt. Keine der anderen Zellen ist besetzt. Er setzt sich auf die Matratze, zieht die Augenbrauen zusammen, die Wunde macht sich mit einem Stechen bemerkbar. Die linke Gesäßtasche der Jeans ist zerrissen. In der rechten findet er ein zusammengedrücktes Taschentuch.

Er fühlt sich wie im Januar 1964. Sein Vater hing an einem Stromkabel in der Küche, Sylvie Vartan sang im Radio *Si je chante, c'est pour toi*. Daneben der Abschiedsbrief, in dem »*Sylvie, wir werden bald vereint sein!*« zu lesen war. Ranforts Handflächen beginnen zu schwitzen. Er legt sich auf die Matratze und versucht, ein wenig zu schlafen, bis Complatier zurückkommt und ihn aus der Zelle lässt. Das Kopfweh pulsiert unter der Stirn. Das Licht brennt in den Augen. Ranfort zieht sich die Jacke über den Kopf. Die Bilder sind verschwunden. Stimmen mischen sich in die Dunkelheit.

»Auguste hat angerufen. Er war sehr aufgebracht.«

Cécille. Im Hintergrund das Treiben des Restaurants. Klirren von Tellern und Besteck. Das Personal rief sich Bestellungen und Befehle zu. Ranfort konnte sich kaum auf sie konzentrieren. Der Regen hatte sich verstärkt und die Kellner liefen nach draußen, um die Markisen vor der Nässe zu schützen.

Ein Schlüssel dreht sich im Schloss.

»Kommissar Ranfort?«

Er spürt ein Rütteln an der Schulter und zieht die Jacke nach unten.

»Wir müssen gehen.«

Das Grinsen auf Complatiers Gesicht ist gewichen.

\*\*\*

Larut sitzt am Schreibtisch und macht Complatier durch ein Wedeln mit der Hand klar, dass er den Raum verlassen soll. Mit derselben Handbewegung bittet er Ranfort, sich zu setzen, und geht weiter die Notizen durch.

»Erzählen Sie mir was«, sagt Larut stoisch. Er fixiert die Nasenwurzel und versucht ihm den Eindruck zu geben, dass er ihm ständig in die Augen sieht. DST-Methode. Oder Stasi. Ranfort zupft am Ärmel, faltet die Hände und hält dem Blick stand. Larut nimmt die Brille ab und legt sie auf den Tisch.

»Was soll ich Ihnen erzählen?«, fragt Ranfort.

»Machen Sie es mir doch nicht so schwierig.« Ranfort schiebt die Ellbogen auf die Armlehnen, richtet den Oberkörper nach vorne und stellt die Fußsohlen auf den Boden. »Ich hätte Sie für klüger gehalten, François.« Larut hat ihn mit dem Vornamen angesprochen. Das soll wohl bedeuten, dass er ihn voll und ganz versteht. Doch leider weiß Ranfort nicht, wieso. Sein Vorgesetzter geht zur Tür und bittet Complatier, Ranfort wieder zurück in die Zelle zu bringen.

»Ich gehe jetzt nach Hause«, sagt Ranfort.

»Wenn Sie mir nicht verraten, wo Sie gestern Nacht waren, gehen Sie nirgendwohin.« Larut bittet Complatier, noch einen Moment draußen zu warten. Er setzt sich und nimmt wieder Ranforts Nasenwurzel ins Visier.

»Ich habe keine Ahnung, warum ich hier bin«, sagt Ranfort. »Mir fehlt jede Erinnerung an die letzte Nacht. Ich weiß nicht mal, wie ich hergekommen bin. Ich war letzte Nacht mit Cécille aus.«

Ranfort sucht nach dem Kalender mit den Schiebeelementen. Larut ist einer der wenigen, die das Datum jeden Tag nachstellen. Freitag, der 1. Juni 1984. Wenigstens hat er keinen Tag verloren.

»Mit Cécille?«

Larut nimmt einen Stift und zieht einen Kreis auf einem leeren Blatt. Eine Runde, zwei Runden. Sein Blick wandert zwischen Ranfort und den Strichen hin und her. Worauf wartet er? Er kennt Cécille und ihr Verhältnis zu Ranfort.

»Ich weiß nicht, wann wir zurück waren. Es hat angefangen zu regnen. So spät kann es nicht gewesen sein.«

»Weiter.«

»Ich habe wohl zu viel getrunken.«

Laruts Augen leuchten, er legt den Stift zur Seite. »Und dann?«

»Nichts dann. Ich habe zu viel getrunken.«

Nicht zum ersten Mal. Larut steckt sich einen Bügel der Brille zwischen die Zähne.

»Sie wollen mir also sagen, das Einzige, an das Sie sich noch erinnern, ist, dass Sie betrunken waren.«

Larut schüttelt den Kopf und lehnt sich zurück.

»Wenn Sie mir nicht vertrauen, kann ich nichts für Sie tun, François. Sie haben sich mit Auguste gestritten, habe ich gehört.«

»Ein Streit unter Freunden, das kommt vor.«

»Und das nicht zum ersten Mal. Worum ging es?«

»Nichts Wichtiges, irgendetwas Banales. Ich kann mich nicht mehr erinnern.«

»Weil Sie betrunken waren. Wer hat angefangen?«

Ein Bügel baumelt unter Laruts Kinn hin und her. Es ist nicht die erste Brille, die er zerkaut.

»Er trinkt sehr viel. Dann regt ihn alles und jeder auf. Sind wir fertig?"

»Auguste Petrus wurde letzte Nacht in seinem Haus ermordet.«

Larut legt die Brille auf den Tisch und lehnt sich vor.

»Sie waren die letzte Person, mit der er zusammen gesehen wurde. Und Sie haben sich mit ihm gestritten.«

»Darf ich jetzt gehen?« Ranfort erhebt sich und geht zur Tür, ohne eine Antwort abzuwarten.

»Ein guter Rat, François: Nehmen Sie sich einen Anwalt.«

Ranfort schüttelt den Kopf und zieht sich die Jacke zu. Ein Anwalt ist das Letzte, was er braucht.

\*\*\*

Ranfort geht die Stufen zur Rue de Saint-Exupéry hinunter und überquert den Marktplatz. Ein Weinbauer packt Weinkisten in seinen Peugeot, der schon bessere Tage gesehen hat, und grüßt ihn. Ranfort überlegt, ob er in die Wohnung hochgehen soll. An Schlaf ist nicht zu denken. Er muss auf die Dunkelheit warten. Wenn ihn jemand sieht, wird es schwierig für ihn. Er muss die Nerven bewahren. Professionell bleiben, wie früher, darf sich nicht von Gefühlen leiten lassen. Gefühle führen nur auf die falsche Spur.

Er geht in den ersten Stock und drückt die Klinke nach unten. Die Tür sperrt er niemals ab. Es gibt in seiner Wohnung nichts zu holen. Die Jacke hängt er an die Garderobe. Küche, Bett, alles scheint normal. Er zieht sich um, sucht eine Taschenlampe in einer Schublade. Blick aus dem Fenster. Ranfort kann nicht auf die Abenddämmerung warten. Er verlässt die Wohnung, quert zwei Hinterhöfe und biegt in die Rue Marseille ein, nachdem er sich vergewissert hat, dass ihm niemand folgt. Die hellen Häuserfronten ziehen an ihm vorbei, eiserne Balkongeländer, hinter denen kaum ein Mensch Platz findet, wechseln mit einst bunten Fensterläden ab. Der Duft von Lavendel steigt ihm in die Nase, in der Rue Pouy biegt er in einen schlecht asphaltierten Weg ein. Er kreuzt die Schienen und folgt dem Schotterweg, der den Anfang des Weinbergs markiert, nimmt eine leichte Reflexion wahr und geht auf sie zu. Nach zwanzig Metern entdeckt er sein Motorrad. Der Schlüssel steckt, der Helm hängt auf dem Seitenspiegel.

Merkwürdig, dass das Motorrad hier steht. Warum hatte er nicht vor dem Haus geparkt? Er denkt an Larut, nimmt den Schlüssel und folgt dem Feldweg, bis er auf die Absperrbänder trifft.

Ranfort knipst die Taschenlampe an, schwenkt sie über den Boden, durch die Zimmer. Im Schlafzimmer findet er nichts außer einer Decke und zerknülltem Bettzeug. Er verlässt den Raum, leuchtet die weißen Kreidestriche, Umrisse, im Wohnzimmer ab. Die Arme nach hinten, mit angezogenen Beinen –

Auguste.

Auf dem Tisch rote Flecken zwischen einem Haufen Scherben. Stundenlange Gespräche haben an ihm stattgefunden. Hitzige mitunter. Die gemeinsame Trauer um Ranforts Frau und Augustes Offenbarung seiner Affäre mit ihr. Eine Sache, die sie auf sonderbare Weise zusammengeschweißt hatte. Ranfort hatte sich gewundert, warum Auguste auf dem Begräbnis seiner Frau und seines Sohnes war. Niemand, der sie nicht näher kannte, hätte an dem ekelhaft kalten Januartag freiwillig das Haus verlassen. Nicht Auguste. Er verließ das Haus nur, um Wein zu holen oder zum Markt zu gehen. Ranfort hatte sich bei der Beisetzung so allein gefühlt wie nie zuvor. Bis Auguste an ihn herantrat und ihn zu sich einlud, um ihm alles zu gestehen. Auch er hatte alles verloren. Wie Ranfort, den Augustes Worte hart trafen, bis er verstand, warum seine Frau ihn betrogen hatte. Er hatte sie vernachlässigt. Die bizarre Gemeinsamkeit, die sich aus Augustes Beichte ergab, hatte vieles leichter gemacht. Sie hatten viele Abende beim Skatspiel verbracht, stundenlang über die verhassten Touristen gelästert, die fern der alten Heimat eine neue suchten. Der Bandol-Verschnitt, der ihnen am nächsten Morgen Kopfweh bescherte, tat das Seine. Das hatte Ranfort von den Selbstvorwürfen abgelenkt, die ihn quälten. Er wollte den Schmerz über den Tod seiner Frau nicht noch einmal erleben. Denselben Fehler nicht noch einmal begehen.

Sich zurückziehen, sich der Arbeit und dem Alkohol ergeben. Bis zur Begegnung mit Augustes Schwester war er mit Scheuklappen herumgelaufen, nur auf die nächste Stunde fixiert. Ihre Annäherung beschlossen sie, für sich zu behalten, zu behüten. Schon allein wegen Cécilles Ehe mit Gerard, einem untreuen, arroganten Bürokraten. Wegen der Sache mit Ranforts Frau hätte Auguste zwar nichts sagen dürfen, aber gepasst hatte es ihm dennoch nicht. Jedes Mal, wenn Cécille in Ranforts Beisein den Raum betrat, wurde Auguste still, drehte sich weg und sagte erst wieder etwas, wenn sie ging. Ranfort fällt auf, wie wenig er über Auguste weiß. Woher die Narbe stammte, die er unter dem Bart versteckte? Warum er mit dem rechten Fuß hinkte? Was während der Zeit passiert war, über die er nie sprach?

Neben dem Waschbecken steht ein Weinglas, daneben liegt ein Putzlappen. Was ist letzte Nacht in diesem Haus geschehen? Ranfort hatte gedacht, er würde sich erinnern, wenn er hierherkäme. Nichts. Hatten sie sich gestritten? Wieder mal wegen irgendwelchen Nichtigkeiten? Warum steht sein Motorrad da draußen?

Ranfort betritt den Garten. Das Gras wurde schon lange nicht mehr gemäht. Mit jedem Schritt sinkt er mit den Steinen in den Morast. Der Gemüsegarten beansprucht einiges an Fläche. Am Rand steht ein Schuppen, der einen Haufen Gerümpel beinhaltet, von dem es Auguste schwerfiel sich zu trennen. Die Beete sind akribisch aufgeteilt und sauber gehalten. Jede Tomatenstaude hat eine Holzstange, an der sie sich anhält, um das Gewicht nicht allein tragen zu müssen. Die Salate wachsen in Reih und Glied neben zahlreichen Kräutern, die das feuchte Klima sichtlich genießen. Nicht ein Fußabdruck ist auszumachen.

Er geht zum Schuppen. Eine circa zwei mal drei Meter große, marode Tür mit einem quadratischen Fenster aus zerbrochenem

Glas. Ein Scharnier ist ausgerissen. Ranfort hebt sie an der Klinke an und zieht sie zu sich. Krempel, der kreuz und quer auf den Regalen liegt. Radios, Werkzeug, Gartenharken und Schaufeln. Er stapft zurück ins Haus und sieht sich um. Wer immer das getan hat, wird es bitter bereuen.

\*\*\*

Das Brummen des Motorrads schiebt sich den Feldweg neben den Schienen entlang und setzt sich in den Weinbergen an der Kirche bis in die Rue de Lafette fort. Hinter dem blauen Citroën BX von Gerard parkt Ranfort das Motorrad, geht in den Innenhof und drückt die Klingel. Er hat ihr schon hundertmal gesagt, sie soll fragen, wer vor der Tür steht, aber sofort ertönt das Summen. Cécille lehnt am Türrahmen und hält die Arme verschränkt. Kein Kuss, keine Begrüßung. Schon gar kein Lächeln. Stattdessen eine Ohrfeige.

»Du hättest auf ihn aufpassen müssen, François.«

Ranfort nimmt sie in den Arm und gibt ihr einen Kuss auf die Stirn. Sie legt den Kopf auf seine Brust, erwidert die Umarmung und löst sie gleich wieder.

»Komm, wir setzen uns«, sagt Ranfort. Eine Mischung aus Räucherstäbchen und Zigarettenqualm steigt ihm in die Nase. Cécille geht zum Küchenkasten, schiebt die Nudeln weg und holt ein silbernes Etui hervor. Sie zieht das Gummiband beiseite, nimmt eine Zigarette heraus und klopft die Spitze auf den Küchentisch. Schwefelduft, die Flamme frisst sich in den Tabak, ein tiefer Zug. Dieselbe Marke, die Ranforts Mutter ins Grab gebracht hat.

»Du hast Nerven, hier aufzutauchen.« Sie sieht auf den Boden, drückt hastig die Zigarette aus und wischt den geschwärzten Finger an der Schürze ab. Die blondierten Haare streicht sie aus dem

Gesicht, um sie hinters Ohr zu legen.

»Du hättest wenigstens anrufen können.« Ranfort klopft mit dem Mittelfinger auf den Tisch. Gerard ist seine geringste Sorge.

»Ich war heute bei Larut«, sagt sie mit zitternder Unterlippe und zusammengezogenen Lidern. Ranfort berührt ihre Schulter. Sie lässt es kurz zu, überlegt, drückt die Hand weg.

»Was hat er gesagt?« Ranforts Zeigefinger umkreist den eingeschlossenen Ast in der Tischmaserung, die Augen pendeln zwischen ihr und dem Tisch hin und her. »Erzähl mir von gestern. Woher hast du überhaupt die Wunde?«, sagt sie. Ihr Blick streift Ranforts Stirn.

»Irgendjemand versucht, mir da was anzuhängen. Ich hatte gehofft, du weißt etwas.« Sie schüttelt den Kopf und atmet durch. »Du kannst wen anders zum Narren halten, François. Wie lange bist du bei der Polizei? Wie oft hast du so etwas schon gehört?«

Ranfort muss ihr recht geben. Die Standardausrede eines jeden Kleinkriminellen. Das führt in der Regel nur zu tiefen Seufzern und verdrehten Augen. Ranfort stützt sich auf die Ellbogen, sagt: »Ich muss wissen, was geschehen ist.«

»Warum tischst du mir diese idiotische Geschichte auf? Jemand will dir was anhängen. Weißt nicht mehr, was gestern gewesen ist.«

»Wenn ich es wüsste, würde ich wohl kaum fragen.«

Cécille lehnt sich vor und klopft mit der Hand auf ihren Unterarm.

»Keine Erinnerung? Auch nicht an eure Auseinandersetzung?«

Ranfort runzelt die Stirn. Larut muss es von ihr erfahren haben. Warum hat sie es nicht für sich behalten? Verdächtigt sie ihn?

»Worum ging es?«

»Ich habe keine Ahnung, François. Nachdem ich bei dir war, bin ich zu Auguste. Ich habe euer Geschrei gehört. Bis nach draußen. Man hat kein Wort verstanden. Auf diese Art Diskussionen hatte ich noch nie besonders Lust. Da bin ich wieder gefahren.«

Ranfort ignoriert die Anspielung auf den Alkohol und die daraus resultierten Diskussionen mit Auguste. Er hat sie gleichermaßen von Gerard weggeholt wie sie ihn vom Alkohol. Cécille war zu dieser Zeit genauso am Boden wie er. Gefangen in Hoffnungslosigkeit und Resignation. Sie hatten beinahe eine unerträgliche Situation zur Normalität erklärt.

»Ging es um uns?«, fragt er.

Sie kneift die Augen zusammen und zischt:

»Hörst du nicht zu? Wer war dabei? Du oder ich?«

Sie klappt das Etui auf, Ranfort schließt mit ihrer Hand den Deckel.

»Hast du Auguste gesehen?«

»Wann meinst du? Gestern oder heute?«

»Gestern. Heute.« Ranfort gestikuliert wild umher.

»Heute. Aber nur die Tätowierung.« Wille, Glaube und Mut. Auf der linken Schulter, im Halbkreis um eine siebenflammige Granate. »Hat Larut etwas über ihn gesagt? Was hat er dich gefragt?« Cécille lehnt sich zurück und schweigt. Sie seufzt und sagt: »Nicht viel. Er hat Fragen über dich gestellt. Deine Beziehung zu Auguste. Ob er Feinde hatte. Polizeizeug eben.«

»Was hast du ihm erzählt?«

»Die Wahrheit, François. Dass er dein bester Freund war. Und das, was ich von gestern weiß.«

»Das, was du mir nicht erzählen willst?« Cécille reagiert nicht auf Ranforts Tonfall. »Ich habe schon genug gesagt.«

Sie dreht den Kopf zur Seite, sieht ihm in die Augen, flüstert: »Eins hat er mir gesagt: Es wäre besser, wenn du dich von Augustes Haus fernhältst.« Ranfort hat Larut unterschätzt. Er kennt ihn besser, als er angenommen hat.

»Ich habe nicht vor, dorthin zu gehen.« Cécille sieht ihn prüfend an. Sie bedeckt das Gesicht mit den Händen und presst die Luft durch die Nase. Sie steht auf, geht zum Fenster und stützt die Hände auf das Fensterbrett.

»Lass es, François. Geh jetzt. Ich muss nachdenken.«

Ranfort denkt an ihre erste Begegnung bei Auguste. Er hatte nicht geglaubt, dass er nach Claudines Tod noch jemals etwas für eine andere Frau empfinden könnte. Die ersten Nächte mit Cécille. Das Geheimnis, das sie immer miteinander verband und ihre Affäre aufregender gestaltete als alles andere in seinem Leben. Warum weigert sie sich, ihm zu helfen?

»Vertrau mir, Cécille.«

»Auch das hat Larut gesagt. Dass du mit dieser Masche anfangen würdest.« Cécilles Mann macht sich mit einem Hüsteln bemerkbar. Gerard grinst Ranfort an, streicht ihr über die Schulter und drückt ihr einen Kuss auf die Wange. Ranfort sieht Cécille an, die sich angewidert abwendet. Bloß von wem?

\*\*\*

Die spärlich beleuchteten Häuserfronten, in denen allein der Widerhall des Motors reflektiert wird, ziehen an Ranfort vorbei. Hin und wieder dringt ein Lichtschein durch die verwitterten Fensterläden. Er kreuzt den Place de la Brise und biegt ab in die Rue Marseille, lenkt das Motorrad durch eine Gasse in den Hinterhof. Den Motor stellt er ab, den Helm hängt er auf den Seitenspiegel. Dann geht er hoch in die Wohnung, wirft die Jacke auf den Boden und nimmt sich ein Bier aus dem Kühlschrank. Er kann die Augen kaum noch offen halten. Ranfort stößt in Gedanken mit Auguste an, isst einen Bissen kalter Pizza, bevor er sich aufs Bett fallen lässt und einschläft. Bis ihn ein Müllwagen aus dem Schlaf reißt. Ranfort steht auf, die Wunde pulsiert auf der

Stirn. Die Sonne zeigt sich hinter dem Weinberg, die Rue Marseille liegt im Schatten. Ranfort ignoriert das Pochen der Wunde, trinkt einen Schluck Wasser und verlässt die Wohnung.

Er hat das morgendliche Treiben von Saint-Lemis weit hinter sich gelassen, parkt das Motorrad fern der Straße zwischen den Reben und geht den Schotterweg hinauf. Ranfort entdeckt einen Polizeiwagen vor Augustes Haus und zwängt sich durch die Reben, bis er den Renault R4 durch die Blätter sehen kann. Ein Mann sitzt hinter dem Steuer, den Kopf an der Stütze angelehnt, ein Bein hängt aus der halb offenen Tür. Glatt polierter Schuh, darüber der exakte Hosenumschlag.

Ranfort schlägt sich durch das Geäst, bis er den Garten erreicht. Er wirft einen Blick zu den Fenstern. Keine Bewegung. Im feuchten Boden ist kein Fußabdruck auszumachen. Er schmiegt sich an die Wand, schleicht unter den Fenstern vorbei und hält das Ohr an die Tür. Notdürftig entfernt er den Matsch von den Schuhen und drückt die Klinke vorsichtig nach unten. Er bewegt sich lautlos durch die Küche, sieht sich um und wirft einen Blick auf die Kreidestriche im Wohnzimmer.

Massenhaft eingetrocknetes Blut innerhalb der Markierung. Ranfort geht in die Hocke und sucht den Boden ab. Nichts. Er betritt das Schlafzimmer. Das Bett sieht tagsüber noch verwahrloster aus. Ranfort hebt die Decke hoch, schüttelt sie aus und greift das Polster ab. Er schwenkt den Blick durch den Raum und geht ins Wohnzimmer.

Der Klang einer Autotür reißt ihn aus der Konzentration. Schritte nähern sich. Ranforts Blick wandert durch den Raum. Er versteckt sich hinter dem Polstersessel, auf dem noch immer die Mulde zu sehen ist, in der Auguste gesessen hat.

Complatier betritt das Haus. Langsam bewegt er die Absätze über den Holzboden, den Finger an der Sprechtaste des

Funkgeräts, mit leicht geneigtem Kopf flüstert er in das Mikrofon. Ranfort kann nichts verstehen. Knacken und Rauschen geben sich die Hand. Complatier lässt den Blick durch den Raum gleiten und gibt Meldung an die Gegenstelle. Ranforts Herzschlag beschleunigt sich. Larut hat ihn nicht umsonst gewarnt. Complatier steht keinen Meter von ihm entfernt, lässt den Blick schweifen, ehe er die Ferse in den Boden hackt und kehrtmacht. Ranfort schleicht wieder in die Küche, schiebt die Tür auf und verschwindet zwischen den Weinreben.

Wer hatte ein Interesse daran, Auguste zu töten? Kann er sich selbst ausschließen? Ranfort macht fast einen Schritt aus den Reben, als der Wind die Tür ganz zuschlägt. Hektische Absätze folgen dem Knall. Complatier stürmt mit gezückter Waffe heraus und sucht mit der Kimme den Garten ab. Einmal, zweimal. Er senkt die Pistole, wischt sich an der Kante den Matsch von den Sohlen und widmet sich dem Funkgerät. Ranfort belächelt die gezogene Waffe. Complatier würde ihm nichts tun. Der Genuss, Ranfort zu verhaften, ist ihm zu wichtig und der Posten des Kommissars zu verlockend. Eine Festnahme eines Mörders: für die Beförderung unbezahlbar. Vor allem, weil Ranfort auf dem Posten sitzt, den Complatier seit Jahren haben will. Ranfort wartet eine Minute. Dann geht er zum Schuppen, zieht die kaputte Tür hinter sich zu und widmet sich dem Gerümpel. Warum hat sich niemand für die Hütte interessiert?

Er geht die Regale noch einmal Schritt für Schritt durch, räumt Schaufeln und Harken von einem Platz zum nächsten und nimmt ein Glitzern in einer Ecke wahr, zwischen rostigen Eimern, halb verhüllt von einem schmutzigen Lappen. Er entfernt das Tuch. MAS-36. Standardwaffe der französischen Infanterie. Im und nach dem Zweiten Weltkrieg. Ranfort dreht das Gewehr und sucht es ab. Die Mechanik wurde gut behandelt, wenn nicht komplett erneuert.

Der Zylinderverschluss lässt sich leicht bewegen und das Holz sieht aus wie frisch lackiert. Er dreht es, tastet es ab, lässt den Blick darüber gleiten. Immer wieder. Bis ihm die fehlende Originalgravierung auffällt. Statt »*MAS*« und der Modellnummer nur eine Zahl: »*XIV*«.

\*\*\*

# 2

Eine seichte Brise zieht über die Dünen, als Pedro die Stellung mit dem schweren MG einnimmt. Auf ein Frühstück sollte er verzichten. Jacques, einer seiner Kameraden, hat ihm gesagt, dass er nur kotzen würde, wenn es richtig losgeht.

Pedro hat Stellung an einer erhöhten Position bezogen. Wenn einer herausrennt, soll er draufhalten, damit die anderen sehen, welche Folgen die Flucht hat. Er überblickt die Hütten, die man an zwei Händen abzählen kann. Sie sehen aus wie halbierte Eierschalen aus Lehm, in die man mit der Hand behelfsmäßige Fenster geformt hat. Zwischen den Hütten befindet sich ein Brunnen. Dahinter ist nichts. Nur Wüste.

Pedro ist mit seiner Einheit in der Dunkelheit abgesprungen. Im Flugzeug konnte er die Morgensonne erkennen, die langsam Licht auf die Anhöhe warf. Unter anderen Umständen ein romantischer Anblick, doch Pedro kriecht nun ein Gefühl den Bauch hoch, das er sich zuvor nicht hatte vorstellen können.

Seine Einheit umfasst etwas über zwanzig Mann. Die Hälfte davon sind Deutsche. Aus der Wehrmacht oder Waffen-SS. Einige davon kommen direkt aus Indochina. Pedro ist der jüngste und unerfahrenste der Männer. Deshalb hat ihn ein Deutscher unter die Fittiche genommen, ihn instruiert, was zu tun ist, wenn einer der *bougnoules* Schwierigkeiten macht. Er hat gefragt, was dieses Wort bedeutet. Der Deutsche hat entgegnet, dass er schon wissen werde, was es heißt, wenn er einen zu Gesicht bekomme.

Pedro liegt keine zwei Minuten in der Mulde am Rand der leichten Anhöhe, als das Konzert beginnt. Jeweils zwei Männer tänzeln im Schatten zu den Hütten. Einer wirft eine Handgranate in den Brunnen. Der Explosion folgen markdurchdringende Schreie aus der Tiefe. Ein Moment der Stille. Die wenigen Männer, die sich in den Hütten befinden, werden vor den Brunnen getrieben, die anderen Soldaten nehmen sich der Frauen und Kindern an, die in den Häusern verblieben sind.

Die Männer, die vor dem Brunnen stehen, sind nackt und versuchen, sich den Schritt zu verdecken, wovon sie die Soldaten immer wieder abhalten. Jeder, der die Hände senkt, bekommt einen Schlag mit dem Gewehrkolben in die Magengrube. Pedro hört das Weinen der Frauen und Kinder bis zur Anhöhe. Er versucht, dem Treiben keine Aufmerksamkeit zu schenken, und fixiert die Gegend dahinter. Falls sich einer aus dem Staub macht, ist er gefragt. Er legt das Gesicht auf den Kolben des schweren Maschinengewehrs und kneift das Auge zusammen.

Er schwenkt den Lauf hin und her, der erste Kopf rollt Richtung Brunnen. Er ist sehr klein und kaum behaart. Einem der Männer kommen die Tränen, er fällt schreiend auf die Knie und hält den Kopf in den Armen, als ob er ihn nie wieder loslassen würde. Er ignoriert die Schläge, die ihn am Rücken treffen, bis er bewusstlos zusammensinkt.

Ein Soldat führt das Kommando des Sergeanten aus und erlöst ihn von seinem Leid mit einem Schuss in den Hinterkopf. Pedro kämpft mit der Fassung und der hochkommenden Galle.

Er denkt an Jacques' Rat und ist dankbar, dass er nichts im Magen hat. Nachdem er sich erleichtert hat, nimmt er das Dorf wieder ins Visier. Es sieht aus wie auf einem Schlachtfeld. Abgetrennte Gliedmaßen, Köpfe von Frauen und Kindern, begleitet von den Schreien des Gefangenenchors. Der Sergeant wandert vor der Linie der Algerier entlang. Die Arme hält er hinter dem Rücken verschränkt. Er bleibt stehen, stellt einem der Männer eine Frage und schießt ihm in dem Kopf, wenn die Antwort zu seinem Missfallen ausfällt. Das Ganze macht er, bis nur mehr zwei übrig sind. Er gibt den beiden ein Zeichen, dass sie laufen sollen.

Pedro erfüllt seine Aufgabe. Er lädt durch und schießt sie mit einer gezielten Salve nieder.

Stille kehrt ein. Er sieht nur die Zeichen des Sergeanten, der sichtlich nicht mit Pedros Ausführung einverstanden ist. Er nimmt das schwere Maschinengewehr, Typ AA-52, das die Soldaten liebevoll *cinquante-deux* nennen, schultert es und geht die Anhöhe hinab. Bis er die Worte verstehen kann, die ihm der Sergeant zu sagen hat.

»Nur wenn sie flüchten, verdammt. Man muss welche übrig lassen, sonst lernen sie nie dazu.«

\*\*\*

Das Brummen des Matford-Lkw, der über den Wüstenboden holpert, brennt sich in Pedros Gehirn. Er sieht zu Jacques hinüber, der ihm ein Lächeln schenkt und dann weiter auf die Ladefläche starrt. Ihm fällt Jacques' Blässe auf. Er ist still geworden. Pedro reißt ein paar Witze über die getöteten Algerier, beobachtet Jacques' knabenhafte Erscheinung aus dem Augenwinkel, die sich am Gewehr festhält und komplett in Gedanken versunken scheint.

Es dauert keine halbe Stunde, bis das Holpern des Matford aufhört. Pedro springt ab, versorgt das *cinquante-deux* und geht etwas essen.

Eine herbe Note hat sich unter das Couscous gemischt. Es ist nicht das erste Essen, das der Koch verdorben hat. Fleisch ist eine Rarität und wenn, dann eher von mäßiger Qualität. Dazu kommt die Hitze, die Pedro zu schaffen macht. Er fragt sich, warum sein Vater noch immer begeistert vom Indochinakrieg spricht. Den einzigen Unterschied sieht er in der Art der Hitze, mit der die Soldaten zu kämpfen haben. Er weiß nicht, ob die Trockenheit zu bevorzugen wäre.

Er würgt ein paar Bissen hinunter und verlässt das Zelt, als ihn Jacques anspricht. Er hat Schwierigkeiten, Pedro in die Augen zu sehen, als er mit zittriger Stimme beginnt:

»Ich muss mit dir reden.«

Pedro zieht die Mundwinkel nach oben. Er legt Jacques die Hand auf die Schulter und geht ein paar Schritte weg vom Zelt.

»Du wirst doch nicht etwa weich?«, flüstert Pedro in sein Ohr.

Pedro hält Jacques' Genick in der Ellenbeuge. Er erhöht den Druck und hält ihm das Ohr vors Gesicht, um die Antwort abzuwarten.

Jacques' Stimme ist gedämpft. »Ich frage mich nur, was das alles für einen Sinn hat.«

»Hat man dir das im Rekrutierungsbüro nicht gesagt?«

»Das meine ich nicht.«

Pedro sieht ihn fragend an.

»Sind wir wirklich hierhergekommen, um uns an Bauern, Frauen und Kindern zu vergehen?«

Pedro stellt sich ihm gegenüber und legt die Hände auf Jacques' Schultern. Er setzt ein Grinsen auf. »Du hast Mitleid. Das brauchst du nicht. Jeder dieser Turbanschädel bekommt das, was er verdient.«

Jacques sieht ihn ungläubig an. Die Schultern hängen kraftlos herab.

»Was haben die Wehrlosen damit zu tun?«

Pedro sieht ihm in die Augen. Das Grinsen ist verschwunden. Die Falten unter der Nase und der Mund formen ein Dreieck, von dessen Bedrohlichkeit allein die Pupillen ablenken, die aus den Schlitzen stechen.

»Alles. Und nichts. Es kommt nur darauf an, auf welcher Seite man steht.«

Jacques hat diesen Blick aufgesetzt: Die Augen aufgerissen,

darüber hat sich eine glasige Schicht gelegt. Pedro nimmt ihn in den Arm und streichelt ihm über den Kopf.

»Das wird schon, Kamerad. Das wird schon.« Er zieht die Augenbrauen immer mehr zusammen und überlegt, ihm einfach das Genick zu brechen.

\*\*\*

Es ist nicht nur der Vollmond, der Pedro nicht zur Ruhe kommen lässt. Die Sache mit Jacques geht ihm an die Nieren. Gewissensbisse und Mitleid bringen niemandem etwas. Er hat sich von der Furcht und Unterwürfigkeit gelöst, die ihm im Leben ständig abverlangt wurden. Er wird nicht als Verlierer nach Hause zurückkehren. Sie werden nicht scheitern, da ist er sich gewiss. Nicht in Algerien. Pedro zieht seine Runde im Camp, geht zur Umzäunung und sieht in die Nacht. Nichts ist zu hören außer dem Wind, der über die Ebene zieht. Nirgends auf der Welt ist es so dunkel wie in der Wüste. Jedes Ziel liegt hinter endlosen Haufen Sand und Steinen. Pedro erkennt die Absicht dahinter. Wo keine Berge sind, gibt es auch keinen Hinterhalt der FLN-Widerständler. Trotzdem werden die Wachen in der Dunkelheit verstärkt. Das ist die Zeit der Unabhängigkeit. Tagsüber wüten die Franzosen, in der Nacht die FLN. Jeder, den sie tagsüber liquidieren, hat keine Möglichkeit mehr, einen von ihnen zu töten. Pedro ist zufrieden mit dem heutigen Ergebnis. Dennoch ist ihm keine Minute Schlaf vergönnt. Er schließt die Augen, Yves trifft am Zaun ein. Er hat jemanden mitgebracht, den Pedro nicht kennt und auf dessen Bekanntschaft er auch keinen Wert legt. Wichtiger ist die gemeinsame Sache. Je oberflächlicher die Beziehung, desto besser. Früher oder später kann jeder Kamerad von den Turbanen getötet werden. Sie sprechen sich ab, es folgt ein bestätigendes Nicken. Sie stehlen sich im Mondlicht um das Zelt, der Hüne ohne Namen steht Schmiere, Pedro und Yves schleichen hinein. Sie kontrollieren jedes Feldbett. Pedro nimmt die linke, Yves die rechte Seite. Yves bleibt stehen. Er gibt ein Schnalzen mit der Zunge von sich, um Pedro zu signalisieren, dass er zu ihm kommen und in Stellung gehen soll. Pedro sieht Yves in die Augen und nickt. Er steht vor Jacques. In der rechten Hand hält er ein Handtuch mit einem Stück Seife darin. Yves spannt die Arme an und zieht Jacques, der vor Schreck fast aus dem Feldbett fällt, einen Sack über den Kopf. Er will schreien, doch Yves' Griff wird nur fester. Pedro holt aus. Einmal, zweimal. Er will einen möglichst kraftvollen Schwung erzeugen. Das Handtuch fährt auf Jacques nieder, der nur ein Wimmern von sich gibt. Wieder und wieder schwingt Pedro das Handtuch. In die Rippen, in den Bauch, auf die Beine. Bis er das Gefühl hat, dass es keine Stelle mehr unter der Uniform gibt, an der kein blauer Fleck entstehen wird. Während der Prozedur droht Jacques mehrmals die Luft auszugehen, aber genau das ist die Aufgabe von Yves. Immer wieder lockert er den Griff, dass Jacques genug Luft bekommt, um jeden einzelnen Schlag genau zu spüren, aber zu wenig, um zu schreien. Pedro gibt Yves ein Zeichen, dass er aufhören soll. Yves dreht sich den Sack aus den Fingern, während sich Pedro das Handgelenk ausschüttelt. Er geht in die Hocke, um Jacques ins Gesicht zu sehen, der Mühe hat, die Augen offen zu halten. Pedro streicht ihm über den Kopf, grinst ihn an und flüstert: »Das wird schon, Kamerad. Das wird schon.«

\*\*\*

»329417.« Pedro folgt der Aufforderung, ins Zelt des Majors zu kommen. Der Major nennt keine Namen. Das erzeugt nur einen unnötigen persönlichen Bezug. Pedro versteht das, kontrolliert die Adjustierung und stellt sich vor den Tisch des Majors. Er schlägt die Absätze der Stiefel zusammen und salutiert, wie er es gelernt hat. Der Major verzichtet auf das Salutieren und bietet ihm einen Platz an. Dann öffnet er die Akte, liest den überschaubaren Verlauf von Pedros Soldatenlaufbahn durch und wendet sich ihm zu.

Perfekte Rasur, jedes Haar sitzt an seinem Platz. Durchtrainierte Statur, passend zu dem möglichst emotionslosen Blick.

»Sie sind noch nicht lange hier.«

Pedro nickt, aber es war nicht als Frage gemeint.

»Warum machen Sie schon Schwierigkeiten?«

Pedro weiß nicht, was er meint. War der Sergeant bei ihm? Wird ihm die gestrige Aktion angelastet? Pedro hebt die Achseln.

»Glauben Sie, dass Sie in der Position sind, Disziplinierungsmaßnahmen durchführen zu können?« Pedro schweigt. Er denkt an Jacques, während ihm der Major in die Augen sieht. Der Major hebt die Stimme und lehnt die Ellbogen auf den Tisch. »Glauben Sie, dass ein einfacher Soldat in der Position ist, Disziplinierungsmaßnahmen zu entscheiden und auch auszuführen?«

Pedro setzt das Schweigen fort. Die Antwort würde dem Kommandanten nicht gefallen. Jedes Weichei wird früher oder später zu einer Belastung oder Gefahr. Er hat Jacques einen Gefallen getan, ihm gezeigt, dass Emotionen hier nichts zu suchen haben. Sonst wäre er irgendwann schreiend zusammengebrochen und in Selbstmitleid zerflossen. Wie die Turbane. Mit so jemandem kann man keinen Krieg gewinnen. Es ist, als ob er sein früheres Ich aus Jacques geprügelt und dem neuen Pedro Platz gemacht hätte. Jemand, der Narben trägt, sich aber nicht davon besiegen lässt.

Jemand, der niemanden fürchtet. Jemand, der funktioniert in diesen chaotischen Zeiten. Eine Maschine. Ein richtiger Para.

»Ich brauche jeden Mann. Auch Sie. Allein deshalb werde ich von härteren Maßnahmen absehen.« Pedro hält die Mundwinkel zurück, die es ihm unwillkürlich nach oben zieht. Offensichtlich kann ein einfacher Soldat solche Entscheidungen treffen.

***

Der Fingerzeig des Sergeanten gilt Pedro. Er gibt das *cinquante-deux* an einen Kameraden ab und tauscht es gegen ein Gewehr. Ein MAS-36. Jacques ist nicht bei der Truppe. Er bleibt im Lazarett. Offenbar haben sie ihm stärker zugesetzt, als Pedro anfangs vermutet hat. Er sieht zu Yves, der die Schultern hebt. Der Sergeant instruiert die Männer:

»Zu mitternächtlicher Stunde haben algerische Rebellen, die Fellaghas, im hügeligen Ödland östlich von Constantine das dritte algerische Schützenregiment überfallen. Dabei sind uns die algerischen Harkis, die auf unserer Seite kämpfen und den Angriff aufhalten sollten, in den Rücken gefallen. Sie haben alles an Waffen und Munition mitgenommen, das sie zu tragen imstande waren, und sind in die Berge geflüchtet. Euer Ziel ist es, die Verräter zu finden und zur Rechenschaft zu ziehen. Gnade ist nicht angebracht.«

Sie steigen in einen der zwei Sikorsky H-19-Hubschrauber, die wie Kartoffeln aussehen, an die man Rotorblätter gebastelt hat.

»Ich wusste, dass man denen nicht vertrauen kann«, schreit der Sergeant durch den Lärm der Rotoren. Mit einem lauten Hämmern gegen das Blech macht er dem Piloten klar, dass er abheben kann. Pedro umklammert den Kolben des Gewehrs. Er spürt einen Hauch von Rabaukenromantik und Verbrecherjagd. Das Camp verschwindet am Horizont, sie passieren kilometerweite Ödnis. In der Ferne kann er Constantine erkennen, Minuten später setzt der H-19 zur Landung südlich von Souk-Ahras an. Am Horizont sind zehn weitere H-19 aufgetaucht, die im Halbkreis um den Hügel die Soldaten abladen. Die Paras stürmen vor, töten ein, zwei Fellaghas, die sich locker im Gelände verteilt halten, und werden wieder von den H-19 aufgenommen, die um das Einsatzgebiet kreisen. Das Ganze wird ungefähr zehn Mal wiederholt. Planquadrat um Planquadrat. Abseits von den H-19 kreist ein anderer Hubschrauber, in dem der Befehlshaber die Mission beobachtet. Die Fellaghas geben provokante Salutschüsse ab, ihr Kampfgeschrei tönt über die Hügel. Sie sind offenbar noch guter Dinge, bis die Truppen aus den Sikorskys springen und ihre Stellungen stürmen. Es gibt kein Pardon. Zu mühsam war der Einsatz bis jetzt. Ein Rudel erschöpfter, aber blutdurstiger *têtes brûlées*, wie sie sich selbst nennen, haben die Stellung der Algerier umzingelt. Sie halten sich in Höhlen verschanzt, zu denen nur Pfade führen. Pedro fliegen die Kugeln um die Ohren, als er auf die Deckung zuläuft.

Er kann kaum einen der Kämpfer erspähen. Sie halten sich im Zwielicht der Höhlen versteckt und schießen auf alles, was sich bewegt. Ähnlich geht es auf der französischen Seite zu. Die Finger der Männer liegen leicht am Abzug. Trotz des erbitterten Widerstands der Fellaghas arbeiten sich die Franzosen Schritt für Schritt vor. Wer einen Turban sieht, schießt. Auch weiße Kappen der Harkis haben sich darunter gemischt, die ein beliebtes Ziel darstellen. Pedro ist in einen Rausch gefallen. Ein Rausch, der es ihm ermöglicht, sich besser auf das Töten zu konzentrieren. Er hat Gefallen daran gefunden. Dieses Gefühl war ihm bis jetzt unbekannt. Getötet hat er schon vorher, aber Befriedigung hat er dabei nicht erfahren.

Er merkt nicht, dass die Gegenwehr fast gänzlich erloschen ist. Der Deutsche, der auf ihn aufpassen soll, drückt Pedros Gewehr nach unten und gibt ihm ein Zeichen, dass er ein Bajonett aufstecken soll.

Pedro wischt sich den Schweiß von den Händen und wechselt das Magazin. Dann steckt er das Messer an den Lauf und wartet. Pedro bringt die Füße in Position. Er möchte bei den Ersten sein. Der Moment scheint wie eine Ewigkeit, bis ihm der Deutsche befiehlt, dass er aus der Deckung springen soll.

Es sind keine fünfzig Meter, die er den Hügel hinaufrennt. Er durchstößt das Zwielicht und sieht zwei Fellaghas, die ihre Waffen niedergelegt haben. Pedro zögert keine Sekunde.

Der eine, ein alter, dürrer Mann, kniet nieder und hält die Hände hinter den Kopf. Pedros Schuss trifft ihn zwischen den Augen. Der andere, der ihm am nächsten ist, stützt sich kniend auf die Ellbogen und hält den Hinterkopf mit den Händen bedeckt. Pedro nimmt das Bajonett vom Lauf und stellt sich über ihn. Er kostet den Moment aus und setzt an der Kehle des Mannes an. Er beginnt mit leichtem Druck, wartet etwas. Mit der Linken drückt er den Kopf nach unten und führt die Klinge mit ganzer Kraft durch den Hals des Mannes. Pedro hört die Schreie des Deutschen. Es halten sich noch Fellaghas am Gipfel verschanzt. Er soll sich beeilen. Keiner darf entkommen. Pedro wartet. Er sieht auf die Armbanduhr. Es dauert keine Minute, bis der Fellagha keine Regung mehr macht. Pedro wischt die Klinge am Kaftan des Toten ab und steckt sie wieder auf den Lauf des Gewehrs. Es gibt noch viel zu tun.

# 3

Eine kühle Brise treibt Ranfort den Duft des Meeres in die Nase, als er in die Straße zum Hafen einbiegt. Er geht an den Hallen vorbei, in der einst der Fischmarkt beheimatet war, bevor die Jachten die Fischerboote verdrängten, und setzt den Weg in Richtung des Möwengeschreis fort. Er denkt an seinen Vater, der die See geliebt hat wie kein anderer. Weil dort die Dinge einfach so waren, wie sie eben waren. Bis ihm die Fischindustrie die Lebensgrundlage geraubt hat. Das hatte er nach dem Tod von Ranforts Mutter nicht ertragen können. Die Warnungen vor dem stinkenden Kraut, das nur Bauarbeiter rauchen, die sie mit einem Lächeln ignoriert hat, sind ihm noch gut im Gedächtnis. Ranfort kann sich noch genau an den Geruch erinnern, der sie stets begleitet hat. Das Beißen, das sie ausgedünstet hat. Wie Essig, vermischt mit verkohlten Essensresten.

Er geht den Hafendamm, an dem die *Sylvie* im Tau hing, bis zum Ende, widmet dem Meer einen Moment Aufmerksamkeit. Dann quetscht er sich durch die Touristen zu Manon, der hinter dem Kiosk ein Café betreibt. Er schätzt die Ruhe, die dort herrscht. Selten hat sich ein Tourist dorthin verirrt. Er schenkt zwei Arbeitern ein Nicken, setzt sich an einen der runden Tische und bestellt einen Kaffee. Milch, kein Zucker. Ranfort greift zur aktuellen Ausgabe des *Provençal*, sieht sich die Seite mit dem Wetter an und überfliegt den Sportteil.

»Lies es lieber nicht«, sagt Manon, stellt ihm den Kaffee hin und verschwindet wieder nach vorne. Ranfort sieht dem alten, hageren Mann mit der Fischermütze nach und blättert die Seiten durch. Die Arbeiter vom Nebentisch beobachten ihn. Er sieht zu ihnen hinüber, sie lösen hastig den Blick von ihm, Ranfort widmet sich der Zeitung.

*»Mann in Saint-Lemis ermordet, Kommissar unter Verdacht*

*Der neunundvierzigjährige Auguste P., ehemaliger Soldat der Fremdenlegion, wurde vorgestern erschossen in seinem Haus aufgefunden. Grund des Mordes war möglicherweise ein Streit mit seinem Freund, einem ortsansässigen Polizeikommissar, der ihn durch zwei Pistolenschüsse in den Hinterkopf getötet haben soll. Vermutet wird eine Verbindung des Kommissars zur Nationalen Befreiungsfront (FLN). Der mit dem Ermordeten gleichaltrige Kommissar war laut Insiderberichten von 1958 bis 1961 aktives Mitglied der algerischen Terrororganisation. Es existieren Hinweise, dass der verarmte Auguste P. mit dieser Information Geld von ihm erpressen wollte. Es gilt die Unschuldsvermutung.«*

Ranfort liest den Artikel wieder und wieder. Von wem stammt solch eine Information? Er lässt den Kaffee stehen und geht nach vorne zu Manon. »Meinst du das?«, sagt er und schlägt den *Provençal* auf den Tresen. »Du warst in den Nachrichten. Im *Journal de 20heures*. Die nehmen dich gerade auseinander.«

»Das habe ich auch bemerkt. Schreib mir den Kaffee an. Ich muss weg.« Manon hebt die knochigen Schultern und sagt: »Tut mir leid, aber so wie es aussieht, kann ich dich nicht mehr anschreiben lassen.«

Ranfort kennt ihn schon seit Kindertagen. Sein Vater war fast täglich bei ihm zu Gast. Er kramt zwei Franc aus der Hosentasche, knallt sie Manon hin, nimmt den *Méridonal* und sucht nach der Schlagzeile.

*»Mann aus Saint-Lemis: Ein spätes Opfer des FLN-Terrors?«*

Ranfort rollt den *Méridonal* zusammen und nimmt sich den *Provençal* vom Tresen, drängt sich durch die Touristen und ignoriert Manons Rufe nach Bezahlung.

\*\*\*

Ranfort reißt die Tür zu Laruts Büro auf und wirft ihm die Zeitungen auf den Tisch. »Wer verbreitet so etwas?« Larut schiebt sie zur Seite. Sein Blick ist fest auf die Notizen gerichtet, die er sich gerade durchsieht. Er blättert um und liest noch eine Seite, Ranfort steht in der offenen Tür. Larut setzt die Brille ab und wendet sich ihm zu. »Gut, dass Sie da sind«, sagt Larut, bietet ihm einen Platz an. Er steht auf, geht zur Tür und winkt jemanden herein. »Ist er das?«, fragt ein etwa eins neunzig großer Mann. Grauer Anzug, altbackene Krawatte, er hält eine Aktentasche unter dem Arm. Die wenigen Haare hat er akribisch über eine Seite gekämmt. Larut nickt, geht hinaus und schließt die Tür hinter sich.

»Es ist gar nicht leicht, Sie zu erreichen, Kommissar«, sagt der Mann und nimmt in Laruts Sessel Platz. Er legt die Tasche auf den Tisch, nimmt einen Ordner heraus und stellt sie auf den Boden. Er zieht das Jackett glatt und öffnet den Ordner, den er an der Kante des ledernen Unterlegers platziert hat. Er reicht Ranfort die Hand und stellt sich als Dr. Gabriel Secaut vor. Staatsanwalt. Er widmet sich der Akte.

»Sie wissen, worum es geht?«

»Ich vermute, um das da.« Ranfort zeigt auf den *Provençal* und lässt sich in den Sessel zurückfallen.

»Wenn Sie den Artikel auf Seite zwei meinen, ist das korrekt.«

Er schreibt etwas und legt den Stift zur Seite. Es folgt eine Rechtsbelehrung.

»Sie sind unschuldig, nehme ich an?« Ranfort nickt und möchte etwas sagen, als Dr. Secaut fortsetzt.

»Das sind alle. Das kennen Sie ja.« Er sieht ihn an, als ob er ihn an seinem Scherz teilhaben lassen will. Ranfort krallt die Hände in die Sessellehne und zieht die Augenbrauen zusammen.

»Man hat mich hierhergeschickt, weil sich die Dinge geändert haben. Sie können sich vorstellen, dass die mutmaßliche

Verbindung zur FLN nicht gerade vorteilhaft für Sie ist.«

»Wenn ich mit diesen Leuten etwas zu tun gehabt hätte«, sagt Ranfort. Dr. Secaut notiert etwas, sieht Ranfort an und sagt: »Wo waren Sie denn von 1958 bis 61? In Algerien vielleicht?«

»Woher haben Sie überhaupt diese Information?«

»Sie werden sicher verstehen, dass das vertraulich ist. Jemandem in Ihrer Lage eine Quelle zu verraten ist, sagen wir, nicht unbedingt gut für den Informanten.« Wer hätte Interesse, Ranfort ans Messer zu liefern? Er erinnert sich an diese Jahre. Es waren die schönsten in seinem Leben. Die junge Liebe zu seiner Frau, die er 1958 geheiratet hatte, dann die Geburt seines Sohnes am 16. April 1960. Die Wohnung in der Rue de Saint-Exupéry, die ihnen kaum Platz bot, sie aber alle liebten. »In Frankreich. Ich habe gearbeitet. Bei der Polizei. Mich um meine Frau und meinen Sohn gekümmert.« Der Staatsanwalt zieht einen Mundwinkel nach oben, blickt in die Akte und notiert weiter. »Natürlich.« Er macht eine Pause, bevor er weiterspricht. »Monsieur Petrus wollte Sie also nicht mit dieser Information erpressen? Ihre wahre Identität verraten? Ich meine, für Sie stand viel auf dem Spiel. Ihr Ruf als Kommissar, Ihre Beziehung zu Madame Rancis. Wenn ich mich nicht irre, ist sie verheiratet?« Ranfort bestätigt mit einem Nicken. »Monsieur Petrus hat von dieser Beziehung gewusst?« Ranfort bejaht stumm. »Ich nehme an, er war damit einverstanden.« Dr. Secauts Blick bleibt auf den Akten. »Gut, das wäre dann alles. Wenn Sie mir noch den Namen Ihres Anwalts verraten würden?«

»Ich nehme an, den kennen Sie bereits«, sagt Ranfort und verlässt Laruts Büro. Warum sollte er sich einen Anwalt nehmen?

***

Kaum ein Lichtstrahl verirrt sich in die leere Bar, die sich direkt am Marktplatz befindet. Ähnlich verhält es sich mit den Gästen. Möglicherweise liegt es an der spärlichen Beleuchtung und dem Mangel an Komfort. Vielleicht auch an dem mäßig genießbaren Bier. Ranfort gibt dem Barmann ein Zeichen, dass er ihm ein Bier zapfen soll. Stämmiger Typ, kurz geschorene Haare und selten ein Lächeln im Gesicht. Der Barmann legt den Lappen beiseite, zieht den Zapfhahn nach hinten und lässt sich auf dem winzigen Fernseher vom Sportkanal berieseln. Michel Platini gibt ein Interview zur bevorstehenden Fußball-EM in Frankreich. Optimistische Stimmung, ein Sieg ist nicht ausgeschlossen, sogar höchstwahrscheinlich, beinahe Pflicht.

Ranfort nimmt das Bier und setzt sich in eine dunkle Ecke. Er nimmt den *Méridonal* und liest sich den Artikel durch. Wer will ihm eine Verbindung zur FLN nachsagen? War er nur zur falschen Zeit am falschen Ort? Hat er sich Feinde gemacht, von denen er nichts weiß?

Er stützt die Stirn auf die Hände, die Tür geht auf. Cécille. Sie bestellt ein Bier, nimmt es vom Tresen und setzt sich zu ihm, nachdem sie ihm einen Kuss auf den Kopf gegeben hat.

Ranfort sieht verwundert zu ihr auf und konzentriert sich wieder auf den Artikel. Cécille sucht seinen Blick, doch er lässt sich nicht ablenken. »Hat dich Larut geschickt?«, fragt er. Cécille verschluckt sich beinahe. Ausnahmsweise ist nicht der fade Geschmack dafür verantwortlich.

»Du überschätzt ihn.«

»Offenbar nicht. Er weiß ...«

Ranfort winkt ab und sieht wieder in die Zeitung. Er kann es lesen, aber nicht verstehen.

»Dass du bei der FLN warst.«

Ranfort sieht auf.

»Glaubst du das?« Er schreit das erste Wort, bevor er den Ton merklich senkt. Der Barmann sieht zu ihnen hinüber und widmet sich wieder dem Sportkanal.

Sie schüttelt den Kopf. »Ich will es von dir hören.«

»Was ich zu sagen habe, scheint nicht wichtig zu sein.«

Cécille senkt kurz den Blick. »Es tut mir leid, François.«

Ranfort winkt ab und zeigt auf den Artikel.

»Welche Hunde haben wir geweckt?«

Cécille sieht ihn fragend an, nippt an ihrem Glas und hebt zaghaft die Schultern.

»Zwei Schüsse in den Hinterkopf. Das passiert nicht im Affekt. Da wollte jemand auf Nummer sicher gehen. Dann geht dieser Jemand her und informiert die Medien, den Staatsanwalt und Gott weiß wen noch, dass ein heruntergekommener Dorfkommissar ein ehemaliges Mitglied der FLN sei. Es muss um mehr gehen, Cécille. Viel mehr.«

»Um mehr als meinen Bruder? Deinen besten Freund?«

Cécille hat diesen Blick aufgesetzt, dem Ranfort nicht weiter Beachtung schenkt. »Trauer ist wichtig, Cécille. Aber Auguste steckt nicht in Schwierigkeiten. Nicht mehr.«

Sie nimmt das Bierglas und schüttet ihm den Rest des Inhalts ins Gesicht.

»Sprich nicht so über ihn!«

Ranfort nickt, wischt sich mit einem Taschentuch das Gesicht trocken.

»Hatte er Feinde, von denen ich nichts weiß? War er in Schwierigkeiten? Geldsorgen, irgendwas?«

»Niemand kannte ihn besser als du, François.«

Eine unbefriedigende Annahme, wie Ranfort findet. Irgendwer kannte ihn besser als alle anderen. Die Algeriensache und ein schleichendes Gefühl, dass Augustes Tod in Zusammenhang mit dieser Zeit steht, lassen ihn nicht mehr los.

Er nimmt Cécille in den Arm. Er möchte sie trösten, doch die schwarzen Gedanken ziehen in ihm auf wie ein drohendes Gewitter.

***

Ranfort verabschiedet sich von Cécille, bevor er die Rue Marseille erreicht. Er belässt es bei einem verhaltenen Kuss mit der Bitte nach Ruhe und Hoffnung auf etwas Schlaf.

Er betritt seine Wohnung, das Telefon läutet. Ranfort legt die Jacke ab, zieht sich die Schuhe aus und legt sich aufs Bett, um das Ende der Störung abzuwarten. Es kann nichts Wichtiges sein. Es wurde alles gesagt. Dennoch geht er zum Telefon und hebt den Hörer ab. »Kommen Sie zur Telefonzelle in der Rue de Lafette. Zehn Minuten.« Fließendes Französisch, krachender deutscher Akzent, gefolgt vom einem monotonen Piepen. Mit einem Stöhnen zieht er sich an und geht der tief stehenden Sonne entgegen zur Telefonzelle in der Rue de Lafette.

Ranfort wartet auf das Klingeln und beobachtet die Gegend. Klapprige Fahrräder, die Gäste im Café grüßen. Absätze, die sich in die Pflastersteine hacken. Hin und wieder fährt ein Auto vorbei. Der Blumenhändler geht nach draußen, sieht nach, ob noch jemand kommt, und räumt die Blumentöpfe hinein.

Ranfort sieht auf die Uhr. Der Deutsche ist unpünktlich. Er wischt sich die feuchten Hände an der Jeans ab und steckt sie in die Hosentaschen, bevor er erneut die Zeit kontrolliert. Fast entweicht ihm ein Fluch, als es klingelt.

»Entschuldigen Sie, meine Zelle war besetzt. Aber ich muss sicher sein, dass uns niemand abhört. Kommissar Ranfort?«

»Woher kennen Sie meinen Namen?«

»Unwichtig. Alles unwichtig. Wichtig ist nur, was ich zu sagen habe. Und dass Sie gut zuhören. Ist Ihnen jemand gefolgt?«

Ranfort verneint.

»Sehr gut. Es geht um einen Deutschen, der sich von 1950 bis 1960 im Mittelmeer herumtreibt und sein Gebiet Ende der Fünfziger bis nach Amerika ausweitet. Anfänglich schmuggelt er Tabak von Tanger nach Spanien und Frankreich. Das bringt ihm zwar kein großes Vermögen, aber ein ordentliches Einkommen und als Bonus eine kleine Flotte ein, die für ihn arbeitet und bald ins Visier der Behörden gerät. Dazu noch einen Namen, den er aufgrund seiner Liebe zum Zigarettenhersteller erhält: BATman. Die Franzosen finden das weniger lustig. Sie sprengen ein paar seiner Boote in die Luft. Von nun an kann er nur noch an Vergeltung denken. Da ist der aufkommende Unabhängigkeitskampf in Marokko eine willkommene Sache. Er wird zum wichtigsten Waffenschmuggler für die Rebellen Marokkos. Damit macht er sich einen Namen. Ein Mann, auf den die algerische FLN später gern zurückkommt und ihn schlussendlich zum wichtigsten Lieferanten erklärt. Er ist einer der wenigen, die sich auskennen und auch liefern können. Die Franzosen halten mit einem Zerstörer widerrechtlich den Hafen von Tanger besetzt. Keine Chance vom Mittelmeer her. Aus Libyen und Tunesien ist jeder Konvoi ein willkommenes Ziel für die französischen Jagdbomber. Da kommt Batman ins Spiel. Er bringt seine Ware vom Westen her. Warnungen der FLN ignoriert er. Ihm dürstet nach Geld und vor allem nach einem: Rache. Aber er weiß auch, dass ihm die französische Abwehr und die Extremisten aus der Heimat auf den Fersen sind. 1961, Anfang Juni, hält er sich in Hamburg auf. Er soll Nachschub für Algerien organisieren. Er verlässt die Wohnung am Alten Wall und kommt nur wenige Meter, als er einen kalten Druck im Nacken spürt. Batman versucht, den

Mann hinter ihm auszumachen, kann aber nur die Pistolenmündung zwischen Kopf und Hemdkragen erspähen. Ein Zweiter nimmt vor ihm Aufstellung. Sofort fällt dem Zigarettenkönig die Narbe auf, die sich unter dem Bart durch das halbe Gesicht zieht.«

Ranfort reißt die Augen auf.

»Das Narbengesicht und der Revolver warnen ihn vor weiteren Geschäften mit der FLN. Andernfalls werde es schlecht für ihn ausgehen. Sie einigen sich auf einige Tage Bedenkzeit. Batman sucht Schutz bei der FLN, der ihm verwehrt wird. Zu hoch hat er sich die Notlage der Algerier ablösen lassen. Er bekommt den Druck von allen Seiten zu spüren. Die Algerier wollen weiter ihre Lieferungen. Am 12. Juni 1961 geht er zu seinem Mercedes, der auf einem Parkplatz in der Hamburger Innenstadt steht. Er dreht den Zündschlüssel und startet den Motor. Gleichzeitig mit der Bombe, die das Narbengesicht und sein unsichtbarer Kumpan platziert haben. Sie sitzen in einem Café ungefähr hundert Meter von der Explosion entfernt. Keiner der beiden macht auch nur einen Mucks, als die Detonation die umliegenden Fensterscheiben zum Bersten bringt und die kreischenden Passanten flüchten. Doch es haben nicht alle so viel Glück. Eine Frau steht zu nahe am Wagen.«

Ranfort schweigt. Eine gefühlte Ewigkeit. Der Unfall seiner Frau. Als ob es gestern gewesen wäre.

»Kommissar?«

»Es war Ihre Frau«, sagt Ranfort.

Bestätigendes Schweigen auf der anderen Seite.

»Warum erzählen Sie mir das?«

»Wenn Sie mir so eine Frage stellen, haben Sie Ihre Lage nicht erkannt. Mir erging es ähnlich und ich habe alles verloren. Seien Sie auf der Hut. Alles Gute.«

Dem krachenden Akzent folgt wieder das Piepen. Ranfort hält

den Hörer in der herabhängenden Hand. Auguste Petrus, ein französischer Attentäter?

***

Ein Spalt. Kaum breit genug, dass Licht auf den Gang dringt. Ranfort traut seinem Instinkt, bremst die Schritte und nähert sich der Tür. Er hält die Hand auf das Holz und schiebt sie langsam zur Seite. Zwei Männer, die sich gerade an seinen Habseligkeiten zu schaffen machen. Der Kleinere durchsucht die Schubladen, der andere kostet die kalte Pizza, verzieht das Gesicht und wirft das Stück auf den Teller. Leichter Bauchansatz, ansonsten eher knochig, geschmacklose Krawatte. Die Haare hat er nach hinten gekämmt. Er sieht sich um, ob ihm etwas entgangen ist. Der Kleine ist fertig mit den Schubladen und wendet sich dem anderen zu. Achselzucken und die Einigung, die Wohnung zu verlassen.

»Vielleicht kann ich helfen«, beginnt Ranfort. Er steht in der Tür, die Schulter angelehnt. Die linke Hand hält er in der Hosentasche.

»Die Pizza ist zum Kotzen«, kommentiert die Schmalzlocke und wirft dem Teller einen abschätzigen Blick zu.

»Ich kenne ein Restaurant nicht weit von hier.«

»Mir ist der Appetit vergangen.«

»Ich komme nicht oft zum Kochen. Von Arbeitswegen her.«

»Das dürfte bald vorbei sein«, mischt sich der Kleine ein, der sich die Krawatte zurechtrückt. Kantige Figur, narbiges Gesicht. Ranfort fallen die maroden Ohren auf. Wahrscheinlich ein ehemaliger Ringer, der aus Erfolglosigkeit und Geldnot die Drecksarbeit erledigt. Die Schmalzlocke gibt ihm ein Zeichen, dass er still sein soll. Der Kleine folgt aufs Wort.

»Wir können Ihnen helfen, Kommissar. Wenn Sie uns helfen.«

Ranfort schließt die Tür hinter sich und nimmt auf dem Stuhl Platz. Er legt die Hände auf die Oberschenkel. Falls es zu einem Handgemenge kommt, muss er schnell sein.

»Indem Sie meine Wohnung durchsuchen?«

»Indem Sie uns geben, was wir wollen.«

»Das wäre?«

»Er hat es nicht«, mischt sich der Kleine ein.

»Dann können wir ihm auch nicht helfen.«

»Mir haben schon so viele Leute geholfen«, kommentiert Ranfort, »aber meine Situation hat sich kaum gebessert.«

Ranfort fixiert die Nasenwurzel des Großen, der die Methode offensichtlich kennt. Minutenlang sehen sie sich an, bis die Schmalzlocke das Schweigen bricht.

»Was hat der Deutsche gesagt?«

»So manches.«

»Das passt zu ihm. Wussten Sie, dass man ihn für verrückt hält?«

Ranfort kennt die Spielchen. Billige Verhörtechnik. Für kleine Informanten und Anfänger. Man diskreditiert die Quelle, um das Gegenüber zu verunsichern.

»Schade. Er hat sich glaubwürdig angehört.«

»So ist das mit Verrückten. In deren Welt ist alles echt.« Kurze Pause. »Ein pensionierter Kommissar, der nicht imstande ist, sich von seiner Arbeit zu lösen. Er glaubt, dass er verfolgt wird. Unglaublich, nicht wahr?«

»Wenn Sie mir so ungefähr sagen könnten, worum es sich handelt, könnte ich möglicherweise helfen. Das hängt natürlich auch von der Art Hilfe ab, die Sie mir geben.«

Die Schmalzlocke zupft sich die goldene Krawattennadel zurecht, die noch hässlicher als die Krawatte selbst aussieht, lehnt sich auf die Ellbogen und presst die Fingerspitzen aneinander.

»Ihre Lage lässt momentan keinen Spielraum für Forderungen.

Ich würde sagen, dass wir unser Möglichstes tun werden. Das setzt allerdings voraus, dass Sie es haben.«

»Alles was ich habe, ist hier.«

»Hier ist es aber nicht«, wirft der Ringer ein.

Die Schmalzlocke verdreht die Augen und wendet sich Ranfort zu.

»Das ist schlecht.«

»Warum töten Sie mich nicht? Wie Sie es bei Auguste getan haben?«

»Das haben Sie nicht zu entscheiden.«

Er steht auf, schnalzt mit der Zunge und verlässt die Wohnung. Der Ringer folgt. Ranfort sieht sich um, durchsucht alles, wo die beiden ihre Finger gehabt haben könnten. Die Küche, den Kasten, in dem seine spärliche Garderobe Platz findet, den Stauraum unter dem Bett. Nichts. Bis sein Blick auf das Telefon fällt. Er denkt an den Deutschen, holt sich einen Schraubenzieher und nimmt den Hörer auseinander. Er reißt die Wanze aus der Muschel und drückt sie zusammen. Warum wurde er abgehört? Was hatte Auguste, das die Ratten aus den Löchern lockt?

# 4

Ein Hauch von Cowboyromantik berührt Pedro. Die zwei H-19 seiner Einheit befinden sich gerade im Rückflug, die Morgensonne begleitet sie im Rücken. Es herrscht ausgelassene Stimmung im Hubschrauber, die ein wenig über die Erschöpfung der Männer hinwegtäuscht. Ein Pack Bestien, denkt Pedro stolz, lehnt sich ans Gewehr und genießt die Atmosphäre. Er kann den Major schon sehen, als der H-19 zur Landung ansetzt. Er hält die Arme hinter dem Rücken verschränkt, das Barett in leichter Schräge. Der Sergeant treibt die Männer an, sich in Reih und Glied aufzustellen. Der Blick des Majors wandert durch die Reihen. Die Augen glänzen, jeden Para mustert er von oben nach unten, Blickkontakt, ein leichtes Nicken. Dann hackt er den Stiefel in den Sand, dreht sich um und nimmt mittig vor den Soldaten Aufstellung. Breitbeinig, mit herausgestreckter Brust.

»Ein großartiger Tag. Ein großartiger Tag, den ich euch zu verdanken habe. Mit Stolz darf ich euch die Grüße des Obersts übermitteln, der von der Luft aus beobachtet hat, wie ihr dem frechen Treiben der Fellaghas ein Ende gesetzt habt. Von nun an werden sie vorsichtig sein, die Paras zu unterschätzen und eure Namen mit Ehrfurcht aussprechen. Deshalb habe ich beschlossen, dass wir heute feiern.«

Er genießt das stolze Funkeln in den Augen der Bestien, stolziert vor den Männern auf und ab. Er schenkt sich einen andächtigen Moment, salutiert und schreit: »Wegtreten.«

Zusammenschlagen der Stiefelabsätze. Jubel geht durch die Menge. Gewehre werden in die Luft gehoben. Die Männer umarmen sich, es geht zum Zelt, um sich selbst zu beweihräuchern und die Erinnerungen zu ertränken. Pedro ist erfüllt von der Stimmung. Als er den Männern zum Zelt folgt, hält ihn der

Sergeant auf.

»Sie nicht. Mitkommen.«

Die Miene des Sergeanten hat sich zu einem Wolkenbruch verfinstert. Pedro folgt ihm. Sie gehen zu seinem Zelt. Der Sergeant lässt ihn den Rucksack mit vollem Marschgepäck beladen und ihn die Riemen mit dem Bajonett entfernen. Dann drückt er ihm zwei Telefonkabel in die Hand. Er soll die Riemen mit den Kabeln ersetzen und den Rucksack schultern. Sie gehen zurück vor das Zelt, in dem sich die Männer betrinken. Pedro soll marschieren. Einen möglichst schönen Kreis. Pedro hat Mühe, der stärker werdenden Sonne Beachtung zu schenken. Die Kabel beginnen sich mit dem Stoff in die Haut zu drängen. Der finstere Gesichtsausdruck des Sergeanten bleibt. Allein die Wehmut lässt ihn von Zeit zu Zeit in das Innere des Zeltes blicken. Jedes Mal, wenn Pedro glaubt, dass die Feierlaune den Sergeant zum Aufhören zwingt, wendet er sich ihm zu und erhöht das Tempo. Es vergeht keine halbe Stunde, bis sich die Kabel komplett in das Fleisch gearbeitet haben. Die kräftigen Schultern wollen nach unten ausweichen und die Knie folgen ihnen.

Er bemerkt die Abwesenheit des Sergeanten, der sich ein Bier geholt hat. Pedro will aufhören. Der Sergeant nimmt die Reitgerte und treibt ihn an. Die Schläge brennen auf der Haut, aber noch stärker im Stolz. Vielleicht hat sein Vater recht. Er ist zu nichts nütze. Zu weich, zu weinerlich. Ohne Ziel geht er im Leben voran. Lässt sich treiben wie eine Prinzessin. Wird niemals ein Mann. Auch wenn er fünfmal Soldat ist. Pedro fällt auf die Knie. Er stürzt auf die Ellbogen, ein Fuß tritt ihn in die Flanke. Er fällt zur Seite und ringt nach Luft. Jetzt bemerkt er, wie stark ihn die Sonne bearbeitet hat. Vor ihre Silhouette drängt sich der Umriss des Sergeanten, der ihn angrinst und Grüße des Majors bestellt. Außerdem soll er sich neue Riemen besorgen.

»Ein Rucksack, mehr nicht«, teilt ihm der Nachschubunteroffizier mit, als er sich neue Riemen holen will. Die Riemen allein gebe es nicht und der neue Rucksack sei vom Sold zu bezahlen. Pedro knallt ihm den riemenlosen Rucksack hin, nimmt den neuen und die Quittung. Dann bringt er ihn zum Zelt und geht ins Lazarett. Das Hemd klebt in den Furchen und lässt sich nur schwer aus ihnen lösen. Es bleiben immer wieder Fasern in der Wunde hängen, die der Sanitäter spült und mit einer Pinzette herauszieht. Daneben flucht er über Pedros Zucken, wenn er die Reste des Hemds entfernt. Die Prozedur dauert ungefähr eine Stunde, der Sani gibt ihm eine Salbe mit. Pedro nickt, steckt die Dose ein und geht ins Zelt. Er hört die ausgelassene Stimmung, überlegt kurz, ob er mitfeiern soll, entschließt sich aber, etwas zu schlafen, damit der Schmerz vergeht. Etwas Toilettenpapier in den Ohren wird ihm die Ruhe erleichtern. Es dauert nicht lange, bis er einschläft. Mit geröteten Schultern, freiem Oberkörper auf dem Feldbett, den Blick ins Nirgendwo gerichtet.

Ein Tisch, dessen Kante er kaum überblicken kann. Sessel, auf die er klettern muss, um darauf sitzen zu können. Die Zimmerdecke ist weit entfernt, knapp unter dem Himmel. Pedro folgt dem Duft der Quiche in die Küche. Speck und viel Käse. Einer, der Fäden zieht und einen kurzen Moment am Gaumen kleben bleibt. Das Fett auf die Zunge abgibt, damit es sich zu den Lippen vorarbeitet, um die Brösel des Teigs daran kleben zu lassen. Ein Lächeln seiner Mutter. Ein Kuss auf die Stirn, eine liebevolle Aufforderung, die Küche zu verlassen und im Esszimmer Platz zu nehmen. Der Vater sitzt gegenüber, sein Kopf stößt fast an die Decke, er liest etwas. Pedro sucht den Blick des Vaters, hechelt fast, die Augen aufgerissen, es gibt etwas zu erzählen. Der Vater legt die Zeitung beiseite, sticht, schneidet, stopft sich das erste Stück in den Mund, kaut, bis die Lippen einen schmalzigen Teint angenommen haben. Pedro grinst, beginnt zu sprechen. Die Gliedmaßen zucken ein wenig, als er erzählt. Die Armee, Algerien, Frankreichs Glorie, Grande Nation, bereits unterschrieben. Der Mund weit aufgerissen, gehört will er werden. Die Arme sinken herab, dann folgt der Kopf. Stille, kein Laut, zerkaute Brösel, zerschmatztes Fett.

Pedro stützt sich auf die Ellbogen, ein Film aus Schweiß hat sich über seinen Oberkörper gelegt. Das Pochen der Wunde unterlegt den Traum mit dem Gefühl, das ihn befällt. Fast überhört er das Gebell der Hunde. Er sieht auf, vernimmt eine Bewegung außerhalb des Zeltes. Pedro lässt sich vom Bett fallen. Die Hand am Messer, das sich am Gürtel befindet, den Blick Richtung Eingang.

Neumond. Die Augen brauchen einen Moment, bis sie sich an die Dunkelheit gewöhnt haben. Die Feldbetten sind leer, Pedro hört die Kameraden. *Schwarze Rose von Oran* im Chor, frenetisches Pfeifen, Wiederholung des Refrains. Er robbt ein Stück vor, stützt sich auf die Hände, sieht kurz auf und schleicht in Richtung Ausgang über die Feldbetten. Vorsichtig. Er zückt das Messer, betrachtet kurz das Glitzern der Klinge im kargen Mondlicht, sucht den Schutz der Zeltwand. Zähne, von denen nicht einer gerade zu sein scheint und ein Turban über dem Weiß der Augen, die das Zelt absuchen. Pedro wartet. Ist er allein? Was will er hier? Pedro klopft die Finger auf den Messergriff, streichelt das glatte Holz, umfasst zärtlich den Griff. Der Turban dreht sich um und stiehlt sich an den Zelten entlang. Pedro folgt ihm, bewegt sich, wenn sich der Turban bewegt und bleibt stehen, wenn er stehen bleibt. Die betrunkene Meute meidet er. Er hält sich stets an den dunklen Flecken auf. Pedro schließt auf, hört beinahe den Atem des Turbans. Er macht sich bereit, greift nach dem Hals, plötzlich tauchen zwei andere auf. Pedro lässt sich in die Dunkelheit zurücksinken. Der Turban gibt den zwei ein Zeichen, bevor sie sich wieder entfernen. Pedro schnellt vor, gräbt sich mit dem linken Ellbogen in die Schulter und hält ihm den Mund zu. Dann führt er die Klinge vor den Hals des Turbans. Der Kopf weicht aus, um dem ekelhaften Gefühl des Stahls zu entrinnen, Pedros Hand folgt. Er presst das Ohr des Turbans an seine Lippen. Er flüstert: »Was wollt ihr hier?«

Das Lachen vibriert in der Hand. Pedro bohrt die Klinge in die Haut, gerade so weit, dass ein Tropfen Blut entweicht, der Turban will nicht aufhören. Pedro wiederholt die Frage, erhöht den Druck, wartet ab und zieht das Messer nach hinten, bis er auf den Knochen stößt. Es hört sich an wie Milch, die gerade am Überlaufen ist. Pedro wartet, bis er tot ist, und sucht nach den anderen.

\*\*\*

Pedro wischt das Blut am Kaftan des Toten ab, der Alarm geht los. Schüsse durchschneiden die Nacht, lauter werdende Schreie, Schritte, die beschleunigen, Scheinwerfer auf Turbanjagd. Pedro sieht sich um, schultert den Toten und legt ihn vor sein Zelt. Dann geht er hinein, zieht sich an und holt das Gewehr. Das Camp ist hell erleuchtet, Hundegebell hallt in der Nacht wider. Pedro läuft in die Richtung, in die sich die zwei entfernt haben, und folgt den Spuren im Sand. Vier Fußabdrücke, gefolgt von einer Schleifspur. Sie haben sich knapp an den Zelten gehalten und sind dann am Zaun entlang. Dann vereint sich die Spur mit anderen und endet. Pedro verengt die Augen, sucht die Gegend ab. Dann kriecht er durch die Öffnung im Zaun und läuft ein Stück in die Wüste. Aufgewirbelter Staub, Pedro schießt zweimal in die Luft, Geschrei und Schritte nähern sich aus dem Camp. Er schreit aus Leibeskräften, dass sie nach Norden geflohen sind, und folgt dem Sergeant, der zu den Sikorskys läuft. Aus allen Ecken kommen die Paras gestürmt. Einige davon schwerfällig. Der Sergeant sortiert aus, wer imstande ist, mitzufliegen, und eine halbe Minute später sind sie in der Luft.

Die Sikorskys nehmen Kurs auf den vermeintlichen Fluchtweg der Turbane, über das Camp hinweg in die Wüste. Sie dürfen die Berge nicht erreichen. In der Dunkelheit haben die Paras einen erheblichen Nachteil. Fehlende Ortskenntnis, an jeder Ecke ist ein Hinterhalt möglich. Pedro steht an der geöffneten Tür des H-19 und versucht, ein Zeichen am Boden auszumachen. Er sucht den Sand nach direkten oder indirekten Spuren ab, der Pilot holt alles aus dem Hubschrauber heraus. Die Silhouette der Berge kommt in Sichtweite. Pedros Herz pocht schneller, die Zeit wird knapp. Er erspäht einen Reiter in der Ferne, ruft dem Sergeant zu, dass er einen entdeckt hat. Der Sergeant überzeugt sich selbst, gibt dem Piloten Anweisungen, dass er tiefer gehen soll. Der Hubschrauber kommt in Schussweite. Blick zum Sergeant, bestätigendes Nicken. Pedro legt an und schießt. Der Reiter schlägt einen Haken, schmiegt sich an den Hals des Pferdes, das sich Mühe gibt, dem nahenden Tod zu entrinnen, und reitet nach links, um Pedros Schussfeld zu entkommen. Der Sikorsky folgt, zwei Schüsse, Pedro kann nicht sehen, ob er getroffen hat, dasselbe Spiel von vorn. Pedro hält den Atem an, um genauer zielen zu können, legt an, schießt. Der Reiter sinkt auf den Rücken des panisch gewordenen Pferdes nieder und verschwindet zwischen den Steinen am Fuße der Berge. Der Sergeant klopft Pedro auf die Schulter. Dann ruft er dem Piloten zu, dass sie kehrtmachen sollen. Pedro kommentiert es mit einem fragenden Blick. Der Sergeant schüttelt den Kopf. Ein Weiterkommen sei ab hier zu gefährlich. Zurück ins Camp, Bestandsaufnahme, auf Instruktionen warten.

*\*\*\**

Antreten im Morgengrauen. Eine Meute von angetrunkenen und müden Kämpfern, denen wenig Schlaf vergönnt war. Ein befohlener Solidaritätsbeweis mit dem Kommando, das die ganze Nacht im Krisenstab beratschlagt hat. Der ausgelassenen Stimmung folgt stöhnende Ernüchterung. Fünf entführte Legionäre, einer davon ist Jacques. Angekratzte Ehre, die auf dem Fuße folgt. Rachegelüste keimen in der Truppe, der Ruf nach Vergeltung ist zunehmend zu hören. Der Major hält eine Ansprache. Die Turbane bekämen, was sie verdienten, man sei zu sanft mit ihnen umgesprungen, ab heute sei Gnade ein Fremdwort für die Paras. Jubel geht durch die Menge, der Major beschwichtigt. Alles zu seiner Zeit. Er befiehlt, wegzutreten, die Blicke der Männer schweifen zum Tor. Ein Esel, näher am Tod als am Leben, trägt etwas auf dem Rücken. Fünf Köpfe, an Seilen auf dem Esel baumelnd, drei links, zwei rechts. Schmerzverzerrte Gesichter aus fahlem Weiß, an der Grenze zur Erkennbarkeit, saubere Schnittkanten an den Hälsen. Ein Raunen befällt die Männer, als der Esel durch das Tor geht. Der Major geht zu dem Tier, mustert die Gesichter der Getöteten und holt den Sergeant herbei. Dann krault er den Esel hinter dem Ohr, spricht ihm ein paar Worte zu und fährt ihm über die Stirn. Der Esel presst den Kopf gegen die Hand und wackelt mit den Ohren. Der Schwanz des Tiers gerät in Bewegung, das Hinterteil schwingt hin und her. »Guter Junge, das gefällt dir. Entspann dich.« Etwas Zeit verstreicht, der Major greift nach der Pistole, lässt den Schlitten zurückschnellen und schießt dem Esel in den Kopf. Die Beine des Tiers knicken ein, bevor es leblos zusammensackt. Die Gliedmaßen zucken noch ein wenig, der Major stellt ein Bein auf den Kopf des Tiers und wartet. Die Pistole hält er auf den Esel gerichtet. Ein Moment vergeht, bis die Zuckungen aufhören. Er geht zum Sergeant und flüstert ihm etwas ins Ohr. Vier Männer zerren den Kadaver in den Sikorsky, der

Hubschrauber hebt ab. Die Männer nehmen die Köpfe der Soldaten und bringen sie weg. Der Major steckt die Pistole zurück in das Halfter und widmet sich der Truppe. Ausrüsten, in einer halben Stunde Abmarsch. Die Turbane sollen sehen, mit wem sie es zu tun haben. Ein Aufschrei, dann geht Pedro mit der Truppe zum Flugfeld und wartet. Es dauert etwas, bis der Hubschrauber zurückkommt. Der Sergeant treibt die Männer zur Hast an, nachdem der Sikorsky aufgetankt ist. Es geht Richtung Norden.

***

Ein Dorf, etwa fünfzig Kilometer nördlich vom Camp. Steinerne Hütten, in denen kaum ein Mensch aufrecht stehen kann, mit Dächern, die einem Unwetter keine Minute standhalten würden. Trotz einiger Ausfälle hat Pedros Einheit beinahe die volle Stärke erreicht. Die Männer postieren vor den Türen, warten auf das Kommando des Sergeanten, dann treten sie die Stiefel gegen das Holz. Türen fliegen in das Innere, aufgescheuchte Algerier laufen heraus, manche verbleiben kauernd darin, bis sie die Soldaten nach draußen treiben. Pedro geht in eine Hütte, sieht sich um und holt den Sergeant herbei. Andere folgen seinem Wink. Er skandiert, welcher Zufall hier wohl gewirkt haben muss. Jeder, der hineingeht, fängt zu lachen an und zeigt auf das Dach, das in der Hütte liegt. Der Sergeant geht hinaus und erklärt den Algeriern, dass nichts, was man den Paras antut, ungesühnt bleibt und der Esel mit gutem Grund hier liegt. Sein Grinsen ist voller Häme und Genugtuung. Nachdem er die Mundwinkel wieder nach unten gezogen hat, gibt er den Soldaten den Befehl, sich zwei Männer zu schnappen und in eine der Behausungen zu zerren. Er folgt ihnen. Pedro soll Wache halten und für Ordnung sorgen. Es vergehen keine fünf Minuten, bis der Erste fleht, dass der Sergeant von ihm ablassen soll. Das Knistern von Knochen, Stahl, der in die zarte Haut eindringt und darin umrührt, dazwischen Fragen, wer beim Überfall des Camps beteiligt war. Antworten gibt es keine, nur Schreie und Wehklagen. Pedro kämpft mit der Fassung, beruhigt sich aber mit dem Bild der Köpfe auf dem Esel. Auch wenn Jacques kein geborener Kämpfer war, so ist er doch ein Para gewesen und einer von Jacques Sorte weit mehr wert als zehn der Turbane. Das nächste Mal erwischt es vielleicht ihn, wenn man denen nicht beibringt, wer hier das Sagen hat. So war es schon bei seinem Vater. Jahrelang hatte Pedro die Demütigungen über sich ergehen lassen, bevor er das erste Mal aufbegehrt hat. Allerdings ist es in dem Versuch versandet. Pedro konnte das Bild, das sein Vater von ihm hatte, nicht mehr ändern. Ein unnützes Stück Mensch, das keine Beachtung verdient. Jeder Funken investierte Energie Vergeudung. Ihm blieb nur eine Wahl: wegzugehen, auch wenn er Heimat und Familie hinter sich lassen musste, und ein neues Glück zu suchen, wenngleich auch unter widrigen Umständen. Aber in einer Umgebung, die ihn respektiert und nicht wie Abschaum behandelt.

Pedro fühlt sein Herz pochen. Langsam, aber kräftig, begleitet von den Atemgeräuschen, die alles andere in seiner Umgebung ausblenden. In der Ferne hört er noch immer die Schreie der Gepeinigten. Der Sergeant wendet ihm den Rücken zu und schleift die Klinge etwas nach. Dann demonstriert er die Schärfe des Messers an den Haaren seines Armes, der einige kahle Flecken aufweist. Der Mann, der auf einem Stuhl festgebunden ist, kann den Blick nicht von dem Stahl abwenden und rutscht mit dem Kopf immer weiter nach hinten. Pedro sieht das Herz des Mannes durch die Brust schlagen. Fast fühlt es sich an, als ob es das eigene wäre. Die Füße des Turbans drücken den Stuhl immer weiter nach hinten, bis er umzukippen droht. Die beiden Soldaten werfen ihn wieder nach vorne. Dann gibt ihnen der Sergeant ein Zeichen, dass sie ihn festhalten sollen. Er sagt ihm, wenn die Antworten zu seiner Zufriedenheit ausfielen, würde alles nicht so schlimm werden. Er sei kein Unmensch und alles, was gleich passieren werde, liege nur in der Verantwortung des Turbans. Der Algerier jammert, dass er nichts wisse, nur ein armer Bauer sei und dass es seine Hütte sei, in der der Esel liegt. Der Sergeant nickt und sieht die Soldaten an. Sie drücken ihm den Kopf nach hinten. Der Sergeant fasst die Nasenwurzel und setzt die Klinge direkt darunter an. Fast widerstandslos gleitet sie durch das dunkle Fleisch. Der Mann zuckt, hechelt wie ein Hund und reißt mit den Händen an den Seilen, die ihn am Stuhl halten. Der Sergeant grunzt wie ein Schwein und stellt ihm eine Frage, bevor er ihm das linke Ohr abschneidet. Nächste Frage, rechtes Ohr, nächste Frage, ein Finger, bis von der Rechten nur mehr die Handfläche übrig bleibt. Dann sagt er ihm, dass er ihm eine Chance geboten habe, aber wenn er nicht wolle, könne er ihm auch nicht helfen. Der Sergeant gibt den Soldaten ein Zeichen, dass sie zur Seite gehen sollen, stellt sich hinter den Mann und schärft den Stahl. Er zieht das Messer durch den Hals, drückt den Kopf nach hinten. Das Blut wird aus den Adern geschleudert, bis nur mehr wenige Tropfen den Hals verlassen. Pedro schließt die Augen, wendet sich den anderen Algeriern zu. Eine Frau befreit sich und läuft in seine Richtung. Ihr Geschrei ist kilometerweit entfernt. Pedro legt den Finger auf den Abzug. Ein dumpfer Laut kommt aus dem Lauf, bevor sich seine Sinne normalisieren. Der Sergeant steht neben ihm, die Hand auf Pedros Schulter.

»Gut gemacht. Das wird den Rest beruhigen.«

*\*\**

# 5

Statt Complatiers R4 parkt ein schwarzer Mercedes mit getönten Scheiben vor Augustes Haus. Die Stoßstange glänzt in der Nachmittagssonne. Französisches Kennzeichen, gültige Vignette. Er schleicht sich an der Fahrerseite entlang und führt die Hand zum Türgriff. Er sieht in den Seitenspiegel, vergewissert sich, dass sich niemand im Inneren befindet. Vorsichtig hebt er die Schnalle an, bis die Tür einen Spaltbreit offen steht.

Das Wageninnere macht einen gepflegten Eindruck. Eine teure Sonnenbrille liegt auf dem Armaturenbrett. Ranfort drückt die Tür ins Schloss und geht über die Wiese neben den Pflastersteinen zum Eingang.

Er riskiert einen Blick durch das Fenster, geht zur Tür und drückt sachte die Klinke nach unten, nachdem er das Ohr dagegengehalten hat. Er bewegt sich langsam Richtung Wohnzimmer, als sein Blick im Schlafzimmer hängen bleibt. Das Kopfpolster liegt aufgeschnitten am Boden, die Daunen, die im Laufe der Jahrzehnte einen leichten Stich ins Gelbliche angenommen haben, sind herausgerissen worden. Ähnlich zeigen sich der Schlafsack und die Matratze.

Ranfort steckt den Kopf durch den Türrahmen und sieht sich im Wohnzimmer um. Der Sessel wurde nach hinten gekippt und teilt sein Schicksal mit dem Polster. Das Radio liegt zerbrochen auf dem Boden. Er setzt seinen Weg zur Küche fort. Die Schubladen wurden herausgerissen und der Inhalt auf den Boden gekippt. Er nimmt von draußen Stimmen wahr, schleicht zur Tür und sieht zwei Männer, die im Garten miteinander diskutieren. Er kann nur die Silhouetten durch die Scheibe wahrnehmen. Der eine, hager und groß, zuckt mit den Achseln und öffnet die Tür, die in die Küche führt. Ranfort versteckt sich dahinter in der Ecke. Er muss schnell sein. Wenn es derselbe Typ Mensch ist, der ihn besucht hat, wird er nicht zum Scherzen aufgelegt sein. Der Mann geht an der Ecke vorbei, Ranfort packt seine Arme, rammt ihm den Absatz in die Kniekehle und reißt ihn damit zu Boden. Der Mann schlägt mit dem Kinn auf, Ranfort setzt ihm das Knie auf den Rücken. Er sieht sich um, ob der andere kommt, zieht ihn an den Haaren nach oben. Keine Regung. Er zerrt ihn an den Füßen ins Schlafzimmer und wartet. Den Kopf hält er leicht aus der Tür, prüft, ob der Große noch bewusstlos ist und tritt ihm noch einmal gegen den Schädel. Zur Sicherheit. Das Schlafzimmer verlässt er durch den Vordereingang, um den anderen im Garten zu überraschen. Er vermutet, dass der Lunte gerochen hat, und nimmt denselben Weg zurück, den er gekommen ist. Ein Blick durch das Schlafzimmerfenster, ob der Große noch schläft, Ranfort dreht sich um. Blitze durchfahren den Kopf, alles um ihn herum wird dumpf. Er blinzelt, der Schleier vor den Augen wird immer wässriger, bis er widerstandslos zu Boden sackt. Er sieht die Silhouette des anderen, der ebenfalls an die eins neunzig sein muss, den Großen in den Wagen schleppen. Die Kraft weicht aus Ranfort, die Lider fühlen sich an wie aus Beton. Dann schaufeln die Räder des Mercedes kiloweise Schotter in die Radkästen.

*\*\**

Die Abwesenheit der Sonne treibt Ranfort die Kälte in die Knochen. Er richtet den Oberkörper auf, schüttelt den Kopf und sieht sich um.

Nichts. Nur das Zirpen der Grillen und der Umriss von Augustes Haus. Er schließt die Augen, um das Pochen aus dem Kopf zu vertreiben, und geht zum Motorrad.

Den Weinberg hat er lange hinter sich gelassen, die Maschine parkt er in der Rue de Lafette. Der Summer ertönt ohne Nachfrage. Ranfort ignoriert Cécilles Unvernunft und geht in den zweiten Stock. Sie steht in der Tür und wartet auf ihn. Es folgen eine Umarmung und Ranforts Aufforderung, eine Runde mit ihm spazieren zu gehen.

Cécille folgt wortlos und zieht sich an. Sie kommentiert seine Blässe, die Ranfort mit einer Geste herunterspielt.

»Die Dinge ändern sich, Cécille. Eine Menge Anzugträger sind hier aufgetaucht. Sie suchen etwas.«

Cécille sieht ihn fragend an.

»Was sie suchen, haben sie mir nicht gesagt. Hat dir Auguste irgendetwas gegeben? Etwas, das dir unwichtig erschien?«, fragt Ranfort.

Sie weiß nicht, was er meint. Der Druck ihrer Hand wird fester. Sie sieht ihn an und wendet den Blick ab, sobald er es merkt.

»Einer hat mich bei Auguste niedergeschlagen.«

Cécille bleibt wie angewurzelt stehen. Sie sieht Ranfort an, als ob sie ihm sagen möchte, dass Larut und sie ihn gewarnt haben und warum er nicht darauf gehört habe.

»Es hätte nichts geändert, wenn ich dort nicht hingegangen wäre. Eine Menge Dinge passieren im Hintergrund.«

Cécilles Blick schneidet ihn beinahe entzwei. Sie löst den zuvor festen Griff, verschränkt die Arme und beschleunigt den Schritt, dass Ranfort Mühe hat, mitzuhalten. Er stockt, dreht den Kopf nach hinten. Benzingestank zieht in die Nase. Ein Transporter rast an ihm vorbei und stoppt am Marktplatz, knapp einen Meter vor Cécille. Ein Citroën H, in hässlichem Beige. Ranfort kann das Logo an der Seite nicht erkennen. Er spürt ein Ziehen in der Brust und geht schneller, um Cécille zu erreichen. Gummi dampft vom Asphalt, Autotüren werden aufgerissen, zwei Männer springen aus dem Wagen. Beide groß und hager, die Gesichter haben sie mit Strümpfen unkenntlich gemacht. Ranfort kennt die Anzüge. Von Augustes Haus. Der eine macht einen Satz auf Cécille zu und packt sie am Arm. Der andere hält mit einer Sten-Maschinenpistole lästige Eingreifer fern. Eine beliebte Waffe bei der Résistance, vor allem wegen dem Schalldämpfer. Ranfort duckt sich, schleicht zwischen den parkenden Wagen hindurch, Autofenster fallen klirrend aus dem Rahmen. Das Maschinengewehr prügelt das Glas aus dem Fahrzeug, hinter dem Ranfort in Deckung gegangen ist. Cécilles Hilfeschreie vermischen sich mit dem Klirren, bis ihr der Mund zugehalten wird. Ranfort riskiert einen Blick aus der Deckung und sieht, wie sie der eine in das Heck des Transporters zerrt. Der mit dem MG feuert noch eine Salve auf Ranfort ab, steigt ein und bringt den Wagen mit quietschenden Reifen vom Marktplatz weg. Ranfort sprintet dem Wagen hinterher, springt und bekommt die Klinke der Tür zu fassen. Unverständliche Laute dringen aus dem Inneren, begleitet von hektischem Klopfen. Der Fahrer macht einen Haken, Ranfort rollt über das Kopfsteinpflaster in Richtung des Dorfbrunnens. Er hält die Ellbogen vor den Kopf, spürt die Kante des Brunnens in der Flanke. Die Augen folgen dem Geräusch, er kann noch die Richtung erkennen, in die der Citroën flieht. Er versucht sich aufzurichten, spürt aber nur, wie das Handgelenk der Belastung nicht standhält. Er setzt sich auf die Stufe des Brunnens, die Polizei trifft ein. Menschen laufen auf die Straße, das Blaulicht des Renaults brennt in den Augen. Er zeigt in die Richtung, die der Wagen genommen hat, stützt den Kopf auf die linke Hand und reibt sich keuchend die Augen. Ist jeder in seiner Nähe in Gefahr? Oder ist es Auguste, dessen dunkle Seite alle heimsucht?

***

Es war eine der schlimmsten Nächte, an die sich Ranfort erinnern kann. Ein Kollege von der Streife hat ihm gesagt, dass er nach Hause gehen solle und der Rest von der Polizei erledigt werde. Er solle sich keine Sorgen machen und morgen aufs Revier kommen, um seine Aussage zu machen.

Das Ticken der Uhr hat sich in Ranforts Schädel gemeißelt. Minute um Minute. Abwechselnd mit den dunklen Gedanken und der Panik, die sich nur schwer unterdrücken ließ. So ähnlich hat er es schon einmal erlebt. Nur, dass beim Tod seiner Frau die Gewissheit der Befürchtung zuvorgekommen war. Larut war persönlich zu ihm nach Hause gekommen, wollte es sanft erklären, ihn beruhigen. Ranfort hatte es gewusst, als es an der Tür klingelte. An diesem Freitag im Januar 1968 hatte er jeden Streit, jedes missmutige Wort und jede Minute, die er der Arbeit und nicht seiner Familie gewidmet hatte, nicht einfach nur bereut. Dieser Tag hat aus einem Stein, den er seit dem Tod seines Vaters getragen hatte, eine Lawine werden lassen. Er hat sich verabscheut, gegeißelt und letztendlich versucht, sich selbst zu zerstören. Ein Versuch, den Auguste vereitelt hat.

Ranfort steht auf, sieht sich sein marodes Spiegelbild an und wäscht sich das Gesicht, bevor er die Wohnung verlässt. Die Schritte treibt er durch die leeren Straßen, die gerade aufwachen. Larut wähnt er bereits im Büro. Ein pflichtbewusster Frühaufsteher. Ranfort kann dieser Eigenschaft etwas Positives abgewinnen. Zum ersten Mal. Er kann nicht mehr warten.

Im Revier geht es zu wie im Hühnerstall. Cécilles Entführung dürfte an niemandem spurlos vorübergegangen sein.

Ranfort öffnet die Tür zu Laruts Büro, ohne vorher anzuklopfen. Larut bietet ihm einen Sitzplatz an. Er legt sofort den Stift zur Seite und sieht ihm in die Augen. Kein investigativer Blick. Ranfort glaubt, so etwas wie Mitgefühl darin zu erkennen. Er legt ihm einen Zettel vor die Nase und sagt ihm, dass er seine Aussage zu Protokoll bringen soll.

»Es tut mir leid, was mit Madame Rancis passiert ist«, sagt Larut.

»Gibt es Neuigkeiten?« Larut schüttelt den Kopf und lässt ihn allein. Nach fünf Minuten öffnet sich die Tür. Es ist nicht Larut. Ranfort nimmt den Anzug im Augenwinkel wahr. Er dreht den Kopf und sieht Dr. Secaut, der auf Laruts Bürostuhl Platz nimmt. Er bleibt stumm, bis Ranfort mit der Aussage fertig ist. Dann holt er einen Zettel aus der Aktentasche, legt ihn auf den Tisch und dreht ihn mit der Hand in Ranforts Richtung. Ranfort sieht zu ihm auf. Der Staatsanwalt macht ihm klar, dass er den Zettel durchlesen soll. Ranfort folgt aufmerksam den Zeilen, bevor er Dr. Secaut einen fragenden Blick zuwirft.

»Noch ist das letzte Wort nicht gesprochen«, sagt Dr. Secaut.

»Trotzdem machen Sie es sich sehr einfach«, sagt Ranfort.

»Diese Entscheidung ist dennoch logisch. Wenn Sie in meiner Situation wären, würden Sie gleich handeln.«

»Glauben Sie das?«

Dr. Secaut hält den Blick steif auf Ranfort gerichtet. Nicht nur, dass er Secaut nicht ansehen will. Er kann die Augen nicht von der Anklageschrift lösen.

»Ihre Abwehr wird nichts an meiner Entscheidung ändern. Auch die momentanen Ereignisse nicht. So schwer sie auch sein mögen.«

Ranfort hält ihm die flache Hand hin. Dr. Secaut nimmt den Füller und drückt ihn in Ranforts Hand. Schwarz, mit zwei goldenen Streifen, an der Spitze ist »*1810*« eingraviert.

Druckvoll bewegt er den Füller und sticht am Ende der letzten Linie der Unterschrift durch das Blatt. Er nimmt die Kappe, schiebt sie über die verbogene Spitze und gibt sie dem Anwalt kommentarlos zurück.

»Halten Sie sich zu unserer Verfügung, Kommissar. Verlassen Sie auf keinen Fall das Land.«

Ranfort reagiert nicht auf Dr. Secauts Anweisung. Er ist damit beschäftigt, die Tür ins Schloss zu werfen.

\*\*\*

Ranfort gehen die Strohhalme aus. Gleichauf mit den Menschen, die Licht in die Sache bringen könnten. Er wählt die Option, die Auguste am wenigsten gewollt hätte: mit Augustes Eltern zu sprechen.

Das Zentrum von Saint-Lemis hat er hinter sich gelassen, die Häuserfronten beginnen sich zu lichten. Ranfort biegt in eine schmale Straße ein, in der wenige alte Häuser stehen. Er stellt das Motorrad in der Einfahrt ab, atmet durch und klopft an. Die Blumen an den Fenstern vermögen kaum die Stimmung zu verdecken, die im Inneren des Hauses herrscht.

Augustes Mutter Florence öffnet ihm mit tränenfeuchten Augen die Tür. Ranfort unterdrückt die Stiche ins Herz, presst die Lider zusammen. Die Ähnlichkeit mit Cécille ist unverkennbar.

Florence bittet ihn herein und führt ihn in die Küche, vorbei an Augustes Vater, der die Zeitung liest und ihn keines Blickes würdigt.

Ein mittelgroßer Mann, makellose Rasur, untermauert von

einem peniblen Kleidungsstil.

»Schwarz, eher dünn«, antwortet Ranfort auf die Frage, ob er einen Kaffee haben möchte. Sie wischt die Tränen aus dem Gesicht und stellt eine Kanne auf den Herd. Ein italienisches Produkt, das eher herben Kaffee produziert. Sie setzt Wasser auf, damit er den Kaffee verdünnen kann. Ranfort erschrickt, als sie sich ihm zuwendet. Sie hat Cécilles Statur, die Haare sind grau statt blond. Dazu zahlreiche Falten, von denen Cécille bis jetzt verschont wurde. Allerdings nicht von fröhlicher Natur. Ranfort möchte etwas sagen, sie verbietet ihm den Mund und schließt die Tür. Dann macht sie eine Kopfbewegung in Richtung Tür.

»Auguste ist bei uns ein schwieriges Thema.«

Florence bemerkt das Fragezeichen über Ranforts Kopf.

»Warum hätten Sie sonst kommen sollen?«

»Wegen Cécille.«

Florence stockt in der Bewegung, verharrt einen Moment. Sie hechelt ein paar Mal, atmet tief ein.

»Ein Mann hat sie in einen Transporter gezerrt, während mich der andere mit einem Maschinengewehr in Schach gehalten hat.«

Florence setzt sich auf einen Hocker und starrt auf die Herdplatte. Minutenlang. Ranfort legt ihr die Hand auf die Schulter, doch sie bemerkt es nicht.

»Madame Petrus?«

Es ist nicht die Nasenwurzel, die sie fixiert.

»Bringen Sie allen Unglück, die sie lieben?«

Ranfort ignoriert ihre Worte. Er benötigt Informationen.

»Ich weiß, es hört sich eigenartig an, aber es hat mit Augustes Tod zu tun.«

»Sie brauchen Informationen, damit Sie Ihren Arsch retten können. Ich habe den *Provençal* gelesen.«

»Ich brauche Informationen, damit ich Licht in die Sache

bringen kann. Jede Kleinigkeit kann nützlich sein.«

»Warum sollte ich das tun? Sind Sie sicher, dass Sie es nicht selbst waren?«

»Mittlerweile schon. Die Sache hat schon zu viel Staub aufgewirbelt. Auguste war in etwas verwickelt.«

»Ich habe ihn nur gesehen, wenn Bernard außer Haus war. Ihre Beziehung war, gelinde gesagt, etwas bescheiden.« Ranfort kennt die Problematik. Eines dieser Themen, denen Auguste vehement ausgewichen ist.

»Hat er sich in letzter Zeit komisch verhalten? Hat er Ihnen etwas gegeben?«

Ranfort spürt, dass sie ihm etwas verschweigt. Die Kaffeekanne pfeift. Florence springt auf, geht apathisch zum Herd und schenkt ihm eine Tasse Kaffee ein.

»Madame Petrus. Hat er Ihnen etwas gegeben?«

»Milch? Zucker? Bedienen Sie sich selbst.«

Ranfort spannt jeden Muskel im Körper an, bis ihn das Ziehen fast zerreißt. Er weiß jetzt, woher Auguste die Eigenschaft hatte, unbequemen Fragen auszuweichen. Er ist nicht in der Situation, einfach aufzugeben. Ranfort steht auf und packt sie an den Schultern. Verdammt, Florence, du musst etwas wissen. Er sucht ihren Blick, sie dreht den Kopf zur Seite.

»Hat er Ihnen etwas gegeben?«

»Nein. Aber er hat mir etwas erzählt. Er war bei einem ehemaligen Kameraden in Korsika, einem Büchsenmacher oder so ähnlich.«

»Wann?«

»Im Winter. Es muss Anfang Februar gewesen sein.«

»Hat er gesagt, wie er heißt?«

»Eric, glaube ich.«

Ranfort nimmt einen Schluck Kaffee, der sein Herz zusätzlich beschleunigt, und verabschiedet sich von ihr. Korsika ist noch Frankreich. Theoretisch.

*** 

Ranfort versucht, mit der Hoffnung die dunklen Gedanken zu vertreiben. Das Telefon verhält sich stumm. Auch Anstarren bringt keine Änderung. Ranfort wählt die Nummer des Reviers. Keine Neuigkeiten. Er geht ins Bad, vermeidet den Blick in den Spiegel und duscht sich, um einen klaren Kopf zu bekommen. Zuerst heiß, dann kalt. Er nimmt den Rasierer in die Hand, legt ihn wieder hin und mischt sich eine Schale mit Rasierschaum an. Als er den Pinsel mit Schaum tränkt, klingelt das Telefon. Er wirft den Pinsel ins Waschbecken und hetzt zum Apparat.

»Haben Sie es?«

Es ist die Schmalzlocke. Sein Ton mutet noch unsympathischer an als bei seinem Besuch. Ranfort bejaht.

»Wer hat es noch gesehen?«

Ranfort bekräftigt, dass er der Einzige ist.

»Wo haben Sie es gefunden?«

»Bei Auguste.«

Ranfort grinst. Die Schmalzlocke ist einfältiger, als er angenommen hat.

»Wie sieht es aus?« Ranfort verstummt. Der Ton der Schmalzlocke wird immer ärgerlicher.

»Vielleicht hilft Ihnen ein Gespräch mit Ihrer Freundin.«

Ranforts Eingeweide verbinden sich zu einem Klumpen. Bleib ruhig, alles wird gut.

»François?«, kreischt sie in den Hörer. Sie atmet schnell, hat Schwierigkeiten zu sprechen. Das Echo des Schreis verhallt im Hintergrund. »Was immer es ist, gib es ihnen. Die machen Ernst,

François.«

Sie möchte noch etwas sagen, jemand reißt ihr den Hörer weg.

»Ist Ihnen das Leben Ihrer Freundin wirklich so wenig wert, Kommissar?«

»Geben Sie mir einen Tag Zeit. Ich hole es.«

»Also wissen Sie, wo es ist?«

Ranfort bestätigt. Er braucht Zeit.

»Obwohl Sie wissen, wo es ist, nehmen Sie uns auf den Arm?«

Ranfort fehlen die Worte. Für einen Moment.

»Wieso glauben Sie, dass ich Sie auf den Arm nehme?«

Aufgelegt. Ranfort schlägt den Hörer in den Apparat. Ihm geht das Echo nicht aus dem Kopf. Woher kam der Anruf? Ganz Saint-Lemis ist auf der Suche nach den Entführern. Ranfort kommt der alte Fischmarkt in den Sinn. Er ruft am Revier an und informiert die Kollegen, die ihm sagen, dass er warten soll, bis die Schmalzlocke wieder anruft. Ranfort bestätigt, geht zur Tür und hämmert dagegen, bis das Gefühl nachlässt, das ihn befallen hat. Er legt die Stirn auf die Faust, die an der Tür lehnt, und überlegt. Ihm bleibt nur die Geduld. Er setzt sich ans Bett und stützt sich auf die Ellbogen. Es dauert keine fünf Minuten, bis das Telefon ein weiteres Mal klingelt.

»Wie sieht es aus?«

»Was?«

»Beschreiben Sie es.«

Ranfort schweigt. Er hat ihn in seiner Hartnäckigkeit unterschätzt.

»Wie Sie wollen.«

Die Schmalzlocke entfernt sich vom Telefon und zerrt Cécille zum Hörer. Weinen und Fluchen wechseln sich mit Flehen ab. Ranfort kann nichts verstehen, sagt ihren Namen, fordert sie auf, ihm zuzuhören. Er möchte ihr über den Kopf streichen, ihr sagen, dass alles gut wird, dass sie bald wieder zusammen sein werden. Jemand schreit etwas im Hintergrund. Ein anderer schreit zurück. Absätze hallen im Stakkato wider. Die Schreie der Männer werden lauter, Cécilles Flehen geht in ein Kreischen über. Bis ein Schuss die Stille bringt. Ranfort bleibt das Herz stehen. Alles um ihn herum ein dumpfer Nebel. Als ob ihn der Schuss selbst getroffen hätte. Er starrt den Hörer an und legt ihn wieder ans Ohr. Dann schreit er Cécilles Namen. Immer wieder. Bis ihn die Stimme verlässt. Die einzige Antwort, die er erhält, ist das Freizeichen des Telefons.

***

Ranfort läuft zum Motorrad, Complatiers R4 biegt mit quietschenden Reifen um die Ecke. Er drückt Ranfort die Beifahrertür auf und ruft ihm zu, dass es Neuigkeiten gebe und er einsteigen soll. Ranfort hat kaum den zweiten Fuß im Wagen, als Complatier das Blaulicht aufs Dach heftet und den R4 beschleunigt. Sie rasen die Rue de Marseille hinab, am Marktplatz vorbei, und fahren Richtung Hafen. Complatier prügelt den R4 in eine Seitenstraße am alten Fischmarkt. Er drängt den Wagen zwischen den Betonsäulen durch, aus deren ausgebrochenen Kanten der Stahl ragt, und bringt den Wagen vor der Absperrung zum Stehen. Ranfort folgt Complatier durch die riesige Halle, in der eine gute Nase noch immer den Fischgeruch wahrnehmen könnte. Sie gehen die Stufen hinauf zum Büro, durch dessen Scheiben man die Blitzlichter der Fotografen sieht. Ranfort atmet durch und schließt wieder zu den hektischen Schritten Complatiers auf. Sie bleiben im Türrahmen stehen und halten sich die Hand vor die Augen, bis die Blitzlichter aufhören. Larut begrüßt Ranfort, der den Blick nicht von den drei Leichen abwenden kann. Cécille und die zwei Entführer, die er von Augustes Haus kennt. Cécille liegt auf der

Seite, an ihrer Schläfe klafft eine riesige Austrittswunde. Die zwei anderen liegen auf dem Bauch. Ranfort kann die Einschüsse erkennen. Der einzige Gegenstand, der sich im Raum befindet, ist das Telefon an der Wand. »Jeweils ein Schuss in den Hinterkopf«, sagt Larut. »Außer bei Madame Rancis. Ihr hat man in die Schläfe geschossen.« Ranfort hat Mühe, sich Cécille anzusehen. Jeder Blick zu ihr ist wie ein Foto, das er verbrennen möchte, bevor das Bild auf dem Polaroid erscheint. Wenn die beiden nicht schon tot wären, würde er die Arbeit übernehmen. Ranfort fehlt die Schmalzlocke. Ist er der Rädelsführer?

»Kennen Sie die beiden?«, fragt Larut. Suggestiv. Er lässt den Blick lange auf Ranfort verweilen, der den Kopf schüttelt.

»Noch nie gesehen?« Laruts Stimme hat einen zynischen Ton angenommen. Ranfort belässt es bei einem Nein. Larut zieht sich einen Handschuh an, geht zu dem hin, den Ranfort bei Auguste k. o. geschlagen hat, und reißt den Schädel an den Haaren hoch. Er beobachtet Ranforts Reaktion, legt den Kopf zärtlich auf den Beton. Nichts. Ranfort verzieht keine Miene.

»Glauben Sie, dass es so einfacher für Sie wird?«

»Kann es das?«, fragt Ranfort. Vier Tote, darunter sein bester Freund, seine Geliebte, das Verdachtsmoment liegt bei ihm. Inklusive eines ruinierten Rufs in Saint-Lemis. Schwieriger kann es kaum werden.

»Ihnen gehen die Entlastungszeugen aus.«

Hatte er die jemals? Ranfort zieht eine Augenbraue hoch.

»Als Madame Rancis bei mir war, hat sie Ihnen ein Alibi gegeben.«

Ranfort gibt es einen Stich. Larut genießt die Pause.

»Natürlich wusste ich, dass es nicht stimmt. Trotzdem war sie Ihr einziger Zeuge.«

Laruts Aussage bringt ihm Klarheit. Eine Klarheit, die er zuvor nicht hatte.

»Ich kann Ihnen sagen, wie es für den Staatsanwalt aussehen wird. Diese zwei Herren haben Ihre Zeugin entführt, die Sie unter Druck gesetzt haben, damit sie eine Falschaussage zu Ihren Gunsten macht. Die beiden wollten Sie ans Messer liefern wegen Ihrer alte Fehde, die Sie aus Algerien heimsucht und wieder aufkeimt. Monsieur Petrus wird man als Helden hinstellen. Einen Helden, der Ihre wahre Identität kannte und Sie ans Licht bringen wollte. Madame Rancis gilt als Kollateralschaden, den man Ihnen zwar nicht anhaften wird, aber Ihre Kaltblütigkeit unterstützt. Wollen Sie das, François?«

Diese persönliche Anrede. Ranfort verdreht die Augen.

»Gibt es Beweise?«

»Die wird man nicht brauchen. Es gibt Motive und Belastungszeugen.«

Ranfort geht zu Cécille und beugt sich über sie. Das Telefonat, die Schreie, alles ist wieder präsent. Er gibt ihr einen Kuss auf die blasse Stirn, entschuldigt sich in Gedanken und geht zu Complatier. »Fahren Sie mich nach Hause.« Complatier sieht zu Larut, der mit den Schultern zuckt und nickt. »Wie Sie wollen. Es ist Ihre Entscheidung.« Ranfort senkt das Kinn und presst die Lider zusammen, um die Tränen zurückzuhalten.

*\*\*\**

# 6

Pedro sitzt mit ein paar anderen am Tisch, als der Sergeant hereinkommt. Kurzes Salutieren, Rühren, die Männer nehmen Platz. Hinter dem Sergeant stehen fünf Soldaten, drei von ihnen sind Harkis, Algerier, die auf französischer Seite kämpfen. Der Sergeant stellt die Franzosen vor, die Harkis lässt er unbeachtet.

Pedro bietet den Franzosen einen Platz auf der Bank an, die anderen sollen sehen, wo sie bleiben. Händeschütteln, ein fahler Witz, dass die Turbane keinen Wein saufen. Ihnen wird keine Beachtung mehr geschenkt, bis sie der Sergeant zum Nachschubunteroffizier schickt. Für ihn sei bereits alles erledigt.

Ein Augenblick Stille, er nimmt ein Glas Wein und stößt mit den anderen an. Es folgt eine Vorstellungsrunde, die üblicherweise kurz gehalten wird. Alles, was vor der Legion passiert ist, bleibt außen vor. Pedro trinkt einen Schluck, legt den Arm um den Hals des Deutschen und drückt leicht zu. Nach dem Namen hat er ihn nie gefragt. Pedro hält es gleich mit dem Major, nur dass ihm selbst die Dienstnummer egal ist. Der Deutsche sieht ihn an, überlegt, ob er etwas sagen soll, schenkt dann aber doch lieber dem Wein seine Aufmerksamkeit. »Verdammte Turbane«, beginnt er. »Das ist doch, als ob Franzosen gegen Franzosen kämpfen. Oder Deutsche gegen Deutsche.« Pedros Augen bleiben auf dem Nachbarn kleben. »Na, was sagst du dazu?«

»Ich bin nur Soldat. Politik interessiert mich nicht.«

»Das ist doch keine Sache der Politik. Das ist eine Sache der Moral.«

»Welche Moral meinst du?«

»Die Moral, nicht gegen die eigenen Leute zu kämpfen.«

»Auf dem Papier sind das Franzosen. So wie du und ich.«

»Du bist doch kein Franzose.«

»Ich spreche Französisch, trinke französisch und lieben würde ich auch so, wenn sich die Gelegenheit dazu bieten würde."

»Trotzdem bist du keiner.«

»Auf dem Papier bin ich einer. Außerdem ist es egal, wen du umbringst. Du machst das nur, weil es dir jemand sagt. Den Feind, mein Freund, bestimmst nicht du, sondern jemand anderes.«

»Hast du viele auf dem Gewissen?«, fragt Pedro. Die anderen sagen kaum noch ein Wort. Alle Augen sind auf ihn gerichtet. Pedro wiederholt die Frage. Ein anderer Deutscher will aufstehen, aber Pedros Nachbar gibt ihm ein Zeichen, dass er sitzen bleiben soll. Der Deutsche spannt den Stiernacken an und nimmt Pedros Arm von der Schulter.

»Juden, Russen, echte Franzosen? Wie viele? Sag schon.«

»Du hast Glück, *mon ami*«, sagt der Deutsche, trinkt den letzten Schluck Wein und steht auf. Er sieht zu dem anderen Deutschen, der sich ebenfalls von der Bank erhebt, und geht zum Ausgang, ohne Pedro noch eines Blickes zu würdigen. Dieses Verhalten kann Pedro nicht gelten lassen. Niemand lässt ihn unbeachtet stehen. Das hat er zu Hause zurückgelassen. In dem Zuhause, das für ihn nicht mehr existiert. Dort gibt es nichts mehr für ihn. Hier ist er jemand, das wird auch der Deutsche lernen. Pedro steht auf, rennt ihm hinterher und setzt zum Sprung an. Den Ellbogen hat er auf den Hals des Deutschen gerichtet. Pedro beißt die Zähne zusammen, springt, jemand rammt ihn von der Seite, fällt mit ihm zu Boden und hält ihn fest. Er versucht sich zu wehren, doch das Knie bohrt sich nur tiefer in den Rücken.

»Genug«, schreit er ihn an. »Genug Aufmerksamkeit für heute.«

*\*\*\**

Die Sonne brennt auf das Chassis des H-19, Pedros Einheit befindet sich auf dem Rückflug. Zwei Algerier sind mit an Bord. Auf Geheiß des Piloten, der sich um die Sicherheit des Hubschraubers gesorgt hat. Der Sergeant hätte mehr mitgenommen. Im Morgengrauen haben sie ein Dorf überfallen, ein mutmaßliches Versteck der Fellaghas. Pedro zweifelt nicht. Man kann sie kaum von den Zivilisten unterscheiden. Ihre besten Kämpfer sehen aus wie Bauern, oft werden Frauen als Attentäter benutzt. Wenn sie sich nicht zu erkennen geben, muss man Willkür walten lassen. So hat es ihm der Sergeant erklärt. Pedro hat verstanden.

»Wohl dein erster Hubschrauberflug?«, fragt Pedro einen der Gefangenen, der den Kopf zwischen den Schultern hängen lässt. Der Mann reagiert nicht. »Du musst keine Angst haben. Das wird schon.« Pedro verengt die Augen zu Schlitzen und presst Luft durch die Nase. Dann stößt er den Mann mit dem Gewehrkolben in die Flanke. Der Mann zuckt und möchte sich die Stelle halten, aber die gefesselten Hände erlauben es nicht. Den Kopf lässt er unverändert hängen. »Ich rede mit dir«, schreit Pedro. Er setzt zu einem Stoß an, doch der Sergeant drückt ihm die flache Hand auf die Brust. Er soll sich setzen und die beiden in Ruhe lassen. Pedro gehorcht, doch den Blick kann er nicht mehr von dem Mann abwenden, bis der Hubschrauber zur Landung ansetzt.

Der Sergeant gibt einem der Männer den Befehl, die Gefangenen wegzubringen. Dann wendet er sich Pedro zu.

»Trauen Sie sich das zu, Ramon?«

Pedro nickt und folgt dem Sergeant. Sie gehen durch das Camp und erreichen das einzige gemauerte Gebäude.

Etwa zehn mal zehn Meter, rechts ein paar Zellen, in denen sich nichts außer Mauerwerk befindet, links ein Raum, in dem ein Stuhl steht.

Der Soldat setzt den Algerier auf den Stuhl, die Arme drückt er hinter die Lehne.

Der Sergeant dreht sich zu Pedro. »Kennen Sie sich mit Strom aus?«

Der Sergeant geht zum Tisch, auf dem sich Elektroden, Beißzangen und Messer befinden. Dann nimmt er die Elektroden, klemmt sie dem Mann auf die Arme und dreht den Regler auf. Der Mann spannt sich an, streckt den Kopf nach hinten, die Gefäße springen fast aus dem Hals. Der Sergeant schaltet den Strom ab und wendet sich zu Pedro.

»So geht das. Nicht zu viel, nicht zu wenig. Sonst kippen sie schnell weg.«

Er macht Pedro klar, dass er an der Reihe ist. Zögerlich geht er zu dem Schaltpult, wirft dem Sergeant noch einen Blick zu und lässt die Spannung durch den Mann fahren. Der gesamte Körper des Algeriers bäumt sich auf, fängt leicht zu zucken an, ein nasser Fleck bildet sich im Schritt des Mannes. Pedro dreht den Schalter nach links, geht zu ihm und rümpft die Nase. Dann starrt er ihn an, mustert ihn, sieht ihm in die Augen.

»Möchten Sie etwas von ihm wissen?«, fragt Pedro den Sergeant, der den Kopf schüttelt und die Hand nach rechts dreht. Pedro geht zu dem Schalter, hält den Blick auf den Algerier gerichtet. Behutsam dreht er den Strom auf. Ein leichtes Kribbeln fährt durch den Mann, das sich zu unerträglichem Schmerz steigert. Pedro lässt sich Zeit. Die Lider lassen nur einen schmalen Spalt, er reißt die Augen auf und dreht den Schalter ganz nach rechts. Bis zum Anschlag. Dann geht er weg und sieht zu, wie sich der Körper des Mannes vom Stuhl hebt. Es dauert nicht lange, bis die Muskeln nachlassen und sich der Darm entleert. Pedro kann die Augen nicht mehr von dem Sterbenden abwenden. Ein Gefühl kriecht ihm den Bauch hoch, das ihn alles vergessen lässt. Familie, Freunde, alles, was er in der Heimat zurückgelassen hat. Er hat ein neues Zuhause gefunden.

***

Die Sonne steht tief, als Pedro aus dem Gebäude kommt. Er hält sich die Hand vor die Augen, ein Arm legt sich um seine Schultern. »Wir gehen ein Stück«, sagt der Kamerad und drängt den Arm nur tiefer in die Schulter, ohne die Antwort abzuwarten. Pedro zwinkert, bis sich die Pupillen zusammengezogen haben. Der Franzose, der ihm das Knie in den Rücken gebohrt hat. Ein dunkler Typ, trotz seiner Jugend hat die Haut eine ledrige Konsistenz. Falten und ein Haufen sorgenvoller Erinnerungen inklusive. Eine hagere Statur von zäher Kraft, der Pedro kaum etwas entgegenhalten kann. Ein Blick, der sich in die Seele bohrt.

»Wie heißt du?«, fragt er.

»Pedro Ramon.«

»Eric Nadale.«

»Woher kommst du?«

»Das geht dich nichts an.«

»Wie du meinst. Bist du Soldat, Ramon?"«

Pedro weiß nicht, was er meint. Natürlich. Jeder hier ist Soldat.

»Bist du Soldat, Ramon?«

Erics Griff wird fester. Er könnte ihm jeden Knochen brechen, wenn er es beabsichtigt. Pedro nickt. Vorsichtig.

»Was denkst du, ist der Sinn eines Soldaten?«

»Sein Land zu verteidigen, dafür zu kämpfen und zu sterben, wenn es nötig ist.«

»Sehr gut gelernt. Was hast du gerade getan?«

»Was man mir befohlen hat.«

»Bist du sicher?«

Eric sieht ihm in die Augen. Ein Blau, so tief wie der Ozean und genauso gefährlich, wenn man es herausfordert. Pedro bestätigt.

»Was, glaubst du, ist der Sinn dieser Sonderbehandlungen?«

Pedro zieht die Schultern hoch. Das obliegt nicht seiner Entscheidung. Der Sergeant beurteilt das. Eric dreht sich zu ihm, legt ihm die Hände auf die Schultern und sieht ihn an. Eine gefühlte Ewigkeit.

»Ich kenne Männer wie den Sergeant. Für ihn bist du nur ein Werkzeug. Wenn du nicht mehr funktionierst, wirst du ersetzt, verstehst du?«

»Glaubst du, dass es bei dir anders ist?«

»Du kannst kein Werkzeug ersetzen, wenn du es nicht benutzt hast.«

Eric hat keine Ahnung. Was will er überhaupt von Pedro? Liegen ihm die Turbane mehr am Herzen als die Heimat?

»Warum setzt du dich für diese Turbanschädel ein, Nadale? Warum kämpfst du dann überhaupt?«

»Ich bin Pied-noir. Meine Familie lebt seit hundert Jahren hier. Ich muss das tun.«

»Glaubst du, dass das hier irgendjemanden interessiert?«

»Ich habe etwas zu verlieren, Ramon. Das habe ich bei dir nicht gesehen. Du fliehst vor etwas, jemandem. Vielleicht vor dir selbst.«

Pedro befreit sich aus Erics Griff. Dann dreht er sich um, presst ihm den Ellbogen gegen die Brust und drängt ihn gegen den Zaun. Ihre Nasenspitzen berühren sich fast.

»Hör gut zu, Nadale. Ich weiß nicht, wer du bist oder warum du glaubst, mich belehren zu müssen, aber die Sache zieht bei mir nicht. Noch geht dich meine Art etwas an, wie ich mit meinen Feinden umgehe. Lass mich in Frieden, hörst du?«

Pedro wartet einen Moment. Eric verzieht keine Miene, noch entweicht ihm ein Laut. Pedro dreht sich um, verschwindet. Ohne einen Blick zurück.

»Siehst du, Ramon«, schreit Eric. »Schon wieder machst du es.«

\*\*\*

Es wird hell, als sich Pedro den Fallschirm von den Schultern wirft. Sie sind weit im Westen abgesprungen, nahe der marokkanischen Grenze. Nadale ist die gesamte Zeit gegenüber gesessen. Kein Wort, nur stechende Blicke, die sich durch Zufall getroffen haben. Der Wind hat aufgefrischt und die Männer beim Absprung auseinandergetrieben. Pedro sucht seine Einheit, es wird starker Widerstand vermutet. Er hält das Gewehr im Anschlag und sucht die Gegend ab. Nadale liegt auf einem Feld zweihundert Meter entfernt und tut es ihm gleich. Pedro ignoriert ihn und sucht weiter. Nadale hat ihn nicht entdeckt. Die Versuchung, einfach zu schießen, ignoriert er. Obwohl dieser Krieg auch ohne Nadale funktioniert. Kurze Orientierung auf der Karte, er muss nach Nordwesten. Im Schutz der Kiefern läuft er weiter, taxiert die Umgebung, geht wieder Richtung Nordwesten. Bis jetzt verhält sich alles ruhig. Er sieht eine Gruppe, etwa zehn Mann, kann nicht erkennen, um wen es sich handelt, und nähert sich. Vorsichtig. Sie halten sich hinter einer Mauer versteckt. Pedro schleicht sich zu ihnen und erkennt den Sergeant, der ihm ein Zeichen gibt, dass er sich still verhalten und zu ihnen kommen soll. Der Sergeant erklärt die Situation. Das Kommando vermutet ein Nest von Fellaghas, die das Dorf als Umschlagpunkt für die marokkanische Unterstützung benutzen. Er betont die taktische Wichtigkeit, dieses Nest auszuräuchern und jeden als potentiellen Widerständischen zu sehen. Lieber einen zu viel als einen zu wenig. Dann fragt er durch, ob die Männer noch jemanden gesehen haben, auf den sie warten sollen. Keine Reaktion. Nadale soll sehen, wo er bleibt. Sie teilen sich auf, halten den Blickkontakt, während sie die Lehmmauern entlangschleichen. Jede Gruppe postiert sich vor einer Tür, der Sergeant gibt ein Zeichen. Menschen werden aus den Häusern getrieben, nach Waffen durchsucht und in einem Innenhof gesammelt. Haus für Haus arbeitet sich Pedros Einheit zum Kern durch, um sich dann mit dem zweiten Regiment zu vereinigen. Als oberste Priorität gilt, den Bahnhof zu besetzen. Grund hierfür sind Berichte über Waffenlieferungen und Verstärkungen aus Marokko, deren Umschlagpunkt hier vermutet wird. Etwa hundert Meter trennen Pedros Einheit vom Ziel. Jedes Haus muss durchsucht werden, rund drei Viertel davon stehen leer. Der Sergeant warnt vor Sprengfallen oder Hinterhalten, aber bis jetzt hält sich der Feind im Verborgenen. Dennoch sollten sie nicht weniger vorsichtig sein. Der Turban ist hinterhältig und feige. Er lässt sich nicht mit Geiseln erpressen. Ihm sind die eigenen Leute von geringem Wert. So der Ton des Sergeanten. Von Sonderbehandlungen ist abzusehen. Bei größeren Aktionen unerwünscht. Der Sergeant hält die Männer an. Sie sollen sich sammeln, um zum Bahnhof vorzustoßen. Sein Blick wandert hin und her, keine Sekunde verlässt er die Deckung.

»Es ist zu still«, sagt er. Er sieht Pedro an.

»Haben Sie Nadale gesehen?« Pedro verneint.

»Möglicherweise haben ihn die Turbane.« Acht Männer überqueren die Straße, zwei überblicken die Situation. Der Sergeant geht voraus, gibt Zeichen, dass sie folgen sollen. Pedro kann den Herzschlag spüren. Er bekommt die Anweisung, das Gebäude entlangzulaufen und die Rückseite zu sichern. Ein anderer soll ihm folgen. Pedro sieht aus der Deckung und läuft. Das Gewehr als Karotte, die ihn vorwärts zieht. Er sieht das Ende der Geleise, die nach der Biegung in der Ödnis verschwinden, und wirft sich auf den Boden. Eine Staubwolke nähert sich von Norden. Der Sergeant ruft etwas, Pedro kann es nicht hören. Zu stark sind die

Vibrationen des Untergrundes. Er robbt sich hinter eine der Palmen, die die Front des Bahnhofs säumen, und geht in Deckung. Patronen zerschneiden die Luft. Eine schlägt eine Staubwolke aus der Rinde und raubt Pedro die Sicht. Er reibt sich die Augen und kriecht die Mauer entlang bis zum Ende. Er muss in das Gebäude gelangen. An dieser Position überlebt er nicht lange. Schritt für Schritt tastet er die Mauer ab, fühlt eine Tür. Pedro betritt den Raum dahinter, kriecht zur Wand und bleibt davor sitzen. Er blinzelt immer wieder, um den Staub aus den Lidern zu bekommen, reibt sich die Augen. Die Zähne eines Mannes tauchen vor ihm auf. Sie erinnern ihn an den Fellagha, dem er im Camp die Kehle durchgeschnitten hat. Ein Grinsen, das so schnell verschwindet, wie es gekommen ist. Genugtuung. Ein Knall, der alles umfasst. Dumpf und breit. Pedro denkt an den Esel und spürt das Herz aus der Brust springen. Wenn sie ihn von hier wegbekommen, ergeht es ihm ähnlich. Aber er fürchtet weniger den Tod als die Zeit davor. Sie werden ihm kein Bitten entlocken. Es wird geschehen, was bestimmt ist.

*** 

Das Knäuel an grünen Röcken vermag sich kaum aufzulösen, so dicht sind sie aneinandergedrängt. Geschrei von Müttern, die ihre Söhne nicht in die Arme der Legion entlassen wollen. Zu Tränen gerührte Geliebte, die versprechen, dass sie warten werden. Pedros Mama hat sich nicht blicken lassen, genauso wie sein Papa. Er bildet sich ein, die Silhouette seiner Schwester am Bahnhof zu erblicken. Sie hat sich einen Platz hinter einer Säule ausgesucht und den Kopf halb herausgestreckt. Er kann das Glitzern in ihren Augen förmlich spüren. Erst als er von der Masse in den Waggon gedrängt wird, wagt sie sich aus der Deckung.

Sie entfernt sich vom Bahnsteig und setzt behutsam ihren Fuß in den Kies, den die Stiefel der Soldaten breit getreten haben. Kaum einer der Männer hat zurückgesehen. Sie haben die Köpfe zwischen die Schultern gezogen und lassen sich vom dem Gewirr in die Sitzreihen drängen. Pedro ergattert einen der wenigen Plätze am Fenster. Ein allerletzter Blick. Da ist sie. Sie kämpft sich durch die Menge, Soldat für Soldat, Zivilist um Zivilist. Der Blick schweift umher, bei jedem, dem sie die Schulter in die Rippen stößt, entschuldigt sie sich. Die Tränen rauben ihr zunehmend die Sicht, die Mühsal erhöht sich. Sie ruft etwas, das zwischen den Weinenden untergeht, während sie weiter ihre Schneise schlägt. Einer der anderen Männer fragt Pedro höflich, ob der Platz neben ihm noch frei sei. Er macht ihm klar, dass er sich setzen möge. Aber er will nicht mit ihm sprechen. Er muss sie noch ein letztes Mal sehen. Massen an Gesichtern, die ihm nichts sagen. Stimmen, die er nicht kennt. Die Augen rollen zwischen den fremden Köpfen hin und her. Da. Sie kommt näher.

Pedro presst die Augen zusammen. Es zieht ihm in der Magengrube, ein Ziehen vor dem Zerreißen. Eine abgetrennte Nabelschnur. Das Kind, das begreift, dass es wegmuss und nie wiederkommt. Ein Schwall, der sich über ihn ergießt, den Schmerz verdrängt, ihm klarmacht, dass es nicht anders geht. Ein Kopfschütteln. Klare Sicht. Eric.

Er schraubt die Feldflasche zu. Ein blutiges Messer. Ein toter Fellagha. Er beugt sich über Pedro und fängt zu schneiden an. Es tut nicht weh. Er steckt das Messer weg und zieht Pedro ins Freie. Erics Ruf nach Hilfe fühlt sich so fern für ihn an. Ein Lächeln, ein Arm, der ihn stützt. Wie die Mutter, die das Kind zur Ruhe wiegt.

# 7

Alles in Saint-Lemis stinkt nach Erinnerung. Bis auf ein paar alte Kleidungsstücke ist das das Einzige, das Ranfort mit im Gepäck hat. Wäre da nicht der Abend von Augustes Tod, der ihm immer noch nicht in den Sinn kommen will. Die einzige Spur, die ihn weg vom Festland führt. Aber es vertreibt die Wehmut, die Heimat zu verlassen, und die blutgetränkten Gedanken, die sich ständig mit dem Gewissen zu vermischen versuchen. 1972. Ein Déjà-vu. Ranfort war angekommen in der Einsamkeit. Er hatte nur mehr Auguste. Was der Einsamkeit ziemlich gleichkam. Damals hatte er sich die Bonneville gekauft und ist einfach gefahren. Ziel und Richtung zweitrangig. Das unterscheidet 1972 von 1984. Er hat ein Ziel. Einen Strohhalm, an den er sich klammern muss, um nicht im Geplänkel der französischen Vergangenheit unterzugehen. Keine Rückkehr ist nicht ausgeschlossen. Wenn er es schafft, sich wieder ins rechte Licht zu rücken, wird er Saint-Lemis hinter sich lassen. Es ist nur mehr ein Dorf voller Toter und bedrückender Gedanken. Er sieht nicht zurück, als er das Motorrad langsam in die Rue Marseille lenkt, um dann den Gasgriff nach hinten zu drehen. Mit jedem Meter steigt das Bedürfnis, schneller an den Häuserfronten vorbeizuziehen und die Geschehnisse in der Geschwindigkeit zu ertränken. Er nimmt die Straße nach Arles, lässt das Meer hinter sich und kehrt in Fos-sur-Mer wieder zum Blau zurück. Ein Blau, das die roten Ziegeldächer vor dem Étang de Berre spiegelt. Ein Moment Ruhe vor Tausenden Autos mit tobenden Menschen, die alle in die Stadt wollen. Unvorstellbar. Ranfort war noch nie ein Großstadtmensch. Die Menschen wurden ihm generell im Laufe seiner Karriere zuwider. Das hängt mit dem unweigerlichen Blick in deren seelische Abgründe zusammen, die zuweilen schäbiger als tief erscheinen. Das hat sich in den letzten Tagen nicht geändert.

Wenn sich seine Vorahnung bestätigt, wird es eher schlechter werden mit den Menschen.

Er hält sich an der Straße am Hafen und taucht an dem Schild, das nach Korsika zeigt, in den grellen Beton ab. Den Massen an rot-weißen Absperrungen folgt ein stählernes Ungetüm. Er lässt sich von der Fähre fressen, die nur die Taue davon abhalten, an Land zu gehen, um noch mehr Fahrzeuge zu verschlingen. Eine schönere Vorstellung als das Meer an Autos, das er in Marseille lässt. Trotz der kurzen Überfahrt hat er sich eine Kabine gebucht. Die Hoffnung auf etwas Schlaf hat ihn zu dieser Entscheidung getrieben. Das Ziehen des Telefonsteckers hat keine Entspannung in die letzte Nacht gebracht. Wieder nur unruhiges Wälzen und ein nasses Laken. Ranfort folgt dem Einweiser, nimmt das Gepäck vom Sozius und verzurrt die Maschine am Schiffsrumpf. Ihm sticht ein schwarzer Mercedes ins Auge. Die Ähnlichkeit zu dem Fahrzeug vor Augustes Haus ist unverkennbar. Gepflegtes Innenleben, nichts außer einer Sonnenbrille auf dem Armaturenbrett. Er hält Ausschau nach dem Fahrer, hebt die Schultern und verlässt das Deck. Gleich bereut er die Wahl der Kabine. Nur noch die Vibrationen des Motors, der sich nicht weit unter ihm befinden muss. Nach dem Ausstoßen eines kurzen Fluchs geht er auf das Oberdeck und lehnt sich an die Reling. Er denkt an seinen Vater und versteht, warum er das Meer geliebt hat. Weil die Probleme auf dem Festland zurückbleiben.

\*\*\*

Das überfüllte Sonnendeck löst einen unmittelbaren Fluchtreflex bei Ranfort aus. Im Laufe der Zeit sind ihm nicht nur Menschen immer unbequemer geworden. Jeder zusätzliche Mensch zieht den Magen mehr zusammen. Er stößt ein lakonisches Seufzen aus und kämpft sich durch die Massen ein Deck tiefer zur Bar. Kaffee, ein Schuss Milch, kein Zucker. Er nimmt das hölzerne Stäbchen und rührt im Gehen den Pappbecher um, nimmt auf einem Hocker Platz und starrt ins Leere. Der Kaffee kann die Müdigkeit nicht vertreiben. Ranfort fühlt sich kraftlos, nicht nur durch den wenigen Schlaf. Die dunklen Gedanken sind ihm auf den Fersen, versuchen ihn einzuholen. Sie wollen ihn hinabziehen in einen Strudel, aus dem er vielleicht nie mehr entkommt. Wie sein Vater, der den Tod von Ranforts Mutter nicht verwinden konnte. Sein Vater hat nie darüber gesprochen, aber Ranfort hat es in seinen Augen gesehen. Jeder Funke war verloren gegangen, jegliches Feuer erloschen. Er war nur noch zur See gefahren, damit sie die *Sylvie* mit ihm verschlingt. Doch der Schmerz und die Krise der Fischerei waren ihr zuvorgekommen. Ranforts Vater hatte sich entschieden, ein gebrauchtes Stromkabel zu nehmen und sich in der Küche zu erhängen. Selbst in diesem Moment war er nicht verschwenderisch.

Schluck für Schluck drängt Ranfort den Kaffee hinunter. Mit dem bitterem Geschmack der Trauer, den er jetzt nicht brauchen kann. Er folgt dem Brummen des Schiffsmotors zwei Decks nach unten, genießt die Leere in der Uniformität der Gänge, von denen Dutzende Türen wegführen. Den Mann hinter dem Informationsschalter grüßt er mit einem stoischen Nicken, bevor er zu seiner Kabine geht. Auch auf der Fähre kann er seiner Angewohnheit nicht nachgeben, die Tür nicht abzuschließen. Ein Druck auf die Klinke offenbart einen Mann, der seine Sachen durchforstet. Mittelgroß, mäßige Kopfbehaarung, beinahe kahl. Es ist keiner von denen, die er bereits kennt. Ein Mischung aus muskulös und übergewichtig. Der Mann bemerkt Ranfort nicht. Den Inhalt der Tasche hat er auf das Bett entleert und auf zwei Haufen geworfen. Der Bär widmet sich gerade dem Schrank, in dem er nichts finden wird. Ranfort hat sich noch nie die Mühe gemacht, seine Kleidung einzuräumen. Die wichtigen Dinge behält er stets am Körper.

Ranfort sieht dem Treiben einen Moment zu und macht sich bereit. Ein Satz nach vorne, er legt den Ellbogen um den Hals des Bären und fixiert ihn mit dem anderen Arm. Die maroden Ohren des Bären röten sich, aber Ranforts Unterarm kann den Widerstand des Bärenhalses nicht brechen. Der Bär ist kein Anfänger. Er presst Ranfort das Kinn in das Fleisch und rammt ihm den Ellbogen in die Rippen. Ranfort unterdrückt den Blitz, der durch die Lunge zuckt, und zieht den Arm so fest zu sich, wie er kann. Der Bär geht aus der Hocke und läuft rückwärts gegen das Stockbett. Ranfort bleibt die Luft weg. Ob das Holz oder der Rücken birst, lässt sich nicht ausmachen. Ranforts Griff lockert sich. Er gräbt die Ferse in die Kniekehle des Bären. Der Bär sinkt auf die Knie. Ranfort setzt ihm nach. Der Bär weicht aus. Ranfort donnert gegen den Kasten und bleibt mit der zerbrochenen Tür darin hängen. Der Bär steht auf und schenkt Ranfort ein abfälliges Grinsen, das sich schnell in schmerzverzerrt ändert, als er aus der Kabine humpelt. Ranfort gibt ihm das Grinsen zurück, das schnell verebbt. Er steckt ihm Kasten fest. Ihm bleibt nur das Hinterhersehen. Warum hat ihn der Bär bis hierher verfolgt? Gehört er zu denselben, die Cécille ermordet haben? Woher kennt er Ranforts Ziel? Ranfort hatte sich mehrfach vergewissert, dass er nicht verfolgt wird. Aber er glaubt auch nicht an Zufälle. In der Regel stellen sie sich im Nachhinein nicht als solche heraus.

\*\*\*

Ranforts Rücken hat den Balken zerbrochen, der die Matratze im Bett hält. Er liegt gegenüber im zerbrochenen Kasten und sondiert das Chaos. Wenn das jemand sieht, wird er in Erklärungsnot geraten. Er stemmt den Ellbogen gegen die Seitenwand und gegen den Schmerz. Den linken Arm drückt er gegen die Rückwand, arbeitet sich Millimeter um Millimeter aus dem Kasten heraus. Ein Schrei um Hilfe kommt nicht in Frage. Er will so nicht gesehen werden, ringt lieber um Luft. Warum ist der Bär geflohen? Er hätte die Information aus ihm herausprügeln können. Ranfort wäre ihm ausgeliefert gewesen. Ranfort fällt aus dem Kasten, bleibt auf der Seite liegen und atmet gegen die Sterne vor den Augen. Kurzer Blick unter das Hemd. Pulsierender Schmerz, eine leichte Rötung, die sich bald über Blau nach Gelb färben wird. Ranfort hechelt, schnaubt, rammt den Ellbogen in den Teppich. Ein Moment in der Hocke, dann verlässt er die Kabine. Leer. Er läuft den Gang entlang bis zum nächsten Schott, verlangsamt die Schritte. Er fragt den Angestellten hinter dem Schalter, ob er den Bären gesehen hat. Verwunderung, gefolgt von einer Verneinung und einem freundlichen Lächeln. Ohne die geringste Anstalt, die Körperhaltung zu ändern. Ranfort setzt den Weg in Richtung Treppenhaus fort, lässt die Augen von oben nach unten streifen, langsam. Wiederholt die Prozedur. Keine Spur. Er zieht die Runde um das ganze Deck, kommt wieder an dem Angestellten vorbei, der noch immer wie angewurzelt dasteht. Das Lächeln des Mannes bleibt an Ranfort hängen, bis er das Deck verlassen hat. Eine Etage höher: gleicher Ablauf, der Angestellte ist schwarz und eine Frau. Nachfrage in diversen Bars. Niemand hat ihn gesehen. Die Beschreibung der Ohren sät nur Unverständnis. Ranfort nimmt sich ein Holzstäbchen und kaut darauf herum. Das soll die Konzentration erhöhen. Wohin flieht ein kleiner, dicker Ringer?

Menschen. Ein Haufen davon. Mehr als zwei in einem Raum kann Ranfort kaum ertragen. Er wagt den Schritt aufs Oberdeck. Die Augen brauchen einen Moment. Wie sein Inneres. Alle Passagiere starren aufs Meer. Die Statur des Bären ist selten, die einzige Auffälligkeit ist die Silhouette der korsischen Küste. Wo kann er sein? Gottseidank nicht hier. Das Holzstäbchen liefert ihm keine Ideen mehr. Er geht in die Kabine zurück, gibt die Kleidung wieder in die Tasche. Geld kann keine Rolle spielen, auch nicht die Größe des Objekts. Trotzdem dürfte es immens wichtig für die Schläger sein, die ihm an den Fersen haften. So wichtig, dass selbst ein Mord keine Rolle spielt. Informationen? Hat Auguste sie erpresst? Wird Auguste damit begraben werden? Existiert es überhaupt? Die Fähre hat die Fahrt verlangsamt, Ranfort hängt sich die Tasche um und geht nach unten. Der Mercedes. Unverändert. Ein Blick in das Innere kann nicht schaden. Nichts. Außer der Sonnenbrille.

***

Das Heck der Fähre legt mit einem dumpfen Laut am Steg an. Es dauert einen Moment, bis sich die Klappe öffnet und einen weiteren, bis Ranfort den Hafen erreicht. Ein weißer Leuchtturm thront auf den Felsen, die sich gemächlich mit dem Rot der Abenddämmerung füllen. L'Île Rousse. Die rote Insel. Ranfort genießt den Augenblick und fährt den Hafendamm entlang durch die Felsen bis zum Bahnhof. Mauerwerk, das lieblos die roten Schindeln und das Logo der SNCF trägt. Das einzige Merkmal, das das Gebäude als Bahnhof ausweist. Er quert die Schienen und folgt den Wegweisern zu einer Unterkunft in der Rue Pascal Paoli. Verträumte Häuser und anders tickende Uhren als in der Heimat, entgegen der optischen Ähnlichkeit. Kaum ein Funken Hektik,

keine Probleme. Einfach hierzubleiben: Ein romantischer
Gedanke, aber Ranforts Gründe, hierherzukommen, verdrängen
das Schwelgen. Er muss Eric finden. Hoffentlich kann er Licht in
die Angelegenheit bringen. Vorausgesetzt, Ranfort findet ihn vor
dem Bären. Er nimmt das erste Hotel, das ein Zimmer frei hat, lässt
die Anpreisungen des Concierge über sich ergehen und bringt die
Sachen in den ersten Stock. Eine leichte Brise füllt die strahlenden
Vorhänge der Flügeltüren. Ranfort hat nach nichts Besonderem
verlangt, dennoch hat ihm der Concierge das Zimmer mit
Meerblick gegeben. Eine Verschwendung, wie er findet. Luxus war
noch nie seine Angelegenheit.

Er wirft die Tasche aufs Bett und geht nach unten. Einen Eric
kenne der Concierge nicht und wenn, wüsste er nicht, welchen. Es
sei kein seltener Name unter den Franzosen. Büchsenmacher
hätten sie ebenfalls genug. Ranfort soll am Hafen fragen, vielleicht
kennt man ihn dort. Jeder habe früher oder später Kontakt zu den
Fischern, sei es wegen der Fische oder eines Bootes. Prüfender
Blick. Der Concierge meint es nicht so ganz ernst, trotzdem folgt
Ranfort dem Rat. Es ist der einzige, den er hat. Von Cécilles Mutter
hat er nichts außer seinem Namen und dem der Insel bekommen,
auf der er sich befinden soll. Er setzt sich auf die Bonneville und
fährt zum Hafen. Die Boote schaukeln an den Leinen im Wind,
einige Männer sitzen am Damm, angeln und starren aufs Meer.
Trotz der gehobenen Temperaturen haben sie ihre Mützen auf. Er
kennt das von seinem Vater, der damit die schüttere
Kopfbehaarung zu kaschieren versuchte. Ranfort stellt die
Maschine ab und nähert sich den Männern. Alle vier sind von
ausgezerrter Statur, mittleren Alters, mit Dreitagebart. Sie spielen
Karten, würdigen ihn keines Blicks. Ranfort verzichtet auf eine
höfliche Begrüßung. Er kann solche Floskeln nicht ausstehen. Bis
jetzt hat er noch immer die Informationen bekommen, die er

brauchte.

Sie sehen zu ihm auf und schütteln den Kopf. Ein Eric sei ihnen unbekannt und ein Franzose erst recht. Büchsenmacher gebe es hier einige, aber er sei nicht darunter. Die Männer widmen sich wieder den Karten und ignorieren jeden weiteren Anflug einer Frage. Ranfort sieht sich um und geht den Hafendamm entlang. Vielleicht erwischt er jemand anderen. Kein Mensch ist auszumachen. Nur glänzende Sportboote im Kontrast zum tiefblauen Meer. Er schlendert zum Motorrad, ein Citroën C25 biegt in den Hafen ein. Ein Fischer. Derselbe Typ Mütze und Rasur wie die anderen. Er geht an ihnen vorbei, sie rufen ihn zu sich und flüstern ihm etwas ins Ohr. Sein Blick streift Ranfort, der Fischer nickt und steigt zwanzig Meter weiter auf ein Boot. Die Männer konzentrieren sich verkrampft auf das Meer, Ranfort lässt sich von seinem Instinkt zu dem Mann auf dem Boot leiten. Herabhängende Schultern und ein kaum benutztes Lächeln. Er widmet sich den Leinen, gibt ihm eine Sekunde Aufmerksamkeit und fokussiert wieder die Taue. Der Frage nach Eric schenkt er keine Beachtung. Ranfort zuckt mit den Schultern und macht kehrt. War der Bär etwa schon da und hat nach ihm gefragt? Irgendetwas stimmt nicht mit ihnen. Warum schützen sie ihn?

\*\*\*

Der Gedanke, Eric nicht sofort gefunden zu haben, beruhigt Ranfort. Irgendwie. Zumindest wird es dem Bären genauso schwerfallen, Eric ausfindig zu machen. Kein Foto, kein Nachname, nicht einmal eine Beschreibung. Naiv zu glauben, dass ihn jeder auf der Insel kennt. Als ob er der einzige Franzose in Korsika wäre. Ranfort hat sich durch Cafés und Restaurants gefragt und selbst dem Zufall eine Gelegenheit gegeben. Fehlanzeige. Er geht zurück ins Hotel, isst etwas und gibt der Hoffnung auf Erholung eine neue Chance. Die Dämmerung hat gerade eingesetzt, als er aus der Dusche steigt. Die Brise, die sich durch die Vorhänge schleicht, hat deutlich abgekühlt. Die Rötung in der Flanke entwickelt sich zur Marter. Jede Berührung endet mit einem Zucken, das ihn fast zum Aufheulen bringt und in einem Zischen endet. Das lässt Ranfort die Wunde auf der Stirn vergessen, die ihn seit Tagen beschäftigt. Er nimmt das Laken, in dessen Innerem die Decke fehlt und bedeckt sich die Beine, bevor er minutenlang gegen die Decke starrt. Was erhofft er zu finden? Will er Augustes Geheimnis wirklich ergründen? Kann ihn Augustes Geschichte überhaupt entlasten?

Ranfort steht am Hafen, das Boot seines Vaters nähert sich. Seine Eltern, Claudine und sein Sohn stehen am Bug. Er hört ihre Stimmen, die sich mit dem Wind vermischen. Die *Sylvie* ist etwa hundert Meter entfernt, als ein Sturm aufzieht. Ranfort will sie warnen, aber das Peitschen des Windes erstickt die Worte. Das Boot schaukelt auf, sein Vater läuft zum Ruder, reißt es herum, damit der Bug die Wellen durchschneidet. Die *Sylvie* gleitet durch die Gischt, die sich an der Stirnseite bricht und auf das Deck niederfährt. Ranfort kann seinen Vater deutlich erkennen, er kann ihm sogar in die Augen sehen. In die riesigen Pupillen unter der Fischermütze, die allein von der stämmigen Statur abzulenken vermögen. Ranfort möchte ins Wasser springen, ihnen entgegenschwimmen, doch der Wind und die Wellen halten ihn am Hafendamm gefangen. Eine Böe reißt die *Sylvie* vom Kurs und drängt sie parallel zu den Bergen aus Wasser. Die Wellen schieben das Boot weiter, nach oben, sein Vater lenkt das Ruder mit letzter Kraft. Ein Knacken, Holz, das zerbirst, Hilferufe, die das Wasser mit dem Boot verschlingt. Ranfort schreit, will ihnen helfen, aber die Worte bleiben im Hafen. Niemals werden sie die See erreichen.

Eine Welle bricht vor dem Damm und begräbt Ranfort unter sich.

Er wacht auf. In einem schweißgetränkten Laken. Der Traum hat ihn lange nicht mehr gequält. Er schüttelt den Kopf und stützt sich auf die Ellbogen. Eine Brise zieht durch die Balkontür, doch es ist nicht der Wind, der ihn frösteln lässt. Ranfort kneift die Augen zusammen. Einmal, zweimal, presst sie in die Höhlen, doch er verschwindet nicht. Ein Schatten, der auf dem Sessel gegenüber Platz genommen hat. Er lehnt darin, die Hände gefaltet, bevor er sich nach vorne beugt und auf die Ellbogen stützt. Ranfort sucht nach dem Lichtschalter, der Schatten beginnt zu sprechen.

»Weder träumen noch halluzinieren Sie.«

Ranfort reibt sich die Augen. »Ich habe es nicht.«

»Was haben Sie nicht?«

»Ich habe keine Ahnung.«

»Was wollen Sie von Eric?«

Ranfort muss ihn sehen. Er muss wissen, ob es einer von den Anzugträgern ist. Die Augen benötigen ein wenig, um sich an die Helligkeit zu gewöhnen. Kein Anzug. Ein Mann Anfang fünfzig, volles graues Haar. Von der großen Nase gehen wellenförmig Falten weg, die durch die Bräune noch tiefer erscheinen. Die Kleidung ist dem Auftritt angemessen. Ein zerknittertes Hemd und eine Cordhose.

»Vierzehn«, sagt Ranfort. Die Augen des Mannes weiten sich.

»Wo haben Sie es gefunden?«

»In einem Haus in Saint-Lemis.«

»Warum haben Sie danach gesucht?«

»Sie wissen es nicht?«

Der Mann verneint.

»Weil er tot ist.«

»Ich habe ihn gewarnt.«

»Wovor?«

»Vor seiner Vergangenheit.«

»Wie kann man einen Mann vor seiner Vergangenheit warnen?«

»Haben Sie noch keine Erfahrung mit seiner Vergangenheit gemacht? Es hat sicher einen Grund, warum Sie hier sind.«

»Es hat viele Gründe, warum ich hier bin.«

»Wurden Sie bedroht?«

Ranfort nickt. »Nicht nur das.«

»Sie haben etwas, das die wollen. Sonst wären Sie schon tot. Und jetzt hoffen Sie, dass Eric Ihnen helfen kann.«

Ranfort schnippt und hält den Zeigefinger in seine Richtung.

»Heute, zwanzig Uhr, Leuchtturm La Piétra. Kommen Sie allein.«

# 8

Pedros Blick wandert von der Brust über die Arme zu den Füßen. Dann sieht er zu Eric, schenkt ihm ein Nicken und streckt ihm die Hand entgegen. Erics Arme sind dünn, aber er könnte einen Lastwagen damit ziehen. Für den Moment reicht Pedro, der den Staub von der Uniform schlägt und den Bahnhof taxiert. Tote Pferde, erschossene Fellaghas, die die Soldaten auf einen Haufen zusammenwerfen. Eine Handvoll Pferde haben die Männer an den Palmen angebunden. Pedro atmet durch und dreht sich zu Eric.

»Warum hast du mir geholfen?« Eric zuckt mit den Achseln.

»Vor wem sollen die Turbane sonst zittern?« Pedro zieht einen Mundwinkel nach oben. Er ist versucht, Eric zu umarmen, hält sich aber zurück. Sein Blick wandert zum Boden. Er mustert den Toten, geht einen Schritt zurück und rammt ihm den Stiefel in die Seite. Der Körper des Fellagha bewegt sich kaum, noch bietet er großen Widerstand. Pedro nimmt Anlauf, der Sergeant ruft ihn zu sich.

»Alles in Ordnung, Ramon?« Pedro presst die Lippen zusammen, nickt.

»Nehmen Sie sich Nadale und untersuchen Sie die Höfe im Nordosten. Viele dürften es nicht mehr sein.« Pedro salutiert, macht auf dem Absatz kehrt und verschwindet mit Eric hinter dem Bahnhof.

»Ramon«, ruft ihm der Sergeant nach. »Keine Gefangenen.«

Pedro drückt die Lider aufeinander und schließt wieder zu Eric auf.

»Was hat er gesagt?«, fragt Eric. Pedro schüttelt die Frage von sich. Er hat kein Interesse an Diskussionen mit Eric. Pedros Rettung ändert nichts an seiner Einstellung und Eric hat ihm so gut wie recht gegeben. Die *bougnoules* brauchen eine harte Hand. Jemand, der sie zum Zittern bringt, ihnen Respekt einflößt.

»Du bist kein Spanier, Ramon«, sagt Eric.

»Das hat hier nichts verloren«, antwortet Pedro. »Geht man nicht zur Legion, um alles hinter sich zu lassen?«

»Manche. Aber nicht alle.«

»Warum bist du zur Legion?«, fragt Pedro.

»Das habe ich schon gesagt. Algerien ist meine Heimat. Wenn wir verlieren, verliere ich alles. Dann gibt es keine Heimat mehr.« Ein Grund mehr, mit den Turbanen nicht zimperlich umzugehen. Eric legt ihm die Hand auf die Brust und geht in die Hocke. Der Finger versiegelt die Lippen, sie gehen hinter der Mauer in Deckung. Pedro legt das Gewehr auf die Kante und sondiert die Lage. Ein Bauernhof, streng geometrische Bauweise, in Sandbraun. Eine Weide, auf der eine Schafherde grast. Etwa zweihundert Tiere, keines davon zeigt eine außergewöhnliche Regung. Von Zeit zu Zeit ein Mähen, sonst nichts. Pedro verschwindet wieder in der Deckung und sieht zu Eric.

»Was hast du gesehen?«, fragt Eric.

»Schafe.«

»Sonst nichts?« Pedro schüttelt den Kopf. Eric atmet durch und lehnt sich mit dem Gewehr auf die Mauer. Das Korn des Gewehrs wandert die Herde entlang und wieder zurück. Dann geht er wieder in die Hocke.

»Zwei. Zwischen den Schafen.«

»Warum schießt du nicht?«

»Sie sind verschwunden.« Eric deutet mit der Hand die Mauer entlang. Pedro bestätigt. Er bleibt fünf Meter hinter ihm, damit es keine Überraschungen gibt. Eric erreicht das Tor am Ende der Mauer und riskiert einen Blick. Er nickt und geht durch. Pedro kauert hinter der Mauer und gibt ihm Deckung. Eric schultert das Gewehr und zieht die Pistole aus dem Halfter, bevor er sich hockend durch die Herde zwängt. Eric geht einen Meter, stoppt wieder, sucht mit der Pistole im Anschlag nach Auffälligkeiten. Keine Regung. Dann nimmt er eine Bewegung wahr. Eric bleibt in der Hocke, Pedro hält alles über den Schafsköpfen unter Kontrolle. Der Kolben knallt gegen die Patrone, die Spitze trifft auf Fleisch, ein Laut ähnlich einem Schmatzen. Ein empörtes Mähen, der Mensch fällt gegen das Schaf. Eric steht auf, hält die Pistole im Anschlag und sieht nach, um wen es sich handelt. Ein Mann, um die Sechzig, weißer Turban und Qamis mit einem roten Fleck über dem Herz. Der Mann röchelt ein wenig, dann hört er auf zu atmen. Es sieht nicht so aus, als ob er bewaffnet gewesen wäre. Eric signalisiert der Frau, die sich die Hände vor den Mund hält, dass sie aufstehen soll. Sie ist ungefähr im gleichen Alter wie der Mann, schwarz eingehüllt und versucht, sich ein Lächeln aus den Lippen zu pressen. Eric wippt den Kopf zur Seite, die Frau versteht und geht in Richtung des Hauses. Sie gehen ein Stück, weg von der Herde. Die Frau sackt zu Boden, dasselbe Schmatzen nach dem Knall. Eric hebt die Schultern und dreht die Handflächen nach oben. Pedro schwingt sich über den Zaun und geht zu Eric. Er sieht sich die Toten an, nickt, hängt sich das Gewehr um und signalisiert Eric, dass sie das Haus anzünden sollen.

\*\*\*

Erics Ermahnungen über die Sinnlosigkeit der Aktion mit dem Haus stoßen auf taube Ohren bei Pedro. Noch weniger interessiert ihn, dass sich vielleicht noch Menschen im Inneren befunden haben. Der Feind ist geschlagen, das Mittel zum Sieg zweite Wahl. Demotivieren muss man diese Bauern, die Überlegenheit demonstrieren. Dann nehmen sie einen ernst. Nie wird einer von denen über ihn lachen. Man wird ihn jagen, foltern und tot sehen wollen, doch fürchten zugleich. Pedro durchfährt ein Kribbeln bei diesem Gedanken. Er zieht die Mundwinkel nach oben und verengt die Augen. Sein Rücken wird breiter und die Beine spreizen sich. Den gesamten Rückflug lang. Bis ihn der Sergeant nach der Landung anspricht. »Kommen Sie mit, Ramon.« Die Einschnitte der Telefonkabel machen sich bemerkbar, Pedro zieht es die Eingeweide zusammen.

»Wie gut kennen Sie sich mit der Politik Frankreichs aus, Ramon?« Der Sergeant hat einen weichen Ton angeschlagen.

»Ich bin Soldat, Sergeant.«

»Bei Ihnen spüre ich mehr als das. Warum sind Sie so überzeugt, dass Algerien zu Frankreich gehört?«

Pedro überlegt. Ist er das wirklich? »Weil dieses Land nicht von dieses Bauern regiert werden kann. Was wird passieren, wenn wir hier verschwinden? Chaos.«

Der Sergeant nickt, verschränkt die Arme hinter dem Rücken und geht weiter voran.

»Sie wissen, dass de Gaulle genau das vorhat?«

»Sie meinen, uns zu verraten?«

»Genau das.« Der Sergeant hält an, stellt sich vor Pedro und legt ihm die Hände auf die Schultern.

»Wollen Sie das zulassen, Ramon?« Suggestiv. Natürlich nicht. Was wird sein Vater sagen, wenn er als Verlierer heimkommt? Mutter wird ihn hätscheln, ihm sagen, dass sie froh über die Heimkehr ist und sich so viele Sorgen gemacht hat, aber Vater? Pedro kann die Häme jetzt schon spüren. Er senkt den Kopf und schüttelt ihn. »Was können wir tun?«

»Es gibt einen Plan, Ramon. Einen Plan, für den wir zuverlässige Männer suchen. Männer, die andere unter Kontrolle halten können. Sind Sie einer dieser Männer? Sind Sie aus diesem Holz geschnitzt?«

Pedro findet keine Antwort. Zu laut sind die Stimmen des

Vaters im Kopf geworden. Du schaffst es nicht, was soll schon aus dir werden? Einen richtigen Sohn hätten wir uns gewünscht. Einen, aus dem einmal ein Mann werden kann. Pedro will diese Stimmen nicht mehr hören. Ein verhaltenes Nicken, dann eines vom Sergeant. »Sehr gut, Ramon. Halten Sie sich zu meiner Verfügung.«

\*\*\*

Pedros Einheit hat den Rest des Tages Ausgang bekommen. Relativ, mitten in der Wüste. Es gibt Alkohol, doch er hat keine Lust, sich anzuschließen. Er muss einen klaren Kopf bekommen, sich abgrenzen, wenn er etwas erreichen will. Er geht in sein Zelt und holt das Tagebuch heraus, in dem er bisher wenige Einträge vermerkt hat. Zu aufregend und kraftraubend war das Soldatenleben. Er umreißt die Vergangenheit aus Erinnerungen, skizziert die Einsätze, Gedanken, die ihn verlassen sollen. Gleichsam mit den Gedanken, die er nicht verlieren will. Eine Skizze zu den Situationen, von den Menschen, Kameraden, Turbanen. So wie es war. Wie er es erlebt hat. Dann packt er das Buch unter das Polster und starrt in die Luft. Minutenlang. Er hat sich befreit von den Geschehnissen der letzten Monate. Regungslos liegt er auf dem Feldbett, als ob er schlafen würde, doch es ereilt ihn kein Quäntchen Müdigkeit.

»Die Kameraden vermissen dich«, sagt Eric, als er das Zelt betritt.

»Kann ich mir kaum vorstellen«, sagt Pedro.

»Ist auch nicht so. Was schreibst du?«

»Wie lange siehst du mir schon zu?«

»Lange genug.«

»Nur Notizen.«

»Was quält dich? Was lässt dich so einsam sein?«

»Das geht dich nichts an, Nadale. Hab ich dir schon einmal gesagt.«

»Dann lass es.« Eric verlässt das Zelt, sieht zurück, Pedro fällt wieder in denselben Zustand wie zuvor. Eric bleibt im Eingang stehen, Pedro ruft seinen Namen.

»Was hältst du von de Gaulle?«

Eric sieht ihn fragend an. »Du kennst meine Situation. Das ist meine Heimat. Ich kenne keine andere und de Gaulle wird sie verschenken.«

»Willst du das zulassen?«

»Was willst du tun? Ihn stürzen?«

Pedro wendet den Blick von ihm ab. Eric presst die Luft durch die Nase. Dann schüttelt er den Kopf und verschränkt die Arme vor dem Körper.

»Ich wusste, dass du verrückt bist, Ramon, aber nicht, dass es schon so weit ist.« Pedro lacht. Wer ist hier verrückt? Ein Krieg, in dem nur Opfer gebracht werden, ein Krieg, in dem politischer Verrat normal scheint? Eine Nation, die man leichtfertig demütigen kann. Wo man nur lange genug ausharren muss, dass wir aufgeben.

»Glaubst du das, Nadale? Dass ich verrückt bin?«

Pedro setzt sich auf die Kante des Feldbetts und sieht zu Nadale auf.

»Bist du dabei, Nadale? Massu oder de Gaulle?«

»Denkst du, dass du die Zukunft verhindern kannst?«, fragt Eric.

»Wo wirst du hingehen, Nadale? Wenn das alles hier vorbei ist, wo wird deine Heimat sein? In Korsika vielleicht?«

»Vielleicht«, sagt Eric und verlässt das Zelt.

\*\*\*

Aufbruchsstimmung im Camp. Was immer im Gange ist, es fühlt sich an wie etwas Großes. Der Sergeant treibt die Männer an. Ausrüsten, in einer halben Stunde Abmarsch. Er geht zu Pedro, der in Euphorie salutiert, und flüstert ihm zu, dass es soweit ist. Antreten in der Dunkelheit, er kann die Silhouette der untergehenden Sonne erahnen. Pedro liebt diese Operationen. Genau das macht das Soldatenleben süß. Die Instruktionen halten sich um diese Zeit eher kurz, der Führung selbst ist nicht nach großen Reden. Der Major tritt an, hält eine Minute schweigend inne und instruiert die Männer: Es sei den Fellaghas gelungen, den Polizeiapparat von Algier zu unterminieren und man müsse Ordnung in die Situation bringen. Jeder, der kein Para oder deren unmittelbarer Verbündeter ist, sei als Feind zu betrachten und so zu behandeln. Kollektiver Jubel und frenetisches Pfeifen der Marseillaise, die Männer marschieren im Laufschritt zu den Sikorskys. Pedros Blick streift das Lager, er hält in Wehmut inne. Es fühlt sich an wie ein endgültiger Abschied, auch wenn er nicht weiß, ob und wieso. Dann steigt er in den Hubschrauber und wirft keinen Blick mehr zurück. Er kann dem Sergeant vertrauen. Sein Blick geht ebenfalls nur nach vorne. In diesem Fall Nordosten, über den Tellatlas hinweg. Der Sikorsky passiert die Weingüter an der Südseite und setzt den Weg in Richtung der grünen Küste fort. Das Mittelmeer glitzert wie die Erwartung und spiegelt nichts als Hoffnung wider. Etwas, das Pedro schon lange nicht mehr gespürt hat. Er sieht zu Eric, der den Kopf hängen lässt und komplett in Gedanken versunken scheint. Er beobachtet ihn eine Weile, bevor Eric zu ihm aufsieht. Kein Lächeln, kein Wort, nicht das geringste Zeichen irgendeiner Mimik. Nur die direkte Verbindung der Augen von Eric und Pedro. Eric senkt den Kopf und schließt die Augen. Der Hubschrauber geht tiefer, der Sergeant steht an der Luke und taxiert die Umgebung. Die Positionslichter der anderen

Hubschrauber glitzern in der Nacht. Lkw, Jeeps und Panzer rollen hektisch zu ihren Positionen. Der Sergeant wartet einen Augenblick, dreht sich zu den Männern um und schreit: »Wir setzen gleich in Algier auf. Unser Ziel liegt etwa fünfhundert Meter östlich der Landezone. Wir werden den Polizeiposten in der Rue Généraux Morris unter unsere Kontrolle bringen und mit der sofortigen Errichtung einer Befestigung und Straßensperre beginnen. Es ist mit Widerstand zu rechnen.« Kollektives Nicken, der Hubschrauber setzt zur Landung auf dem Place d'Isly an. Die Männer springen aus dem Hubschrauber und laufen nach Westen, in Richtung des Polizeipostens. Taschenlampen durchschneiden die Dunkelheit, Stiefel öffnen Türen, Gewehre überzeugen die Beamten, wer ab jetzt das Sagen hat. Alles übertönt von der Kampfeslust der Paras, die man in Algier kennt und spätestens seit Ende der Fünfziger fürchtet. Büro um Büro der fast leeren Polizeistation wird besetzt. Keiner der Beamten macht auch nur eine Anstalt, sich zu wehren. Es ist fast, als ob sie es kommen gesehen hätten. Die Schreie verstummen, ein kleiner Trupp wartet auf die Lkw, um die Position mit Sandsäcken zu sichern. Der Rest marschiert eine Querstraße weiter zum *Hôtel de ville*, von wo aus die Führung alle weiteren Aktionen koordinieren wird. Auch hier keine Gegenwehr. Die Truppen vereinigen sich mit dem Rest des ersten Fallschirmjägerregiments, des Heeres und der Legion. Ansprachen der Generäle sollen folgen, wenn es hell wird. Schnell wird Pedros Einheit klar, dass es sich um keine FLN-Aktion handelt, sondern um einen Militärputsch. Gehandelt wird er als jäher Sieg, Euphorie erfüllt die Soldaten, de Gaulles Weicheierpolitik ist Geschichte. Die Generäle Zeller, Challe, Salan und Jouhaud übernehmen die Führung Algeriens und der Sahara. Alles am Vormittag verkündet durch General Challe. Auf dem Balkon des Gouvernement général in sicherer Pose, untermalt mit dem richtigen Vokabular. Die

Stimmung ist gut, Tausende Algerienfranzosen, die sich vor dem Balkon versammelt haben, bejubeln den Putsch, Unterstützung aus der Heimat ist auf dem Weg. Im Hintergrund etwas unstimmige Gesichter, die Öffentlichkeit soll nicht beunruhigt werden. Sie brauchen de Gaulle, allein schon aus logistischen Gründen.

\*\*\*

Pedro hat die halbe Nacht Wache gehalten, als der Sergeant die Eingangshalle betritt und den Fernseher einschaltet. Die Männer, die es sich in den Lounge-Sesseln gemütlich gemacht haben, stehen auf, als sie sehen, was auf dem Bildschirm passiert. Charles de Gaulle antwortet auf den Putsch mit Vehemenz, spricht von einem nationalen und internationalen Desaster und versagt im nächsten Atemzug jegliche Unterstützung für den frechen Affront seiner treu geglaubten Generäle. Analog dazu appelliert er an die Loyalität und Vernunft der restlichen Truppen. Unsicherheit, offen stehende Münder der Soldaten, der Sergeant dreht den Fernseher ab und wendet sich den Männern zu.

»Ihr habt es gehört. Wir werden aushalten müssen. Besonders, da die Luftwaffe die Einheiten aus Algerien abgezogen hat und wir uns keine Unterstützung der Landstreitkräfte erwarten dürfen. Es gilt vielmehr, die uns zur Verfügung stehenden Ressourcen optimal zu nutzen. Deswegen werden wir die Kameraden am Flughafen unterstützen. Abmarsch sofort. Ausrüsten, aufsetzen.« Salutieren, koordinierte Hektik. Mit dem Lkw geht es nach Südosten. Es ist möglich, dass die FLN oder de Gaulle eine Gegenoffensive planen. Der Flughafen wird aufgrund der Größe und Topographie als optimales Anschlagsziel vermutet. Deshalb hat die Führung beschlossen, alle entbehrlichen Kräfte dorthin abzuziehen. Jeder, besonders jeder Algerier, scheint verdächtig. Auch Frauen und

Kinder. Man darf den Feind nicht unterschätzen. Das muss er Pedro nicht zweimal sagen. Auf einen *bougnoule* mehr oder weniger kommt es nicht an. Pedros Einheit wird das Terminal des Flughafens Maison Blanche sichern, jeweils zwei Männer gehen Streife. Pedro hat Eric an seine Seite bekommen. Gute Erfahrungen in der Wüste, so der Sergeant. Eher ein langweiliges Unterfangen, wie Pedro findet. Besonders, da die Abflughalle leer steht. Lediglich technisches Personal und ein paar Angestellte der Fluglinien sind noch zugegen. Dennoch bleibt den beiden nichts anderes übrig, als ständig das Terminal auf und ab zu marschieren und Unregelmäßigkeiten sofort zu melden oder in Gewahrsam zu nehmen.

»Es soll einen Anschlag auf Orly gegeben haben«, beginnt Eric.

»Von wem? Den Algeriern?«

»Nein«, sagt Eric. »Es soll eine neue Organisation geben. Algerienfranzösische Freischärler, die den Krieg nach Frankreich bringen wollen.«

»Was hätten Sie davon? Mit de Gaulle ist nicht zu verhandeln. Er lässt die eigenen Leute im Stich.«

»Er tut, was er für richtig hält. Vielleicht weiß er mehr als wir«, sagt Eric.

»Ich weiß nur, dass er nicht hier ist. Dass er nicht kämpft, sondern wir.«

Pedro verlangsamt den Schritt und legt den Finger auf die Lippen. Er hat etwas im Halbdunkel entdeckt. Er greift zur Pistole und geht in Richtung der Auffälligkeit.

»Gib mir Deckung«, flüstert er Eric zu. Pedro hält sich knapp an der Wand, die Pistole mit ausgestrecktem Arm haltend schleicht er bis zur nächsten Ecke. Er atmet durch, dreht sich um die Ecke und hält der dunklen Gestalt die Pistole vor die Brust.

»Was machst du da?« Der Mann grinst ihn an und geht zurück.

Ganz langsam.

»Wie bist du hier hereingekommen? Sag schon!« Der Mann zeigt ihm das marode Gebiss und schiebt den mageren Körper weg von Pedro. Pedro lädt durch und schießt neben dem Mann in den Boden. Keine Regung. Nicht einmal ein Zucken, nur dieses dämliche Grinsen. Pedro legt an, zielt auf den Mann … Ein Knall, der Kolben jagt die Patrone aus dem Lauf, mit solcher Wucht, dass es Pedro die Füße wegreißt, ihn gegen die Wand schleudert. Er spürt das Knistern der Schädelkalotte, als er mit dem Kopf auf Beton prallt. Das ganze Bild steht quer, die Welt verschwindet wie bei einer defekten Bildröhre.

\*\*\*

# 9

Die Abendsonne färbt den Felsen rot. Einzig der Leuchtturm behält das strahlende Weiß der Mauern, auf denen das grüne Laternengehäuse die Sonnenstrahlen spiegelt. Ein einziger Weg führt hierher. Ranfort parkt das Motorrad in die Richtung, aus der er gekommen ist. Wenn er wegmuss, zählt jede Sekunde. Er verlässt den Parkplatz und umrundet das Gebäude. Er springt auf die Mauer und geht über die Felsen, schenkt dem Meer zur Entspannung einen Blick. Ein Paar sitzt auf der Mauer und genießt die Umarmung in der Dämmerung. Ansonsten hört er nur die Stille, die mit dem Wind über das Meer zieht. Noch eine halbe Stunde. Ranfort hat sich im Dienst angewöhnt, immer zu früh zu erscheinen, den Treffpunkt zu kennen. Das kann einen taktischen Vorteil ergeben. Der Ort ist gut gewählt. Gute Übersicht mit der nötigen Einsamkeit. Cécille hätte es gemocht. Das Festland liegt weit entfernt. Tief im Inneren hat sie Saint-Lemis gehasst. Die Oberflächlichkeit, den Käfig, in dem sie aufgewachsen war. Ihr ganzes Leben, das nur aus Pflichten zu bestehen schien. Ranfort geht es ähnlich. Nur hat er seine Eltern und seine Frau geliebt. Trotz der latenten Hassgefühle hat er Saint-Lemis kaum verlassen. Sein Aktionsradius hat etwa hundert Kilometer umfasst. Cécille hätte sich sicher gewünscht, wegzufahren und wenn möglich, dort zu bleiben. Wo immer »dort« auch sein mochte. Doch sie hat ihren Wunsch nie offen ausgesprochen. Gespürt hat es Ranfort dennoch. Blanke Ironie, dass ihr Tod der Tropfen ist, der ihn veranlasst hat, Saint-Lemis den Rücken zu kehren. Entgegen der Doktrin des Staatsanwalts. Vielleicht genau deshalb. Ranfort erstickt die hochkommende Reue und widmet die Aufmerksamkeit der Straße. Nicht ein Fahrzeug, seit das Paar den Hügel verlassen hat. Er sucht die Felsen ab und umrundet das rechteckige Weiß, das mit zunehmender Dämmerung noch heller erscheint. Dann geht er zum Motorrad und steckt den Schlüssel ins Zündschloss. 20:14 Uhr. Ein blauer Fiat Uno. Der Fahrer hat sichtlich keine Eile. Er stellt den Wagen gegenüber ab. Ein Moment vergeht, bis sich die Tür öffnet und ein Mann aussteigt. Derselbe, der in der Nacht bei ihm war. Er hätte selbst darauf kommen können. Eric geht zu Ranfort und gibt ihm die Hand.

»Sie haben Glück«, flüstert er und macht Ranfort klar, dass sie ein Stück gehen sollen.

»Womit?«

»Mit Ihrer Annahme.«

»Sie können mir helfen?«

Eric schaukelt den Kopf hin und her.

»Das wird sich herausstellen. Ich habe zumindest ein Spur, der wir folgen können.«

Ranfort dreht sich zu ihm. Die Sonne projiziert seine Silhouette auf Eric, dessen Falten Schatten werfen.

»Wieso ‚wir‘?« Eric legt ihm die Hand auf die Schulter und weist ihn an, weiterzugehen. »Der Tramontana frischt auf. Das wird ungebetene Zuhörer fernhalten.«

Ranfort folgt der Aufforderung. Sie springen über die Mauer und bleiben zwischen den Felsen stehen. Eric stellt den Kragen seines Mantels auf, Ranfort verzichtet.

»Letztes Jahr war ein Algerier namens Matéo bei mir. Eine dubiose Erscheinung. Er hat sich nach ihm erkundigt.«

»Woher kennt er ihn?«

»Aus Algier. Er hat mir erzählt, dass er ein alter Freund von ihm sei. Er hat nach seinem Befinden und Aufenthaltsort gefragt.«

»Was haben Sie ihm erzählt?«

»Dass ich ihn seit Algerien nur einmal gesehen habe und ich nicht weiß, wo er sich aufhält.«

»Warum haben Sie ihm nichts gesagt?«

»Sein Dialekt. Ich würde ihn eher Oran zuordnen. Abgesehen davon hatte er keine Freunde. Schon gar keine Algerier.« Ranfort kennt das. Auguste war alles andere als soziophil. Dennoch ist dieses Thema nie aufgetaucht.

»Er hat die Algerier gehasst. Ich kenne kaum jemanden mit einer größeren Abneigung gegen die Algerier als ihn. Und glauben Sie mir, ich weiß, wovon ich spreche. Ich bin Pied-noir. Wenn er ihn kannte, dann war es wohl eher von geschäftlicher Natur.«

»Welche Art Geschäfte?«

»Ich habe ihn irgendwann um 1960 aus den Augen verloren. Ich weiß nicht einmal, woher Matéo meinen Kontakt bezogen hat.«

»Der Arm solcher Menschen reicht weiter, als man denkt. Sie waren befreundet?«

»Befreundet ist übertrieben. Ich habe zu den wenigen gehört, die er nicht komplett abgelehnt hat.« Ranfort versteht das. Er weiß nicht, ob er sich privilegiert fühlen soll.

»Das hört sich ganz nach ihm an. Was wollte er von Ihnen?«

»Nur das Gewehr. Mehr nicht.«

Ranfort sieht ihm in die Augen. Eric verschweigt ihm etwas. Wenn Auguste nur ein Gewehr wollte, warum hat er es nicht benutzt?

»Funktioniert es?«, fragt Ranfort.

Stolzes Nicken.

»Er hat Ihnen nichts gegeben?«

Eric verneint. »Er hat Ihnen nichts erzählt? Dass er bedroht wird?«

Verneinung. »Nur das Gewehr.«

Eric versucht, den Blick starr auf Ranfort zu halten. Die Arme hält er vor dem Körper verschränkt. Warum erzählt ihm Eric nicht die ganze Wahrheit? Worauf wartet er?

Ranfort gibt sich mit dem zufrieden, was er hat. Einen neuen Strohhalm, noch dünner als der vorige.

*** 

Ein Meer aus Booten, Menschen und Markisen, unter denen sich noch mehr Menschen befinden. Trotz der Ähnlichkeit des Rauschens hat es kaum eine entspannende Wirkung auf Ranfort. Schnell ist ihm klar geworden, was Eric mit »wir« gemeint hat. Er hat sich nicht davon abhalten lassen, ihn zu begleiten. Ranfort arbeitet allein. Schon immer. Weil er sich ungern auf andere verlässt. Jeder zusätzliche Mensch bedeutet eine zusätzliche Schwierigkeit. Dazu noch die Sache mit dem Fiat, den Eric nicht mitnehmen wollte. Eine Entehrung der Bonneville. Doch Eric hat Matéo schon einmal gesehen. Dazu die Ortskenntnis, die Ranfort nicht hat. Eric hat ein Hotel am Quai de Belges vorgeschlagen, das eine gute Übersicht auf den Hafen liefert. Eric bewegt sich im Sozius hin und her, dreht sich um, sieht in den Seitenspiegel, gibt Ranfort ein Zeichen, dass er schneller fahren soll. Ranfort hat Mühe, das Motorrad durch den Morgenverkehr zu bringen. Er versucht auszumachen, was Eric beunruhigt. Ein schwarzer Mercedes, drei Autolängen hinter der Bonneville. Der Fahrer hat eine starke Affinität zur Lichthupe. Ranfort fährt auf den Gehsteig, bevor er den jäh scheiternden Ausbruchsversuch des Wagens im Spiegel beobachtet. Das Hotel taucht auf der linken Seite auf, sie umrunden es einmal. Dann stellt er das Motorrad in der Rue Beauveau zwischen einem Haufen anderer Motorräder hinter dem Belize ab. Der Mercedes taucht nicht auf. Sie gehen nach vorne, unter den grünen Fensterläden die steinernen Stufen hinauf zur Rezeption, die sich hinter der Treppe versteckt. Pittoresker Charme, gepaart mit zeitgemäßer Optik. Das einzige Geräusch kommt vom halb leeren Kühlschrank neben der Theke. Musterung durch die Angestellte, zwei Einzelzimmer mit Blick auf den Hafen. Teurer als die Zimmer zum Hof, aber Eric besteht darauf. Sie bringen die Sachen nach oben, ziehen sich um und verlassen das Hotel. Die Dame am Empfang empfiehlt ein Café in nächster Nähe. Ranfort und Eric haben Zeit. Die Fähre nach Algier legt erst am nächsten Tag ab.

Kaffee mit Milch, kein Zucker. Eric entscheidet sich für einen Espresso und einen *petit jaune*. Ranforts fragendem Blick schenkt er keine Aufmerksamkeit. Zur Beruhigung? Egal. Eric scheint abwesend. Er hat einen Punkt auf der anderen Straßenseite fixiert. Ranfort möchte ihn fragen, was er sieht, doch Eric gibt ihm zu verstehen, dass er ruhig sein soll. Sein Kopf wandert mit dem Objekt, das Ranfort durch den Efeu, der das Café von der Straße trennt, verborgen bleibt. Selbst als er den Pastis in einem Zug leert, hält er stets den Blick darauf gerichtet. Ranfort hebt die Schultern und nippt am Kaffee.

»Ich habe mich nicht getäuscht«, sagt Eric.

»Der Mercedes?«

Eric senkt das Kinn.

»Zwei im Anzug. Wie aus dem Ei gepellt.«

Ranforts Abneigung gegen die Anzugträger verstärkt sich jeden Tag. Irgendwo muss ein Nest sein, das sie hervorbringt.

»Der eine geht zur Telefonzelle. Ich denke, sie werden jemanden über unseren Aufenthaltsort informieren«, sagt Eric.

»Solange wir nicht haben, was sie wollen, werden sie uns in Ruhe lassen.« Eric sieht ihm in die Augen. Das kann nicht sein Ernst sein.

»Zumindest wissen die, dass ich es nicht habe«, sagt Ranfort. »Und Sie auch nicht. Sonst wären Sie wohl kaum von der Insel weg. Das sind keine Anfänger.«

»Noch ein Grund mehr, die Augen offen zu halten.«

Ranfort gibt ihm recht, lässt sich in den Sessel zurücksinken und nippt weiter an dem Kaffee.

Der Wind treibt die Feuchtigkeit vom Meer herein. Panische Gäste, die Obdach im Inneren des Cafés suchen. Schreiende Kellner, die die Markisen einfahren. Ranfort erinnert sich. Cécille. Der Abend vor Augustes Tod. Ihr Treffen hatte einen Grund. Er wollte sie fragen, ob sie gemeinsam Saint-Lemis verlassen wollen. Er hat sie lange nicht so glücklich gesehen. Das funkelnde Blaugrau ihrer Augen, das ihm fast das Herz stehen bleiben ließ. Ein paar Gläser Wein, ein paar Liebesbekundungen. Sie konnten den Blick nicht voneinander lösen. Cécilles Fuß schlich sich verspielt sein Bein hinauf. Wärme durchzog Ranfort, breitete sich aus. Das Blut verflüchtigte sich aus dem Gehirn. Es folgt ein dunkler Schleier. Ranfort bleibt sitzen, der Regen füllt die Kaffeetasse. »Monsieur!«, schreit ihm der Kellner ins Ohr und rüttelt ihn an der Schulter. »Es regnet.«

»Ich weiß«, gibt Ranfort lakonisch zurück. Er will noch einen Moment sitzen bleiben. »Ich muss Sie bitten zu gehen.«

Ranfort geht zum Hotel. Eric muss schon dort sein. Er geht auf sein Zimmer, zieht sich die nasse Kleidung aus und geht in die Dusche. Angenehme Wärme, kein Ersatz für Cécille. Ranfort trocknet sich ab und zieht die Lamellen der Jalousie auseinander. Der Mercedes ist verschwunden. Er will das Zimmer verlassen, das Telefon klingelt. Er überlegt, ob er es ignorieren soll, entschließt sich aber, abzuheben.

Trockenes, emotionsloses Französisch. Der Mann verlangt nach einem Treffen. Er soll sich in die Rue Beauveau schleichen. Allein. Ranfort stimmt zu. Der Regen hat nachgelassen. Er hält sich knapp an den Häuserwänden, um nicht wieder nass zu werden. Vorsichtiger Blick um die Ecke. Der Mercedes. Der Auspuff dampft das Abgas in den Regen. Er hat neben seinem Motorrad geparkt. Die Beifahrertür geht auf, Ranfort nimmt Platz, schlägt die Tür zu. Bequemer Sitz, auf den Gurt verzichtet er. Stahl presst sich in den Nacken und lenkt vom Komfort des Sitzes ab. Ranfort hört, wie die Pistole entsichert wird. Der Fahrer setzt den Wagen in Bewegung. Ohne Eile. Ranfort dreht den Kopf nach links. Der Stahl drängt sich tiefer in die Haut. Ranfort ignoriert die Aufforderung. Soll er doch. Wenn sie ihn töten wollten, hätten sie es schon getan. Der Mann auf dem Fahrersitz ist ihm unbekannt. Selber Typ Anzug, den er schon kennt. Tailliertes Sakko, längliche Krawatte, die bei dem Bären etwas verloren ausgesehen hat. Kurze Haare, römischer Schnitt, und kalte Augen, die durch die Windschutzscheibe starren. Die hagere Statur schnalzt mit der Zunge, der Druck in Ranforts Nacken lässt nach. Der hinter ihm legt die Pistole ungesichert auf den Sitz.

»Sie leben gefährlich«, beginnt Ranfort. »So ein Ding kann schnell losgehen.«

»Ich weiß«, antwortet der Mann hinter ihm. Er fühlt sich überlegen, kostet den Moment aus. Bis der Fahrer spricht:

»Haben Sie nicht schon genug Schwierigkeiten?«

»Ich habe keine Angst vor Schwierigkeiten.«

»Sie haben also noch immer keine Ahnung, mit wem Sie es zu tun haben?« Der Fahrer beschleunigt den Wagen, überholt rechts und links, ignoriert das Hupen der anderen Autos.

»Mit billigen Tricks?«

Die Miene des Mannes verfinstert sich. Er dreht sich zu Ranfort, ohne langsamer zu werden. Ranfort macht keine Regung. Er darf sich nicht aus der Ruhe bringen lassen.

»Glauben Sie, dass wir mit billigen Tricks arbeiten?«

Die Stimme des Fahrers hat einen ungehaltenen Unterton angenommen, den er krampfhaft zu unterdrücken versucht.

»Wir arbeiten für Leute, die die Interessen Frankreichs auf jeden

Fall wahren werden. Denken Sie, dass Sie eine Rolle spielen? Dass man auf Sie Rücksicht nimmt? Sie werden als Kollateralschaden durchgehen. Nicht mehr, nicht weniger.«

»Erklären Sie mir den Unterschied zu jetzt.«

Er bringt den Wagen am Straßenrand zum Stehen und dreht sich zu ihm.

»Ein tätowierter, kahlgeschorener Ringer, der nicht mehr von Ihrer Seite weicht, nachdem er Ihnen die Zähne eingeschlagen hat, dass Sie nicht mehr zubeißen können, während die Wärter zusehen und nur darauf warten, bis sie an der Reihe sind. Tag für Tag, Stunde um Stunde werden Sie beten, dass es aufhört. Oder Gefallen daran finden.«

Ranfort verkneift sich das Grinsen. Billige Tricks. Solche Geschichten hat er schon hundertmal erzählt. In der Regel reicht es gerade, um einen kleinen Informanten zu ängstigen.

»Mehr haben Sie nicht auf Lager?«

Ein Moment vergeht. »Offensichtlich nicht«, murmelt Ranfort und steigt aus dem Wagen aus.

***

Es dauert, bis Ranfort ein Taxi bekommt. Solange, bis er vollkommen durchnässt ist. Wie ein Straßenköter schleppt er sich die Stufen zum Hotel hinauf. Die Dame am Empfang bittet ihn, Eric zu sagen, dass er sich leiser verhalten soll. Sie habe schon zweimal geklopft, doch er habe sich nicht abhalten lassen, den Pornokanal auf voller Lautstärke laufen zu lassen. Dazu das üble Gestöhne. Widerlich.

Der Lift braucht zu lange. Ranfort läuft die zwei Stockwerke hoch, bremst abrupt vor der letzten Stufe und bewegt den Kopf langsam um die Ecke. Leer. Er geht den Gang entlang, an seinem Zimmer vorbei und tritt vor Erics Tür. Ohrenbetäubender Lärm aus dem Fernseher. Ein dumpfer Laut. Eine Stimme fragt, die andere stöhnt zurück. Eric ist nicht allein. Ranfort braucht das Überraschungsmoment. Er lehnt sich an die gegenüberliegende Wand und fixiert das Türschloss. Tiefer Atemzug, er prescht mit der Ferse gegen das Schloss, die Tür fliegt gegen die Mauer. Alle Augen sind auf ihn gerichtet. Eric sitzt auf einem Lehnstuhl, die Arme festgebunden, auf einem kleinen Tisch steht der Fernseher, der ihm in die Ohren stöhnt. Die beiden Männer, einer davon ist der Bär, haben ihre Sakkos auf das Bett geworfen, die Hemdsärmel aufgeschlagen. Sie machen sich bereit. Ranfort tastet den Raum ab, sucht nach Hilfsmitteln. Er nutzt die Sekunde, die der Bär benötigt, um sich umzuwenden, und springt ihm mit dem Fuß gegen das zuvor verletzte Knie. Dieses Mal kann er ihm ein Wimmern entlocken. Er zieht ihm die Pistole aus dem Gürtel und entsichert sie analog. Der andere steht ihm gegenüber, die Augen verengt. Die Hand greift nach der Pistole auf dem Tisch. Ranfort zögert nicht. Das hat er noch nie. Er betätigt den Abzug. Die Kugel schneidet sich in die Brust und verschwindet mit einem Knistern in der Jalousie. Dem Klirren der Fensterscheibe folgt ein zweiter Schuss. Ungläubig sinkt der Große zu Boden, die Kraft weicht aus den

Armen. Ranfort stürzt nach vorne, tritt ihm die Pistole aus der Hand und dreht sich nach dem Bären um, der gerade das Weite sucht. Er taxiert, ob er auf ihn schießen soll, widmet sich aber Eric, der das Bewusstsein verliert. Seine Falten sind Seen aus geronnenem Blut. Geschwollene Lider, die einen klaren Blick unmöglich machen. Die linke Hand sieht gebrochen aus, Finger für Finger, wahrscheinlich mit dem Pistolengriff. Ranfort nimmt sein Messer, schneidet ihn los und legt ihn auf den Boden. Dann ruft er die Empfangsdame an und macht ihr klar, dass sie die Ambulanz rufen soll. Sie scherzt kurz, ob er es mit dem Pornokanal übertrieben hat, erkennt aber die prekäre Situation. Ranfort kniet sich neben Eric, streichelt ihm den Kopf, um ihm die gefühlte Ewigkeit zu erleichtern, die die Ambulanz braucht. Die Rettungsleute sehen das Zimmer und verziehen vor Schreck das Gesicht. Ranfort zeigt seine Marke, macht klar, was zu tun ist. Der Große braucht einen Leichenwagen, Eric medizinische Versorgung. Die Rettungsleute weigern sich, ihm zu sagen, wo sie Eric hinbringen, Ranfort beharrt. Hôpital Paul Desbief, die Rue de la République hinunter, dann rechts in die Rue Fauchier, links in die Rue d'Holzier. Er könne es nicht verfehlen. Ranfort skandiert, dass er nachkommt. Sie hängen Eric an den Tropf, legen ihn auf die Trage und bringen ihn weg, bevor Ranfort das Stromkabel des Fernsehers aus der Steckdose reißt.

\*\*\*

Ranfort widmet dem Toten noch einen Funken Aufmerksamkeit, setzt sich aufs Bett und stützt den Kopf auf die Handflächen. Bringt er allen in seiner Nähe Unglück? Sind sie alle dem Tod geweiht? Ranfort gehört nicht zu der Sorte Mensch, die an Schicksal oder dergleichen glaubt, doch dieser Moment lässt ihn zweifeln. Vielleicht ist er als Einzelgänger geboren, zur Einsamkeit verdammt. Möglicherweise lassen sie ihn deshalb am Leben. Weil es doch so etwas wie Schicksal gibt. Eric lässt ihm keine Ruhe. Er muss wissen, was mit ihm passiert ist, wissen, was er den Peinigern gesagt hat. Diese aschfahle Gesichtsfarbe, das ganze Blut. Sie haben keine Sekunde verschwendet. Nur die ganz Hartgesottenen geben in dieser Situation nichts preis. Ranfort schnappt sich den Helm und schließt die Tür hinter sich, ein Mann kommt um die Ecke. Er riecht nach Dienstmarke und Erfahrung. Unter dem Trenchcoat trägt er einen beigen Anzug. Schwarze Krawatte, hellblaues Hemd. Die grauen Haare hat er über die Seite gekämmt.

»Kommissar Ranfort?«

Ranfort überlegt. Eine Lüge wäre sinnlos und würde ihn nur schlecht dastehen lassen.

»Inspektor Revian. Polizei Marseille.« Er zeigt ihm die Marke, steckt sie gleich wieder weg.

»Wo ist das Zimmer von Monsieur Nadale?« Ranfort macht ihm klar, dass er ihm folgen soll. Sie gehen in Erics Zimmer. Revian sieht sich um, beugt sich über den Toten und dreht sich zu Ranfort. »Waren Sie das?«

»Nicht alles. Ich bin im falschen oder richtigen Moment dazugestoßen.«

»Eher im richtigen. Monsieur Nadale hat gute Chancen. Kannten Sie den Mann?«

»Es waren zwei.«

»Kannten Sie die beiden?«

Ranfort verneint.

»Was wollten die beiden von ihm?«

Ranfort zieht die Schultern hoch. »Sind Sie ein Freund von Monsieur Nadale?«

»Mehr oder weniger. Wir sind auf Reisen.«

Revian holt seinen Notizblock hervor und zieht den Kugelschreiber einmal über das Blatt, notiert etwas.

»Wohin?«

»Wir wissen noch nicht genau, wohin.«

»In welcher Beziehung stehen Sie genau?«

Ranfort verneint die Unterstellung vehement. Revian notiert weiter.

»Was ist genau passiert?«

Ranfort schildert den Ablauf. Die Vorgeschichte verschweigt er.

»Hören Sie, Kommissar«, sagt Revian, das letzte Wort betonend. »Ich habe so meine Erfahrung und die sagt mir, dass hier etwas stinkt. Und dass Sie diesen Herren nicht zum ersten Mal begegnet sind.«

Ranfort schweigt, möchte die Arme verschränken, hält sich im letzten Moment zurück.

»Den Toten kennen wir. Er ist sporadisch aufgetaucht, hat hin und wieder Schwierigkeiten gemacht und ist schnell wieder verschwunden. Wir vermuten, dass er ein paar Morde auf dem Buckel hat. Ein ehemaliger Algerienkämpfer mit Verbindungen zur OAS. Einer der ewiggestrigen Nationalisten. Leute, die auf die Gesetze pfeifen und glauben, sich ihre eigenen machen zu können. Leider stimmt das. Zu einem gewissen Teil. Immer, wenn man so einen an der Angel hat, kommt ein anderer und haut ihn raus. Ich müsste Ihnen danken, dass sie ihn unschädlich gemacht haben, aber Sie wissen genauso gut wie ich, dass ich das nicht kann.«

Er geht in die Hocke, sieht den Toten genau an und dreht sich zu Ranfort.

»Sie haben wirklich keine Ahnung?«

Rhetorische Frage. Revian steht auf und setzt fort: »Kommen Sie morgen aufs Revier. Wir klären den Rest.« Er widmet sich wieder dem Tatort, bittet Ranfort, das Zimmer zu verlassen. Männer mit Kameras und Aktenkoffern bevölkern den Gang, um hastig in Erics Zimmer zu verschwinden. Ranfort sieht dem Treiben noch etwas zu, schließt die Tür und packt seine Sachen.

\*\*\*

# 10

»Der Bart steht dir gut, Ramon. Wie geht es dem Bein?«

Ein Mann steht in der Tür, etwa eins achtzig groß, hagere Statur, die Haare hat er nach hinten gekämmt. Etwa fünf, maximal zehn Jahre älter als Pedro. Er trägt ein Sakko, ein weißes Hemd mit einer hässlichen Krawatte, deren Kontrast sich stark vom Rest der Kleidung abhebt. Er hält einen Strauß rote Nelken in der Hand, klopft behutsam gegen die Tür des Krankenzimmers.

»Die Ärzte sagen, dass es wieder wird. Zwar nicht mehr dasselbe, aber es wird.«

»Das freut mich, Ramon. Die Schwester war so freundlich, mich hereinzulassen. Mein Name ist Caspar Vestal.«

Pedro rückt bis an das Gitter am Kopfende des Bettes, stützt sich auf die Ellbogen.

»Wären Sie so freundlich?«, sagt er und zeigt auf die Mechanik.

Der Mann nickt und positioniert ihm das Kopfteil des Bettes etwas höher. Dann stellt er den Wein auf das Nachtkästchen, legt die Nelken daneben und nimmt auf einem Stuhl Platz.

»Es tut mir leid, was dir passiert ist«, sagt Vestal.

»Es hat ihn erwischt, wie ich gehört habe.«

»Das tut nichts zur Sache. Kann so einer einen von uns aufwiegen?«

Pedro kennt die Antwort. Obwohl er sich ungenügend fühlt. Seinen gebrochenen Oberschenkel ziert eine dreißig Zentimeter lange Narbe, die die Fortbewegung mehr als mühselig gestaltet.

»Auch wenn du das Gefühl hast, nicht zu genügen, kann er das nicht. Vor allem nicht, weil er tot ist und du am Leben.«

Pedro kann sich das Lachen nicht verkneifen. Zerfetzt hat es diesen Narren mit den schiefen Zähnen. Was hat er durch sein Martyrium erreicht?

»Solche Leute wie dich kann ich gut gebrauchen, Ramon. Kennst du dich mit Sprengstoffen aus?«

Pedro verneint. Foltererfahrung könnte er anbieten. Wenn er sie nicht fangen muss.

»Das macht nichts. Du lernst das.«

Pedro greift nach dem Hebel, der das Bett flach stellt, dreht den Kopf zur Seite. Weg von Vestal. Weg von diesem Krieg.

»Gar nichts werde ich. Der Krieg ist für mich vorbei. Das haben mir die Ärzte schon gesagt. Ich komme nach Hause, sobald ich wieder gehen kann.«

»Willst du nach Hause, Ramon? Als Verlierer? Nichts im Gepäck als das bloße Versagen? Ist das dein Wunsch, Ramon?«

Vestal wird mit jedem Wort lauter. Die letzten Wörter hämmern sich direkt in seinen Schädel. Pedro möchte aufstehen und Vestal die Gurgel umdrehen. Nachdem er ihm die Eier abgeschnitten hat. Unmöglich in dieser Verfassung. Dieses verdammte Grinsen. Dieser verdammte Turban.

»Was bleibt mir denn übrig?«, schreit er ihn an.

Vestals Kopf ist in Sekunden abgekühlt. Er beugt sich hinab und stellt das Kopfteil des Bettes wieder nach vorne.

»Hab etwas Geduld, Ramon. In drei Wochen bist du wieder fit. Dann komme ich wieder. Bis dahin entscheidest du dich, ob du ein Mann oder diese widerliche Memme bist, die ich gerade gesehen habe.«

Pedro drückt die Lider zusammen. Ein Ebenbild seines Vaters. Deshalb trifft er ihn. Vestal weiß das. Irgendwie. Er senkt langsam das Kinn, Vestal lehnt mit dem gesamten Gewicht des Oberkörpers auf Pedros eingegipstem Bein. Pedro presst die Luft aus den Lungen, der Schmerz breitet sich aus wie ein Hammerschlag, erreicht den Kopf, bringt ihn zum Glühen.

»Ich komme wieder, Ramon. Und glaub nicht, dass es eine

Entscheidung gegen mich gibt.«

***

Vestal hat sich nicht gezeigt. Der Heilungserfolg indes schon. Drei Wochen sind seit Vestals ungebetenem Besuch vergangen. Drei Wochen, in denen er in den Gärten des Militärspitals Maillot überlegen konnte, wie es weitergeht. Nur die Einsamkeit und eine sanfte Note Anisduft, die der Wind in den Gärten verteilt. Kein Gedanke mehr an den Krieg oder Vestal. Vielleicht hat er ihn überschätzt oder sich seine Organisation aufgelöst. Oder er hat jemand anderen gefunden, der die Drecksarbeit für ihn erledigt. Pedro packt seine Sachen und bittet um ein Taxi zum Hafen. Er wird das Land als Zivilist verlassen, als Held, wie ihm der Verbindungsoffizier mitgeteilt hat. Und als Held habe er Anspruch auf eine Pension, wenn auch nur auf eine kleine. Pedro musste lachen, als er als Held betitelt wurde. Ironie, dass ihn ein Algerier zum Hafen fährt. Mit einem Fes aus rotem Filz mit einer schwarzen Quaste. Pedro muss grinsen, als ihn der Mann fragt, wohin es geht.

»Zum Hafen. Weg von diesem verdammten Land.«

Der Mann gibt ihm das Grinsen durch den Rückspiegel zurück. Als ob er gleichsam froh wäre, dass Pedro verschwindet. Wenn er die Angelegenheit beschleunigen kann, umso besser. Es sind keine drei Kilometer zum Terminal, aber Pedro ist noch immer nicht gut zu Fuß. Die weiß-blauen Häuserfronten des Quartier Européen ziehen hinter dem Fenster vorbei. Er sagt der *front de mer* Lebewohl und gibt dem Taxifahrer die letzten algerischen Francs. Eine Münze behält er. Als Andenken. Er geht auf das Oberdeck und blickt nach Norden. In die Heimat. Was wird ihn erwarten, wenn er ankommt? Soll er überhaupt nach Hause zurückgehen? Diese Heimat war der Grund, warum er sie erst verlassen hat. Einen Beruf hat Pedro verabsäumt zu lernen. Das einzige Talent ist das Töten und der Krieg. Unmöglich, effektiv mit einer derartigen Behinderung zu töten. Das Schiff legt ab, Pedro lehnt an der Reling. Jemand stellt sich neben ihn. Pedro traut den Augen kaum, als er Vestal erblickt.

»Ich habe doch gesagt, wir sehen uns wieder.« Er senkt den Kopf, um auf die Pistole aufmerksam zu machen.

»Was haben Sie vor? Mich vor allen Leuten zu erschießen?«

»Es geht schnell und interessiert niemanden. Glaub mir.«

»Was wollen Sie, Vestal?«

»Ich denke, das weißt du.«

Er wippt mit dem Kopf und der Pistole, sagt ihm, dass sie sich ein wenig beeilen müssen. Pedro geht voraus, hinter ihm der Dirigent mit dem geladenen Taktstock. Sie gehen nach unten in den Rumpf, vorbei an ein paar Arbeitern, die Vestal offenbar kennen. Zu einer Luke, vor der ein Mann steht. Fischermütze, Gummistiefel, ansonsten eher leicht bekleidet. Vestal grüßt ihn, gibt ihm ein Kuvert, der Mann dreht sich um und wartet. Das Lotsenboot dreht bei und der Mann steigt auf eine Strickleiter, die hinabführt. Vestal macht Pedro klar, dass er ihm folgen soll.

»Offiziell bist du bald in der Heimat«, kommentiert Vestal, steckt die Waffe ein.

\*\*\*

Vestal lotst Pedro in einen gelben Citroën DS. Er soll fahren. Richtung Zentrum. Vestal hat ihm eine Wohnung besorgt. Rue Victor Hugo. Er parkt den Wagen in einer Seitenstraße. Vestal und Pedro gehen in den ersten Stock. Falls es brenzlig wird, ist der erste Stock günstig, meint Vestal. Ein Apartment, um die zwanzig Quadratmeter, nicht gepflegt, aber einem Feldbett im Komfort deutlich überlegen. Ein Tisch in der Wohnküche, mit zwei Sesseln. Ein Kühlschrank, ein Elektroherd und ein Bett, dessen Wäsche frisch aussieht. Vestal macht Pedro klar, dass er sich setzen soll. Die Waffe legt er in die Mitte des Tisches. Pedro ist offiziell in Frankreich und die Rückkehr bedarf Erklärung. Vestal geht zum Kühlschrank und nimmt zwei Bier heraus.

»Wie gefällt es dir?«

»Abgesehen davon, dass Sie mich gezwungen haben hierherzukommen, gut.« Pedro nippt an dem Bier, beobachtet Vestal.

»Du hättest dasselbe getan, wenn man den Erzählungen glauben darf.«

»Welchen Erzählungen?«

»Du hast einen Ruf, Ramon. Ein Ruf, der dem deines Sergeanten nicht ganz unähnlich ist.«

Er stützt die Ellbogen auf die Oberschenkel und lächelt ihn an.

»Ich bin nicht so, wenn Sie das meinen.« Pedro kann das bizarre Grinsen von Vestal nicht erwidern noch ihm in die Augen sehen. Er macht einen zu gepflegten Eindruck für Pedro.

»Der Ruf, wie du mit den Turbanen umgehst.«

Pedro kann kaum widersprechen. Dieser Ruf ist gerechtfertigt.

»Ich möchte dir eine Chance anbieten. Eine Chance, die du so schnell nicht wieder bekommst.«

Kurze Pause. Vestal lässt sich und vor allem Pedro Zeit.

»Du bist des Kämpfens müde. Das ist gut. Dieser Krieg wird

nicht auf dem Schlachtfeld entschieden werden, Ramon, sondern in den Köpfen. Und da kommen wir ins Spiel.«

»Wer ist ‚wir‘?«

»Leute, die mit dieser widerlichen Beschwichtigungspolitik nichts am Hut haben. Leute aus Politik und Militär. Leute, die sehen, wohin das alles führt und sich das nicht gefallen lassen. Aber auf dem Schlachtfeld hat das keinen Sinn mehr. Militärisch werden wir gewinnen, aber politisch verlieren. Wie viele Wälder bleiben noch, die man nicht mit Napalm überzogen hat? Haben wir nicht schon genug Dörfer dem Erdboden gleichgemacht? Genug Fellaghas erschossen? Psychologie, Ramon. Darauf werden wir uns konzentrieren. Wir müssen uns in die Köpfe der Menschen brennen, damit sie aufhorchen. Der Schrei nach einer Alternative muss laut werden. Eine Alternative, die wir bieten.«

»Was soll ich tun?«

»Erstens sprichst du mit niemandem darüber. Wenn du unsere Anweisungen befolgst, bleibst du am Leben. Da musst du uns vertrauen.«

»Was habe ich davon?«

»Wenn das alles vorbei ist, bekommst du so viel, dass sich die Mühe mehr als gelohnt hat, wenn das deine Sorge ist.«

Pedro hebt die Flasche und hält sie Vestal vor die Nase. »*Santé!*«, sie senken die Köpfe, Vestal steht auf und geht zu Ramon. Er schlägt ihm die Hand ins Genick und packt zu, bewegt den Nacken hin und her. Dann zischt er ihm ins Ohr: »Enttäusch mich nicht, Ramon.«

Vestal geht zu seinem Platz, leert das Bier in einem Zug und verschwindet aus der Wohnung. Pedro fragt sich, mit wem er jetzt einen Vertrag geschlossen hat.

***

Es dauert keine halbe Stunde, bis das Telefon läutet. Klares Französisch mit einem leichten Akzent. Kein Franzose, aber auch kein Turban. Pedro soll in ein Café in der Rue d'Isly kommen, nicht weit von der Wohnung entfernt. Eine halbe Stunde, auf dem Weg soll er sich mit der Umgebung vertraut machen. Fluchtwege im und um das Wohnhaus, Verkehrsmittel und vor allem Seitengassen und Hinterhöfe. Pedro folgt auf dem Fuße, nimmt den Ausgang in den Hof, vorbei an dem schmalen Grünstreifen mit den unbenutzten Wäscheleinen. Durch eine Passage, die ihn auf die Straße führt. Er passiert eine riesige Moschee und biegt nach der Grundschule rechts in eine Seitenstraße ein. Etwa fünfzig Meter entfernt befinden sich drei runde Tische vor dem Café, alle mit mindestens zwei Menschen besetzt. Der Kontaktmann ist nicht darunter. Er geht die Stufen hinunter ins Innere des Cafés und nimmt in der hintersten Ecke auf einem der Hocker Platz. Dazwischen ein Tisch, der eher einer herausstehenden Holzlatte ähnelt, an der Wand kleben Fliesen, die sich schwarz und weiß abwechseln würden, wenn sie vollständig wären. Der Kellner zündet sich eine Zigarette an, spült apathisch die Gläser und starrt Richtung Eingang. Pedro bestellt sich einen Pastis. Er hat noch immer den Duft der Anisblüten vom Maillot in der Nase. Der Kellner reagiert mit einem Nicken, bringt die Bestellung prompt und widmet sich wieder den Gläsern, während er die Zigarette im Mundwinkel jongliert. Pedro nippt an dem Pastis und stellt fest, dass der Duft der Blüten dem Geschmack weit überlegen ist. Ein Mann mit einer Aktentasche betritt das Café. Er trägt einen Anzug, nicht besonders auffällig, ein graues Hemd. Darüber ein gepflegter Kopf mit einem kaum sichtbaren Bartansatz und kurzen Haaren. Etwa Mitte dreißig, wenn er die Narben im Gesicht subtrahiert. Der Mann bestellt sich einen türkischen Kaffee und setzt sich zu ihm. Die Aktentasche stellt er neben den Hocker. Dann macht er Pedro klar, dass er aufstehen und mit ihm den Platz tauschen soll, weil er den Eingang sehen muss. Pedro hebt die Schultern und folgt der Aufforderung. Der Mann schweigt, bis er den Kaffee bekommt, sieht sich kurz um und lehnt sich dann über die Planke zu Pedro.

»Bist du Vestals Mann?«

Pedro bestätigt.

»Das ist deine Tasche. Sieh dir den Inhalt gut an. Zuhause. Alles Weitere erfährst du von ihm.«

Der Mann lehnt sich zurück, beginnt, laut zu lachen. Dann legt er zwei algerische Franc auf den Tisch und verlässt das Café.

***

Pedro verzichtet auf weitere Sondierungen der Umgebung. Zu neugierig ist er auf den Inhalt der Aktentasche. Zwei Pakete, in Butterpapier eingewickelt, etwas größer als das Milchprodukt, nur wesentlich mehr Festigkeit in der Konsistenz. Vier stiftähnliche Gegenstände, zwei mit einem grünen Streifen, zwei weiß, am Ende Kupfer, in der Mitte eine blecherne Hülse, aus der ein paar Zapfen ragen. Außerdem ein Reisepass und eine Pistole. Pedro legt die Gegenstände auf den Tisch und holt einen Zettel aus der Tasche, auf dem sich eine Skizze mit einer Beschreibung befindet:

*Switch No. 10: Zertreten Sie das Ende des dünnen Kupferröhrchens, in dem sich das Kupferchlorid befindet mit einer Zange oder dem Schuhabsatz. Sie müssen das Röhrchen nicht komplett flach drücken, sondern nur die Glasampulle, die sich im Inneren befindet, damit die Flüssigkeit entweichen kann. Kontrollieren Sie das Inspektionsloch neben dem Sicherheitsstreifen aus Messing. Wenn Sie das Loch auf der anderen Seite sehen, hat der Countdown begonnen und der Sicherheitsstreifen kann abgezogen und weggeworfen werden. Falls das Loch nicht sichtbar ist, hat sich der Stoßkeil gelöst und der Zünder ist unbrauchbar. Zuallerletzt stecken Sie den Zünder mit der Halterung in den*

*Sprengstoff und verlassen schnellstmöglich das Gelände. Kennzeichnung der Streifen: Schwarz: 10 Minuten, rot: 30 Minuten, weiß: 2 Stunden, grün: 5 ½ Stunden, blau: 24 Stunden.*

Pedro legt den Zettel vor sich auf den Tisch. Jetzt weiß er, was Vestal mit Psychologie gemeint hat. Sich mit Bomben in das Gedächtnis der Zivilisten zu brennen. Ein paar Entführungen oder Folterungen nebenher. Das hat Stil. Er hätte es nicht anders gemacht. Was soll er in Frankreich? Er geht zum Kühlschrank und holt sich ein Bier, es klopft an die Tür. Pedros Herz will aus der Brust springen, beruhigt sich aber gleich wieder. Er geht zum Tisch, packt die Sachen in die Tasche und nimmt die Pistole heraus. Dann geht er zur Tür, hält die Waffe hinter dem Holz versteckt, die die Kugel nicht aufzuhalten imstande wäre. Er dreht den Schlüssel und öffnet sie einen Spalt. Im Halbdunkel wirkt die Fratze noch beklemmender. Vestal. Pedro legt die Waffe zur Seite und lässt ihn herein.

»Was wollen Sie?«

»Hast du die Tasche?«

»Danke für die Anleitung.«

»Selbstredend. Die Zünder sind nicht sehr zuverlässig. Wenn es krachen muss, nimmst du zwei davon.«

»Was soll ich mit dem Pass?«

»Normalerweise kontrollieren sie Franzosen nicht, aber wenn du irgendwo hinmusst, wird der Pass nützlich sein.«

Pedro schlägt den Pass auf. Kommissar Lionel Corbière. »Sieht echt aus.«

Vestal gibt ihm einen Stadtplan und legt ihn auf den Tisch. Er markiert eine Stelle und zeigt darauf.

»Eine Mülltonne. Du machst den grünen Zünder scharf, steckst ihn in den Sprengstoff, gibst das alles in einen Plastiksack und wirfst das heute Nacht um halb drei in die Mülltonne. Acht Uhr ist perfekt, damit es möglichst viele erwischt. Um zwei Uhr wartet ein Wagen auf dich. Sei pünktlich.«

Vestal macht ein zweites Kreuz auf die Karte. »Da gehst du danach hin. Selbe Prozedur. Dann fährst du nach Hause und wartest auf Nachricht und neues Material.« Kurze Pause. Vestal zeigt auf einen Punkt. »Wenn etwas schiefgeht, kommst du hierher, fährst nach oben und gehst zum Friedhof. Jeden Samstag um neun. Wenn ich nicht da bin, verschwindest du.« Pedro nickt und stellt sich den Wecker auf ein Uhr. Vestal legt ein Kuvert auf den Tisch und verschwindet. »Kauf dir was zu essen. Du bist viel zu dünn.«

Pedro muss sowieso noch aus dem Haus. Die Lage sondieren.

***

# 11

Algier. Die Fähre steuert Terminal 1 an. Den Regen hat Ranfort in Marseille zurückgelassen. Mit Eric und Revian, der ihm beim Ablegen der Fähre noch nachgesehen hat. Ohne Regung. Die linke Hand in der Hosentasche, die rechte Hand am Griff des Knirpses, der ihn nur unzureichend vor dem Niederschlag zu schützen vermochte. Wenn er Revian richtig einschätzt, weiß er, was in Saint-Lemis passiert ist. Versteht, warum Ranfort nicht bleiben kann. Dennoch muss er ihn aufhalten. Absolut nachvollziehbar. Ranfort hat die besten Jahre der Arbeit gewidmet, Persönliches oft hintangestellt. Sich die Verantwortung bewusst gemacht, die er glaubte, den Menschen gegenüber zu haben, und dabei die Objektivität zu wahren versucht. Revian ist vom selben Schlag Mensch, dem er sich selbst zuordnet. Er gesteht ihm ein respektvolles Nicken im Geiste zu.

Das Lotsenboot, das gerade an der Backbordseite beidreht, lenkt ihn von den backsteinernen Bögen ab, in denen sich sandiges Gelb mit mattem Rot abwechselt. Dahinter die weißen Fassaden mit den blauen Balkonen. Französischer Ursprung mit arabischer Prägung. Ranfort lehnt sich über die Reling, der Hafenlotse betritt das Schiff. Ein zweiter Mann mit Hut und Trenchcoat folgt ihm. Die dunkle Färbung des Nackens sticht ihm ins Auge. Er sieht noch einen Augenblick zu, bis das Boot sich wieder entfernt hat, und verlässt das kaum bevölkerte Deck. Ein Zustand, der auszuhalten wäre. Ranfort genießt die Ruhe des Meeres, das ihm Zuversicht schenkt, nimmt einen tiefen Zug Hafenluft und geht nach unten. Die Tasche hat er auf dem Motorrad gelassen. Nichts außer ein paar nassen Sachen, die er in der Eile gepackt hat. Er verlässt das Treppenhaus in eine Wolke aus Schiffsdiesel und Öl, als er zwischen den Fahrzeugen den Hut mit dem dunklen Nacken wahrnimmt. Geduldig schleicht der Mann durch die eng geparkten Autos, bleibt stehen, sieht sich um und schleicht dann weiter. Daneben zieht er sich geduldig eine Zigarette nach der anderen zwischen die Rippen. Er sieht sich kein einziges Mal um, ob ihn jemand beobachtet. Allein der Widerhall seiner Absätze hat sich unter das Brummen des Schiffsmotors gemischt. Ranfort sieht ihm eine Weile zu und macht sich auf den Weg zum Motorrad. Vorsichtig. Wer ist der Mann? Zollfahndung? Polizei? Geheimdienst? Die algerische Version der Anzugträger? Der Hut zündet sich noch eine Zigarette an, wandert die Reihe der Motorräder entlang und bleibt vor der Bonneville stehen. Er holt ein Notizbuch hervor und vergleicht die Kennzeichen. Dann drückt er die Zigarette aus, geht in die Hocke und steht wieder auf. Er sieht sich um, ob ihn jemand bemerkt hat, Ranfort kommt aus der Deckung.

»Sie wissen, dass hier Rauchverbot ist?«

Der Mann lächelt ihn an. Dunkle Hautfarbe, die sich nur wenig von den Augenbrauen abhebt, aber im Gegenzug einen starken Kontrast zu den nicht mehr ganz so weißen Zähnen bietet. Auf der Nasenwurzel eine Brille. Rundliche Fassung, Modell günstig.

»Ist das Ihr Motorrad?«

»Wer will das wissen?«

»Entschuldigen Sie meine Unhöflichkeit. Kommissar Ferdjani, Polizei Algier. Mordkommission.«

Revian. Ranfort hat ihn richtig eingeschätzt. Naiv zu glauben, dass er so leicht davonkommt.

»Was kann ich für Sie tun?«, fragt Ranfort.

»Ich habe schon gehört, dass Sie gern den Unwissenden geben. Ist das nun Ihr Motorrad?«

Ranfort nickt. Verhalten.

»Sie sind François Ranfort?«

Ranfort bestätigt.

»Ich habe ein paar Fragen, wenn Sie erlauben.«

\*\*\*

Es dauert fünf Minuten, bis sich die Luke der Fähre zu öffnen beginnt. Eine Ewigkeit vergeht in den Köpfen. Ranfort bleibt die Flucht verwehrt. Er wird sich mit der Polizei auseinandersetzen müssen. Ferdjani beharrt, dass er ihn auf dem Sozius mitnimmt. Bis zur Hafeneinfahrt, wo sein Wagen steht. Attestierte Fluchtgefahr. Ferdjani zündet sich noch eine Zigarette an, bis sie den Renault R4 erreichen, dessen Baujahr schon weit zurückliegt. Ehemaliger französischer Bestand, der Größe der Rostlöcher nach zu urteilen. Er kassiert Ranforts Pass, nimmt auf dem Fahrersitz Platz und fordert ihn auf, zu folgen. Den Zigarettenstummel schnippt er aus dem Fenster und jagt den R4 die Promenade entlang. Ein Stück den Hügel hoch, eine Kehrtwendung nach links, der Renault schaukelt wie ein Fischerboot. Ranfort versucht, den Abstand so gering wie möglich zu halten. Ein schwieriges Unterfangen. Fußgänger, die ohne einen Blick auf die Straße laufen, Autos, die blindlings ausscheren, alles hinter einem irren Kettenraucher in einer rostigen Kiste. Die malerische Kulisse vermag ihn wenig abzulenken. Erst als sie die Kasbah hinter sich lassen und Ferdjani ihm klarmacht, wo er das Motorrad abstellen soll, senkt sich langsam Ranforts Herzschlag. Ferdjani wartet neben ihm, bis er den Schlüssel vom Motorrad abgezogen hat. Sie verlassen den Platz und gehen in ein Gebäude. Die breiten Steintreppen hinauf, die Galerie entlang, sechste Tür links. Geräumiges Büro, gepflegter Sekretär aus Tropenholz mit einem Blumentopf, dazu ein Wandläufer mit der *front de mer*. Ferdjani bietet ihm einen Platz an, hängt den Hut an die Garderobe, zieht den Trenchcoat aus und legt die Brille auf den

Tisch. Dann nimmt er im Lehnstuhl Haltung an.

»Kommissar, es tut mir leid, dass ich Sie behelligen muss.«

Ranfort dreht die Handflächen nach oben, wippt leicht mit dem Kopf nach vorne.

»Ich habe heute Vormittag einen Telefonanruf bekommen, der mich aufhören ließ. Nicht nur, weil es meine Pflicht ist, mit den Marseiller Kollegen zusammenzuarbeiten.«

Kurze Pause. »Auch, weil mich der Grund Ihrer Anwesenheit persönlich betrifft. Möchten Sie etwas dazu sagen?«

Ranfort verneint. Ferdjani soll weitererzählen.

»Sie stehen unter Mordverdacht?«

Ranforts Augenbrauen ziehen sich zusammen. Das weiß er doch.

»In Saint-Lemis.«

»Sie hatten Schwierigkeiten in Marseille?«

»Keine besonderen.«

»Sie wissen offenbar nicht, wer Ihnen auf den Fersen ist?«

Ranfort winkt ab. Niemand, mit dem er nicht fertig werden würde.

Ferdjani lehnt sich vor, die Pupillen stechen aus den dunklen Augen wie Messer hervor, die Zigarette dampft gemächlich im Aschenbecher.

»1961. Genauer gesagt, am 31. Mai. Mein Vater ging Streife. An diesem Tag sind schon Dutzende Bomben in Algier hochgegangen. Viele Menschen wohnen an den Hügeln, die enge Gassen und kleine Häuser säumen, die kaum Platz für die Bewohner bieten. Daneben betreiben sie oft Geschäfte, die ein willkommenes Ziel für die französischen Attentäter darstellten. Die räumliche Enge und die Symbolkraft dieses Ortes ließen die Sprengsätze noch mehr Schaden anrichten. Physisch wie in den Köpfen. Zudem hat sich die hiesige Polizei wenig um das Viertel gekümmert. Mein Vater war ein Idealist, einer der Unbestechlichen, dem die Bewohner der Kasbah am Herzen lagen. Er war auf einer Patrouille, als er seinem Mörder begegnete.«

Was hat die Sache mit ihm zu tun?

»Sie wissen nicht, worauf ich hinauswill, nicht wahr?« Stoisches Kopfschütteln.

»Der Mann aus Saint-Lemis. Er hat möglicherweise den Abzug betätigt.«

»Was wollen Sie von mir?«

»Ich möchte, dass Sie eine Ahnung haben, welchem Phantom Sie nachjagen. Die Leute, mit denen Sie es zu tun haben, sind vom selben Schlag. Folterer, Mörder und Attentäter. Meist politische Protegés. Leute, die selbst die Polizei nur ungern angreift.«

Langweilig. Bevor Ranfort nicht hat, was die wollen, werden sie ihm nichts tun.

»Werden Sie mich ausliefern?«, fragt Ranfort.

»Gehen Sie.« Ferdjani nimmt einen Zug an der Zigarette, dreht sich mit dem Lehnstuhl um und sieht aus dem Fenster.

***

Ein Stopp an der Tankstelle. Etwas zu essen, ein Vorrat für unterwegs. Ranfort will sich nicht zu lange in Algier aufhalten, das Treiben der Großstadt hinter sich lassen. Er nimmt die N11 an der Küste entlang, das Meer an der Rechten. Der Duft der Kiefern und Eichen, die den nördlichen Teil des Tellatlas bevölkern, steigt ihm in die Nase. Hin und wieder ein Dorf, kleine Städte mit wenigen Tausend Einwohnern. Nichts was ihn stört. Es ist, als ob die Probleme in Frankreich zurückgeblieben wären. Ferdjani. Er hätte ihn ausliefern müssen. Wollte er ihn nur warnen? Ihn impfen, wer Auguste wirklich war? Wenn Auguste solch ein Mensch war, warum war er kein politischer Protegé? War er ein Maulwurf? Wieso hat er nicht von seiner Vergangenheit profitiert, wie es die anderen taten und noch immer tun? Hatte er nicht einmal den Gedanken zur Flucht? Im Untergrund zu leben? Warum hat er sich seinem Schicksal ergeben?

Der Wind nimmt der Sonne den Schrecken. Ranfort passiert Strände, an denen die Menschen unter der Sonne brüten. Das kann er nicht verstehen, obwohl er seit der Kindheit am Meer wohnt. Mit der steigenden Anzahl der Touristen an Saint-Lemis' Stränden ist der Wunsch, dorthin zu gehen, erloschen. Ranfort vermisst nichts. Er lebt nicht in der Vergangenheit. Das hat er sich nach dem Tod seiner Frau und seines Sohnes schmerzhaft abgewöhnt. In Erinnerungen zu schwelgen bedeutet Schmerz und Wehmut, die ihn nur tiefer in die Resignation getrieben haben. Er kann nur akzeptieren, was nicht zu ändern ist, das Vergangene ruhen lassen. Ein frommer Wunsch. Gerade wenn einen die Vergangenheit verfolgt und die Zukunft in den Händen hält. Besonders wenn es die eines anderen ist und eine unbekannte dazu. Gram steigt in Ranfort auf. Der Gram über die Torheit eines alten Mannes, der sich allem verweigert hat, alles hinter sich ließ, um es dann auf die, die ihn liebten, niederfahren zu lassen. Vielleicht nicht mit Absicht, aber getan hat er es trotzdem. Ein Einzelgänger, dem die Gesellschaft anderer stets zuwider war. Jemand, der sich gesucht und nie gefunden hat. Ranfort erkennt sich selbst. An die Einsamkeit gewöhnt. Möglicherweise auch dazu bestimmt. Ein Thema, das ihn zunehmend einnimmt. Speziell in diesem Moment, als ihn die Bonneville verlässt. Der Motor stottert, hustet, bis er ausfällt. Der Gasgriff reagiert auf keine Bewegung. Die Maschine verweigert jede Reaktion auf die Bitten und Flüche, nicht aufzugeben. Ihn nicht in der Einöde im Stich zu lassen. Es ist nicht weit zur nächsten Tankstelle. Ranfort zieht die Kupplung und lässt sich noch ein Stück rollen, steigt ab und schiebt die Maschine an den Straßenrand. Er beugt sich hinab, will den Benzinhahn auf Reserve drehen, bemerkt, dass das schon jemand getan hat. Die Stellung des Benzinhahns rückt die Aussicht auf eine Tankstelle in weite Ferne. Ferdjani hat sich die Bonneville genau angesehen. Viel zu genau.

\*\*\*

Knapp eine halbe Stunde ist vergangen, seit Ranfort am Straßenrand wartet. Die Sonne hat die Stärke kaum gemindert. Trotz der drohenden Dämmerung. In der Ferne tobt die See, hier erfährt Ranfort nur Langeweile. Ein Zustand, der ihm zuwider ist, obwohl er die Abwesenheit anderer Menschen schätzt. Der Blick wandert nach Osten, zu der Anhöhe, aus deren Richtung er gekommen ist. Ein Wagen ist ihm seit Algier gefolgt. Er glaubt im Glimmen des Asphalts ein Glitzern zu erkennen, das sich ständig wiederholt. Möglicherweise ein Fernglas. Ranfort sieht noch einmal in den Tank. Leer, bis auf den letzten Tropfen. Der wiederholte Versuch, der Maschine mit dem Kickstarter ein Lebenszeichen zu entlocken, hat keine Besserung gebracht. Außer erneuten

Schmerzen in der Flanke und der daraus resultierenden Atemnot. Er braucht Benzin. Ranfort hängt den Helm auf den Seitenspiegel und zieht den Schlüssel ab, geht Richtung Meer, um sich zwischen den Macchien-Sträuchern zu erleichtern, das Glitzern folgt ihm. Er hält sich dicht am Abhang und kämpft sich durch das Gestrüpp den Hügel hinauf. Die Straße behält er im Augenwinkel. Keine Regung.

Das Funkeln hat ihn nicht getäuscht. Neben einem weißen Toyota Hilux steht ein Mann mit einem Fernglas. Irgendeiner von den Guten. Die Bösen fahren schwarze Mercedes. Ungefähr eins neunzig, weißes Hemd, darüber ein hellbraunes Halfter aus Leder. Der Mann bemerkt nicht, wie sich Ranfort am Wagen vorbei-schleicht. Langsam, jeder Schritt könnte ihn verraten. Er umrundet den Toyota, stiehlt sich von hinten heran und zieht ihm die Waffe aus dem Halfter. Dann geht er einen Schritt zurück, entsichert und hält sie vor die Grimasse des Erschrockenen. Das Gesicht erscheint geringfügig heller als das von Ferdjani. Ansonsten eine hagere Gestalt mit einer Miene wie einem Mosaik aus schlechten Erinnerungen.

»Wen oder was Interessantes gibt es da unten?«

Der Mann hält ihm die flache Hand entgegen, bewegt sich sonst keinen Millimeter.

»Nehmen Sie die Waffe herunter.«

Ranfort hätte gut Lust, der Bitte nachzukommen. Jeder Atemzug brennt höllisch.

»Zuerst brauche ich eine Antwort.«

Der Mann schweigt, lässt die Schultern hängen und gibt sich gelassen. Er hat Ranforts Mimik bemerkt. Ranfort stützt sich auf das Knie, die Rechte sinkt nach unten.

Der Mann grinst und nähert sich. »Sehen Sie. Und schon gibt es kein Problem mehr.«

»Glauben Sie?« Ranfort atmet gegen das Brennen, richtet sich auf und drückt den Abzug.

Stille. Nur der Hall des Schusses ist zu hören. Das Grinsen des Mannes ist verschwunden. Er stolpert einen Schritt zurück.

»Beruhigen Sie sich. Bitte.«

»Ich bin ruhig. Sonst würde die Kugel nicht im Sand stecken, sondern in Ihrer Brust. Also noch einmal: Wen beobachten Sie?«

»Ich denke, Sie kennen die Antwort, Kommissar.«

»Ferdjani?«

Der Mann nickt.

»Wollen Sie sich vorstellen?«

»Verzeihen Sie meine Unhöflichkeit. Ali Mustafa Mansouri, ebenfalls Kommissar.«

»Warum beschatten Sie mich?«

»Was suchen Sie in Algerien?«

»So einfach ist die Sache nicht.«

»Das könnte sie aber sein.«

An einer Festnahme oder Auslieferung können die beiden nicht interessiert sein. Sonst hätte ihn Ferdjani schon in Algier festgehalten. Er muss ihm vertrauen. Zumindest ein wenig.

»Einen Mann namens Matéo.«

Mansouris Ausdruck verfinstert sich. Er kennt ihn.

»Fahren Sie deshalb nach Oran?«

Ranfort bestätigt.

»Ich begleite Sie.«

\*\*\*

»Wir holen zuerst Benzin«, sagt Mansouri, als sie die Bonneville passieren. »Gleich hinter dem nächsten Hügel ist eine Tankstelle.« Ranfort ist beruhigt. Wer sollte ein Motorrad mit leerem Tank stehlen wollen? Die Straße führt sie ins Gebirge, durch enge Kurven, die von niedrigen Steinen und karger Flora begrenzt werden. Dann windet sich die Straße wieder hinab in die Ebene, bis die Tankstelle in Sichtweite kommt. Mansouri hält den Wagen vor der Zapfsäule, stellt den Motor ab. Dann passiert nichts. Minutenlang. Bis ein Mann aus dem Häuschen kommt, das einen mehr als gottverlassenen Eindruck macht. Er sieht Mansouri an, der ihm klarmacht, dass er den Kanister vollmachen soll, tankt und hängt den Zapfhahn wieder in die Säule zurück. Emotionslos kassiert er und geht in Richtung des Häuschens, als ihn etwas aufsehen lässt.

Plötzlich beschleunigt der Mann den Schritt, reißt die Tür auf, verschwindet einen Moment im Inneren und kommt mit einem Gewehr wieder. Ranfort zieht Mansouri die Waffe aus dem Halfter und macht ihm klar, dass er den Wagen von der Tankstelle wegbringen soll. Kurzer Blick zu Ranfort, zwischen Hilflosigkeit und Empörung, gefolgt von hektischer Einigkeit. Quietschende Reifen, hoch drehender Motor. Ranfort wird in den Sitz gepresst, Mansouri gibt dem Toyota die Sporen. Etwa hundert Meter, dann bleibt er stehen, taxiert das Geschehen hinter ihnen und atmet auf. Das Gewehr hat nicht ihnen gegolten. Der Mann steht vor den Zapfsäulen, hält den Karabiner im Anschlag und schießt. Das Fahrzeug, das sich nähert, lässt sich von den Schüssen nicht beeindrucken. Der Fahrer schlägt Haken, das Fenster des Beifahrers öffnet sich. Ein Mann mit einer Pistole visiert den alten Mann an, der sich hinter den Mülltonnen Deckung verschafft. Der vollbärtige Algerier mit der Sonnenbrille feuert ein halbes Magazin auf die Tonnen und zündet einen Fetzen an, der an einer Flasche hängt. Er wirft die Flasche Richtung Zapfsäule, der Wagen entfernt sich mit Vollgas. Das Feuer sucht nach Nahrung, kriecht den Schlauch hinauf, kostet den Moment aus, bis eine Sekunde später die Zapfsäule durch das marode Dach geschossen wird.

Die zweite Säule folgt auf dem Fuße, detoniert mit einem ohrenbetäubenden Knall und zerfetzt den Stahlträger, der die Reste des Dachs hält. Die Flammen fressen sich weiter in Richtung des alten Mannes, der panisch das Weite sucht. Er hechtet sich weg von den Mülltonnen und flüchtet in die Wüste. Ein weiterer Knall schießt Teile des Wellblechs in den Himmel. Der Mann wähnt sich in Sicherheit. Bis ein Schrapnell des Dachs neben ihm einschlägt. Er schreit vor Glück und schießt in die Luft, ein weiteres Teil trifft ihn, und er sinkt zu Boden. Die Luft glüht. Ranfort möchte dem Mann helfen, doch Mansouri weigert sich, den Wagen zu bewegen. Er will weitere Explosionen abwarten. Ranfort wirft ihm einen fragenden Blick zu. Mansouri schüttelt den Kopf und beobachtet die Szenerie. Das Häuschen steht in Flammen, der Rest schmilzt in den Asphalt. Lachen aus brennendem Benzin heizen die Straße auf und verkohlen die letzten Überbleibsel der Tankstelle. Es dauert eine Weile, bis das Feuerwerk zu einem Teelicht vergeht. Mansouri startet den Toyota und fährt zu dem alten Mann. Sie steigen aus und gehen zu ihm. Der Mann liegt auf dem Rücken, unter ihm ist alles voller Blut. Das Stück des Dachs hat sich durch die Brust gebohrt wie durch Butter. Mansouri macht Ranfort mit einer Geste klar, dass sie einsteigen sollen. Ranfort sieht ihn ungläubig an. Mansouri konstatiert, dass es nicht in seine Zuständigkeit fällt. Ist es nicht seine Aufgabe, für Ordnung zu sorgen? Das Land vor dem Chaos zu bewahren, denen Einhalt zu gebieten, die das Land zu zerrütten versuchen? Wer ist hier zuständig, wenn nicht der Staatsapparat?

***

# 12

Pedro nimmt den Bus zum Place du Gouvernement. Von da aus ist es nicht weit bis zu Vestals Markierungen. Eine Mülltonne direkt am Platz, für das zweite Kreuz muss er hoch in die Kasbah. Etwa fünf Minuten Gehweg, die sich zu einer halben Stunde ausdehnen. Die Straßen am Fuße der Kasbah sind gut gefüllt, der Anteil an Franzosen ist eher gering einzustufen. Ein Knäuel aus engen Gassen, die sich ineinander verschachteln. Vorsprünge, die teilweise die Wege überdecken und nur ein schmales Stück Himmel ausschneiden. Alles könnte jeden Moment einstürzen. Rollläden aus Wellblech, riesige Flecken, in denen der Putz fehlt, kaum ein Zentimeter Luft, der nicht mit Schall gefüllt ist. Kinder, die spielen, manche betteln, viele üben sich im Nichtstun wie ihre erwachsenen Vorbilder. Dockarbeiter, Prostituierte und Süchtige, die seit 1957 durch das Verbot der FLN Geschichte sein sollten. Aber die Rebellen wurden zurückgedrängt, beinahe schon ausradiert von den Paras. Stechende Blicke der Einheimischen, die ihn von allen Richtungen durchdringen. Prostituierte, die ihm klare Angebote machen. Vielleicht kommt er noch darauf zurück. Am besten noch heute. Wer weiß, ob sie morgen noch am Leben sind. Verlassene Checkpoints der Armee, herausgebrochenes Mauerwerk, Dutzende Einschüsse von Gewehrkugeln. Zeichen der letzten Jahre. Die ganze Gegend trägt den Geruch von Veränderung. Fast als wäre dieses Araberviertel das Epizentrum des Konflikts. »*Vivent les Lions de la Casbah. ALN, FLN*«, auf eine Wand gemalt. Ohne Hast, dafür mit Überzeugung. Pedro versteht, warum Vestal die Kasbah ausgewählt hat. Hier hat die Idee begonnen, hier muss man sie begraben. Dennoch knurrt ihm der Magen. Nirgendwo bekommt man schneller oder billiger etwas zu essen. Er besorgt eine mit Zwiebeln und Tomaten gefüllte Crêpe und drängt sich wieder durch die Massen zur Nationalbibliothek. Acht Uhr erscheint auch hier ein guter Zeitpunkt. Vestal weiß, was er tun lässt. Er denkt effektiv und nüchtern. Das macht ihn genauso gefährlich wie unberechenbar. Pedro sieht sich die Umgebung an. In den verwinkelten Gassen ist es nicht leicht, die Orientierung zu behalten. Am Tag könnte ihm einer der Straßenjungen aus dem Labyrinth helfen, aber nachts wird das zur Schwierigkeit, falls er entdeckt wird. Vor allem darf er nicht dieselbe Route zurückgehen. Er folgt dem Weg, bis er in eine größere Straße mündet, und geht wieder Richtung Meer. Die Rue Bab Azoun ersetzt die Menschenmassen durch dichten Verkehr. Hier wird er sich wieder mit dem Fahrer treffen. Ein unsympathisches Stück Erde, wie Pedro findet. In der Wüste hat er sich wohler gefühlt. Vielleicht auch, weil der Kampf einfacher und direkter war. Selbst General Salan war dieser Meinung. Der Kampf auf offenem Gelände ist wohl der Traum eines jeden Generals. Für den versteckten Feind sind Männer wie Pedro zuständig. *Plastiqueurs*, wie sie die Zeitungen nennen. Oder Mörder, wie sie die Araber verfluchen.

\*\*\*

Pedro steht am Fenster und sieht in die Nacht, der Wecker klingelt. Apathisch schlägt er die Hand auf die Glocke. So wenig Aufsehen wie möglich erregen. Er darf nicht entdeckt werden. Anonymität ist alles. Die Tarnung als Kommissar hält nicht ewig, dessen muss er sich gewahr sein. Der Hausmeister ist über Pedros Beruf informiert, falls es Schwierigkeiten gibt. Ein Pied-noir, um die sechzig, mit einem starken Bauchansatz und einer radikalen Meinung den Turbanen gegenüber. Falls jemand nach ihm fragt, wird Pedro informiert. Ein kleiner Obolus versteht sich von selbst. Eine prophylaktische Sicherung der Loyalität. Mit der Begründung, dass Pedro des Öfteren in der Nacht an der Tür des Hausmeisters vorbeimüsse. Zum Dienst oder ungeplanten Einsatz. Die Turbane machten zu jeder Zeit Schwierigkeiten. Es folgten freundliche Einigkeit und ein Handschlag, wertvoller als jede Alarmanlage. Pedro sieht auf den Wecker. Fünf Minuten bis zum Treffpunkt. Er nimmt zwei grüne Bleistiftzünder, entsichert sie nach Anleitung, kontrolliert die Sicherheitslöcher. Alles in Ordnung. Die Zünder steckt er in die Masse und gibt sie in zwei Müllsäcke. Dann öffnet er leise die Tür und verschwindet durch den Hinterhof, rechnet aber nicht mit dem verschlossenen Tor in den Arkaden des Nachbarhauses.

Pedro macht kehrt und schließt die Türe auf. Genau das wollte er vermeiden. Ein lautes Knacken, gefolgt von einem Knarren, das ihm den Puls hochjagt. Er lässt die Türe unverschlossen, damit er nicht zu viel Lärm bei der Rückkehr verursacht. Der Simca steht an der anderen Straßenseite. Der Motor läuft, das Licht ist aus. Lichthupe, Pedro geht zum Wagen und nimmt auf dem Beifahrersitz Platz. Die explosive Fracht trägt er bei sich. Namen werden nicht ausgetauscht, Pedro erklärt dem Fahrer den Plan, dann herrscht angespannte Stille im Wagen. Bis Pedro am Place du Gouvernement aussteigt. Der Fahrer setzt den Wagen in Bewegung. Pedro sieht sich um, entdeckt keinen Menschen außer ihm und steckt einen Sack in die Mülltonne. Er lässt das weiße Strahlen der Fischmarkt-Moschee hinter sich und geht den Hügel der Kasbah hinauf. Bei jedem Tritt übt er sich in Vorsicht. Er muss den Widerhall der Absätze so gering wie möglich halten. Die Gassen verhalten sich ruhig, hin und wieder eine Katze, ansonsten gibt die Kasbah keinen Laut von sich. Still erduldet sie den Eindringling. Nur die Geräusche vom Hafen dringen zu ihm vor. Pedro hält sich an die vorgegebene Route. Vor der Bibliothek befällt ihn ein eigenartiges Gefühl. Er kann es noch nicht ausmachen, aber irgendetwas stimmt nicht. Pedro schleicht zur Hausecke, streckt den Kopf ein Stück nach vorne und taxiert die Umgebung. Absolut nichts und niemand. Er pirscht zum Mülleimer und wirft den Sack hinein, wartet auf Resonanz und geht ein Stück weiter. Er hält sich links, durchquert einen Durchgang wieder links zur Bab Azoun. Der Simca steht am Straßenrand, ein Polizist sieht durch das Fahrerfenster in den Wagen. Er hört Pedros Absätze, sieht zu ihm auf und weiß sofort, was gespielt wird. Pedro dreht sich um und läuft, was das marode Bein hergibt. Der Polizist, ein schlanker Mann um die vierzig, algerischer Abstammung und um einiges fitter als Pedro, folgt ihm mit Vehemenz. Pedro erreicht den Durchgang, aus dem er gekommen ist, findet Deckung hinter einer Ecke und wartet. Die Schritte des Polizisten verlangsamen sich, er nähert sich Pedros Position. Pedro gibt keinen Laut von sich. Bis ihn der Polizist erreicht. Pedro schlägt ihm die Pistole nach unten, ein Schuss löst sich, er schlägt den Beamten nieder, sieht auf ihn herunter, noch ein Schlag, bis sich der Mann nicht mehr rührt. Pedro nimmt die Waffe, überlegt, ob er ihn erschießen soll, und sucht das Weite. Er hat genug Aufmerksamkeit erregt. Er geht zur Bab Azoun, vielleicht hat er Glück und der Simca steht noch da. Er kann sich auf den Fahrer verlassen. Der Motor läuft, Pedro springt in den Wagen, der Fahrer bringt ihn schnell weg. Rasender Puls, Blickkontakt, keine Fragen. Der Fahrer setzt ihn bei der Wohnung ab, Pedro atmet durch und steigt aus dem Simca. Glück gehabt, Ramon, das war knapp.

***

»M'sieu.« Klopfen, kurze Pause, Klopfen. »M'sieu Corbière.«
Pedro sieht auf den Wecker. Elf Uhr. Sechs Stunden Schlaf sind zu
wenig. Er steht auf und öffnet die Tür. Einen Spalt. Der
Hausmeister.

»Verdammt, was wollen Sie?«, fragt Pedro.

»Haben Sie die Zeitung gelesen?«

»Ich will schlafen.«

Pedro versucht, die Tür zuzudrücken, aber der Hausmeister
zwängt den Fuß dazwischen.

»Ich denke, das sollten Sie sich ansehen.« Er gibt Pedro den
*Matin* und drängt sich durch den Türspalt. Dann setzt er sich zum
Tisch und wartet. Pedro reibt sich die Augen und liest die
Schlagzeilen. »*Gendarm von mutmaßlichem Attentäter attackiert.*«

»Was soll ich damit?«

»Lesen Sie weiter, Kommissar.« Auffällige Betonung des letzten
Wortes. »*Durch den heldenhaften Einsatz von Sous-Brigadier Mansouri ist es
gelungen, einen Anschlag auf die Kasbah zu vereiteln. Der Täter war zwischen
zwei und drei Uhr dreißig auf dem Weg, einen Sprengsatz zu platzieren. Der
mutmaßliche Attentäter ist etwa eins siebzig groß, trägt einen Vollbart und ist
mit einem Hemd und einem grauen Sakko bekleidet. Außerdem hinkt er mit
dem rechten Bein. Er ist mit seinem polizeibekannten Komplizen in einem
Simca 1000 geflüchtet. Sachdienliche Hinweise bitte an die nächste
Polizeidienststelle.*«

Darunter ein Phantombild. Pedro blättert die Zeitung durch,
findet aber kein Wort von den Sprengsätzen. Den bei der
Bibliothek haben sie vielleicht gefunden, aber den am Place du
Gouvernement? Hat die Polizei den Fahrer erwischt? Dann hätte
ihn Vestal gewarnt. Pedro sieht zum Hausmeister, der ein breites
Grinsen aufgelegt hat.

»Der sieht Ihnen schon verdammt ähnlich, Corbière.«

»Für die Araber sehen wir doch alle gleich aus.«

»Sie haben gestern in der Nacht das Haus verlassen und sind in einen Simca eingestiegen.« Pedro juckt es im Abzugsfinger.

»Was wollen Sie?«, fragt Pedro.

»Die Belohnung. Von Ihnen oder der Polizei.«

Pedro geht zum Bett, zieht die Pistole unter dem Kopfpolster hervor und drückt sie ihm gegen die Stirn. Es dauert keine Sekunde, bis das Lächeln verschwunden ist.

»Und du hältst das für eine gute Idee, einen mutmaßlichen Attentäter zu erpressen?«

Dem Hausmeister wird sein Ansinnen klar. Er gibt dem Stahl nach, der ihm den Kopf nach hinten drückt, und schielt auf den Pistolenlauf.

»Wenn Sie abdrücken, werden Sie nicht weit kommen, Corbière.«

Pedro lacht. »Glaubst du wirklich, dass ein toter Hausmeister irgendjemanden interessiert?«

»Ich bin Franzose, Corbière.«

»Na und? Ich auch. Trotzdem wird mich niemand vermissen.«

Pedro geht zu den Küchenschubladen und sucht eine Schnur, ein Seil. Irgendetwas mit dem er ihn festbinden kann, bis er weiß, was er mit ihm machen soll. Ein Mord bringt ihm nur weitere Schwierigkeiten. Er findet Klebeband und ein Geschirrtuch, das er ihm in den Mund stopft, nachdem er ihm die Hände hinter den Rücken fesselt. Der Alte redet irgendetwas von Bereuen und Konsequenzen, aber Pedro hat keine Zeit. Er holt den Rasierer aus der Tasche und fängt an, sich den Bart zu entfernen. An den Backen, am Kinn, nur unter der Lippe lässt er ihn stehen. Er sieht in den Spiegel, es klopft an der Tür. Dieses Mal fragt er nach, bevor er aufmacht.

»Mach auf, Ramon.« Vestal. Auch er hat keinerlei Respekt vor Pedros Schlafbedürfnis. Er lässt ihn herein und sperrt gleich wieder ab.

»Ich hatte gedacht, den hast du bestochen«, sagt Vestal.

»Der gierige Fettsack hat nicht genug.«

Vestal stellt sich vor ihn, beugt sich auf Augenhöhe hinab und sondiert die Gesichtszüge, die geradewegs entgleisen. Dann lächelt er ihn mit dem bizarrsten Lächeln an, das Pedro je gesehen hat, und dreht sich zu ihm. Vestal konzentriert sich, eine Drehung, der Ellbogen schnellt in das Gesicht des Hausmeisters, dessen Wimmern das Geschirrtuch gut abzudämpfen vermag. Dazu ein Knistern des Wangenknochens, ein Griff zu den Haaren, die Stirn schlägt am Tisch auf, der Alte versucht, die Sinne zu ordnen. Vestal wartet ein wenig, bevor er sagt: »Da will dich der glatt erpressen, Ramon.« Er sieht zu Pedro, der sich fragt, warum er seinen echten Namen benutzt, zu dem Alten, der beharrlich den Kopf schüttelt. Vestal packt ihn an der Frisur, schlägt die Stirn ein paar Mal gegen die Tischkante, bis der Alte das Bewusstsein verliert. Er nimmt eine Pistole, schraubt einen Schalldämpfer auf und schießt ihm in den Hinterkopf. Einmal, dann wartet er, ob der Alte noch eine Bewegung macht, zur Sicherheit ein zweites Mal. Vestal sieht zu Pedro, der keinen Mucks mehr macht, und sagt: »Pack deine Sachen, ich habe eine Wohnung für dich.«

\*\*\*

»Du hattest Glück«, sagt Vestal. »Außerdem schaltest du schnell. Das mit dem Bart meine ich. Gut kombiniert. Der Alte war nur ein Risiko. Der hatte Angst. Wenn das passiert, fangen sie früher oder später zu erzählen an. Der Frau, den Kindern, den Typen in irgendeiner Bar. Die reden dann auf sie ein, überzeugen sie, dass sie zur Polizei gehen sollen. Du hast richtig gehandelt, Ramon.«

Pedro ist froh, dass Vestal gekommen ist. Allein hätte er zu lange gezögert, vielleicht Mitleid bekommen. Der Alte hatte irgendwie recht. Er war Franzose. Pedros Erfahrung beschränkt sich auf die Turbane. Untermenschen, minderwertige Kreaturen, die es nicht anders verdient haben. Aber die eigenen Leute? Obwohl Vestal gleichzeitig recht hat. Der Eigenschutz geht vor. Einem gierigen alten Fettsack vor.

»Was ist mit den Bomben?«, fragt Pedro.

»Was soll mit den Bomben sein?«

»Ich habe nichts von einer Explosion gelesen.«

»Attrappen. Nur die Zünder waren echt.«

»Nur die Zünder waren echt«, sagt Pedro.

»Glaubst du, dass wir dir blind vertrauen, Ramon? Wahrscheinlich heißt du nicht einmal Ramon.«

»Wir wären beinahe verhaftet worden.«

»Der Fahrer ist verhaftet worden«, sagt Vestal.

»Für Bombenattrappen.«

»Was macht das für einen Unterschied? Außerdem ist die Kasbah kein gutes Ziel. Die Araber marschieren sowieso schon andauernd. Wir konzentrieren uns auf andere Dinge. Mach das Handschuhfach auf.«

Pedro folgt aufs Wort. Ein Porträt eines Mannes mittleren Alters, adrette Frisur, moderner Anzug, gut rasiert, mit Brille. Er sieht sich das Foto an, dreht sich zu Vestal, der den Zeigefinger rotiert. Pedro wendet das Foto. Ein Name mit Adresse.

»Ein Anwalt, der sich für die Turbane stark macht. Zudem hat er Kontakte zur FLN und vermittelt zwischen Paris und Algier. Es wird nicht leicht, an ihn heranzukommen. Seine Wohnung und sein Büro stehen unter ständiger Bewachung.«

»Ein Unfall?«

»Das schaffst du nicht. Und selbst wenn, wird es niemand glauben. Abgesehen davon soll man unsere Handschrift erkennen.

Was hätte das sonst für einen Sinn? So auffällig wie möglich. C4, ein Schuss auf offener Straße, etwas in der Art.« Vestal fährt den Wagen an den Straßenrand. Er dreht sich zu Pedro, gibt ihm einen Schlüssel in die Hand.

»Zweiter Stock. Am besten, du sprichst mit niemandem und verhältst dich still.«

\*\*\*

Ein Café an der Ecke Rue d'Isly und Avenue Pasteur. Verchromte Barhocker mit Polster aus rotem Leder, eine Jukebox spielt Swing. Französische Mädchen tanzen, Geschäftsmänner sehen ihnen dabei zu. Pedro setzt sich an einen Zweiertisch hinter dem Schaufenster und beobachtet die Straße. Er bestellt einen Pastis. Trotz des üblen Geschmacks ist ihm danach. Es erinnert ihn an die friedlichen Zeiten im Hôpital Maillot. Das einzig Wichtige war, dass er wieder gehen konnte. Selbst der Krieg hat ihn dort nicht erreicht. Obwohl täglich Kameraden hinzukamen, denen das Schicksal schlechter mitgespielt hatte als ihm. Es war ein Moment, in dem die Zukunft ungewiss war, die Verletzung alles von ihm abnahm. Eine kleine Rente von der Armee, der Heldenstatus, er hätte es schlimmer erwischen können. Der Sergeant hat ihn nie besucht, auch Nadale hat sich nicht blicken lassen. Gestört hat es ihn dennoch nicht. Drei durchschnittliche Mahlzeiten am Tag, etwas Training, alles überschaubar und unproblematisch. Sogar mit dem Gedanken, in die Heimat zurückzukehren, hatte er sich angefreundet. Ein Mann kann keinen Krieg gewinnen, nicht als Soldat. Vielleicht ist es eine Chance, die ihm Vestal hier gibt. Aktiv die Zukunft von Algerien mitzugestalten. Pedro zieht einen Mundwinkel nach oben, schüttelt den Kopf und sieht zu dem Mann auf, der sich vor den Tisch gestellt hat. Er fragt, ob er gegenüber Platz nehmen darf. Pedro zeigt mit der Hand auf die Bank, Nicken des Herrn, dann bestellt er sich ebenfalls einen Pastis und die Speisekarte. Pedro weicht dem Lächeln des Mannes aus, ihm ist nicht nach Konversation. Schon gar nicht mit einem Schnösel aus Algier, so freundlich er auch sein mag. Keiner dieser Menschen kämpft auf dem Feld, für diese Leute zählen nur Laisser-faire und Unterhaltung. Pedros Blick streift den Mann, der sich mit der Tageszeitung beschäftigt. Er dreht den Kopf zur Bedienung, die mit der Rechnung kommt, gibt ihr gerade so viel Trinkgeld, dass sie nicht unfreundlich wird, und macht sich bereit, zu gehen. Er kann die Augen nicht von dem Mann abwenden. Irgendwoher kennt er ihn. Mittleres Alter, adrette Frisur, moderner Anzug, gut rasiert, mit Brille. Er setzt sich noch einen Moment, der Anwalt fragt ihn, ob er etwas von ihm möchte. Pedro verneint, greift in die Hosentasche, umschließt das Messer mit der Hand und steht auf. Er lächelt dem Mann zu, geht an ihm vorbei und rammt ihm die Spitze in den Hals. Der Mann fasst sich an die Stelle, zieht am Griff und fällt nach vorne auf den Tisch. Pedro verlässt das Café, wirft noch einen Blick auf das Parkett, niemand scheint den Stich bemerkt zu haben, nicht einmal die zwei Hünen, die an der Tür stehen und den Mann bewachen sollen. Er geht an ihnen vorbei, merkt nicht, dass er den Schritt beschleunigt hat, die zwei schöpfen Verdacht. Sie wollen ihn anhalten, Pedro beginnt zu laufen, gerade im rechten Augenblick, hinter ihm schießt es die Scheiben aus dem Café. Die Explosion übertönt die Schreie der tanzenden Mädchen nur wenig. Die beiden Hünen liegen vor den Trümmern, Passanten laufen heran, um zu helfen. Pedro atmet tief ein und geht die Rue d'Isly hinab. Hinter ihm Sirenen, Motorenlärm, Verzweiflung. Pedro lässt sich Zeit, die Wohnung liegt nicht weit entfernt.

# 13

Trotz des gefüllten Tanks verweigert die Bonneville den Dienst. Ranfort verlässt die Energie. Der Kickstarter der Maschine braucht seine gesamte Kraft, um die Kolben zu bewegen. Mansouri schlägt vor, das Motorrad auf den Toyota zu laden und eine Unterkunft zu suchen. Oran werden sie vor Sonnenuntergang nicht erreichen. Ranfort kämpft mit der Fassung, folgt aber der Vernunft. Ausnahmsweise.

Einige Polizeiwagen haben sich vor den Resten der Tankstelle versammelt.

»Banditen«, kommentiert Mansouri. »Oder Terroristen.«

Ranfort sieht zu ihm. Warum hat er nichts gemacht?

»Warum haben Sie nichts getan?«, fragt Ranfort.

»Allein, mit einer Waffe? Gegen schwer bewaffnete Gegner?«

»Ist das nicht Teil der Polizeiarbeit?«

»In Frankreich vielleicht. Bis Sie hier Verstärkung bekommen, kann es eine Weile dauern. Bis dahin sind Sie schon längst tot.«

»Feigling«, flüstert Ranfort. Gerade so laut, dass Mansouri es hören kann. Mansouri steigt in die Bremse und dreht sich zu Ranfort, der Schwierigkeiten hat, nicht auf das Armaturenbrett zu knallen. Einer der Momente, in denen er bereut, den Gurt verweigert zu haben.

»Soll ich Ihnen eine Geschichte über Mut erzählen?«

»Wenn Sie eine kennen.«

Mansouri presst sich immer weiter in den Sitz. Die Augen verengen sich, streifen einen Moment die Waffe. Er packt Ranfort an der Schulter und drückt zusammen. Ranfort kümmert es wenig. Er ist Schmerzen gewohnt. Mansouri schweigt einen Moment, löst den Griff. Seine Anspannung lässt nach und er nimmt denselben unzufriedenen Ausdruck an wie zuvor. Dann reibt er sich die

Augen und massiert sich die Nasenwurzel.

»Ich bin nicht aus Zufall Polizist geworden. Ich habe das Herz und das Pflichtbewusstsein meines Vaters geerbt. Das ist leider nicht immer von Vorteil. Weder jetzt noch in früheren Zeiten. Ich erinnere mich an ihn als stets gewissenhaften und integeren Mann, der sich trotz aller Widrigkeiten niemals in den Sumpf der Korruption ziehen ließ. Unbestechlich und mutig ging er auf den Spuren der Gerechtigkeit voran, unbeirrt schwamm er gegen den Strom des Bösen, wenn man es so nennen will. Er hatte einen Waffenhändler im Visier, der mit der OAS gehandelt hat. Kleinkaliber, schallgedämpfte Maschinengewehre, Sprengstoffe aller Art. Ein Algerier, der sich am Tod des eigenen Volkes bereichert hat. Eine widerliche Natur. Kaltblütig und emotionslos. Aber mit Geld und Einfluss. Viele haben damals an unserem Leid verdient. Das wollte mein Vater verhindern. Aber er hat seinen Gegner unterschätzt. Am 23. Juli 1960, ich kann mich noch genau erinnern, wurde er vor meinen Augen in einen Transporter gezerrt. Wir haben gewartet, ob eine Forderung kommt, irgendeine Bedingung, aber es blieb ruhig. Die Polizei wusste, was los war. Dementsprechend schleppend gingen die Ermittlungen voran. Alles Bitten und Flehen meiner Mutter blieb ergebnislos. Man könne nichts tun. Mein Vater sei spurlos verschwunden. Bis zum nächsten Tag. Sie haben ihn auf einem Eselskarren vor den Polizeiposten am Place d'Isly gestellt. Die Knochen gebrochen, das Gesicht bis zur Unkenntlichkeit entstellt. Damit seine Kollegen sehen, was mit Polizisten passiert, die sich zu viel mit den Angelegenheiten der OAS und deren Lieferanten beschäftigten. Der Name des Waffenhändlers dürfte Ihnen wohl bekannt sein.«

Ranfort denkt an Ferdjani. Die Warnung. Sie war zumindest gut gemeint.

»Matéo«, flüstert er. Mansouri entweicht ein Nicken, als er mit der Fassung kämpft.

***

Die Zeit wird knapp. Ranfort sieht sich und Mansouri in der Wüste campieren, zugedeckt mit dem rauen Geäst einer Macchie. Sie haben das Ortsschild von Ben Abdelmalek Ramdane passiert. Mansouri hat die Geschwindigkeit gedrosselt. Er hält Ausschau nach Übernachtungsmöglichkeiten. Er biegt ab, weg von der Hauptstraße, zwischen den roten Schindeln und den weißen Häuserfronten hindurch, der Blick wandert hin und her. Niemand. Ranfort kneift die Augen zusammen und hält sich die Hand vor die Augenbrauen. Die Sonne steht tief. Er stößt Mansouri an, macht ihm klar, dass er jemanden entdeckt hat. Drei Männer am Straßenrand. Ungefähr Mitte vierzig. Sie tragen Hemden, darüber übergroße Sakkos. Der eine spielt einen Dominostein aus, der Mann, der ihm gegenüber sitzt, zeigt in Richtung des Toyotas. Sie sehen zu ihnen und widmen sich wieder den Steinen. Mansouri hält den Wagen neben den Männern und stellt ihnen eine Frage. Ranfort kann es nicht verstehen. Einer der Männer sieht Ranfort mit einem stechenden Blick an, umrundet das Fahrzeug und schenkt der Bonneville einen Moment Aufmerksamkeit. Dann setzt er sich zu den anderen und würdigt sie keines Blickes mehr. Mansouri schüttelt den Kopf, steigt aus und geht zu den Männern. Er versucht noch einmal, mit ihnen zu sprechen. Keine Reaktion. Mansouri geht zum Wagen und startet den Motor. Er fährt langsam die Straße entlang, sieht in den Seitenspiegel und beobachtet die Männer, die ihnen nachsehen, bis sie um die Ecke sind. Mansouri hebt die Schultern und schaukelt mit dem Kopf.

Auf einmal stößt ihm Ranfort den Ellbogen in die Rippen und lässt den Finger nach vorne schnellen. Mansouri steigt in die

Bremse, Ranfort hält mit der Hand gegen die Fliehkraft. Mansouri atmet durch und zieht die Augenbrauen nach oben. Ein alter Mann, gekrümmter Rücken, optisch hat er neunzig Jahre auf dem Buckel, zieht einen Karren hinter sich her. Das Bremsmanöver beeindruckt ihn kein bisschen. Mansouri fährt neben ihm her. Ranfort lehnt sich aus dem Fenster und spricht ihn an. Vielleicht hat er mehr Glück. Der Kopf des Mannes bleibt in derselben Stellung wie zuvor. Der Blick nach unten, steif geradeaus. Die Last des Karrens, dessen Arme die Kupplung fest umklammern, sieht aus wie ein schweres Martyrium. Mansouri spricht. Arabisch. Dem Mann scheint es egal zu sein. Mansouri erhöht den Druck, ungehalten. Der Mann bleibt stehen, geht zu dem Karren und setzt sich auf die Ladefläche. Er bleibt einen Moment sitzen, trinkt einen Schluck und lässt den Kopf zwischen die Schultern fallen. Mansouri soll den Toyota parken. Ranfort geht zu dem Alten und versucht, mit ihm zu reden. Ihre Notlage interessiert den Mann nicht, noch weniger der penetrante Versuch, Blickkontakt herzustellen. Schulterzucken, Ranfort geht zum Wagen. Er gibt Mansouri ein Zeichen, dass sie ihr Glück woanders versuchen sollen, als Mansouri auf den Seitenspiegel zeigt. Der Alte nähert sich. Er bleibt vor dem Autofenster stehen, sagt etwas zu Mansouri, hebt die Schultern und zeigt mit dem Kopf in Ranforts Richtung. Mansouri erwidert mit einem Lächeln und dreht die Handflächen nach oben. Dann wechselt der Alte zu Französisch. Gutes Vokabular, malerischer Dialekt, wesentlich weicher als der von Ranfort. Sie könnten ihn ein Stück mitnehmen, dann würde er ihnen bei der Suche nach einer Unterkunft behilflich sein.

\*\*\*

»Sie haben keinerlei Idee?«, fragt Mansouri. Ranfort verneint.

»Ben Abdelmalek Ramdane. Der erste Algerier, der den Franzosen zum Opfer gefallen ist.«

»Der Alte hat uns auf den Arm genommen?«, fragt Ranfort. Mansouri bejaht.

»Für mich allein wäre es schon schwierig, etwas zu finden, aber mit Ihnen gehen die Chancen gegen Null.«

Ranfort zieht den Mundwinkel nach oben und rümpft die Nase. Die Einzigen, die sich auf der Straße zeigten, waren die Männer, die ihnen eine Abfuhr erteilt haben. Alle Adressen, die ihnen der Alte gegeben hat, haben sich als nutzlos erwiesen. Keine Franzosen und schon gar nicht deren Freunde. Mansouri sieht zu Ranfort, dann aus dem Autofenster. Minutenlang. Die Sonne ist nur noch als Spiegelung am Meer erkennbar und die Aussicht auf eine Unterkunft in weiter Ferne.

»Der Alte!«, sagt Ranfort und schwenkt den Blick zu Mansouri, der nur die Schultern hebt.

»Haben Sie den Hof gesehen?« Mansouri nickt und setzt den Wagen in Bewegung.

Der Alte sitzt auf einer Bank vor dem Haus und zieht sich eine Zigarette zwischen die Rippen. Dabei hustet er, als ob er jeden Moment aus dem Leben scheiden könnte. Den Blick hält er starr auf die beiden gerichtet. Mansouri parkt den Toyota in der Einfahrt, steigt aus und stürmt auf den Alten zu. Beide gestikulieren wild umher, heben etwas den Ton, Mansouri kommt zum Wagen zurück und bittet Ranfort, dem Alten seine Jacke zu geben.

Niemand bekommt die Jacke. Jede Falte steht für eine Erinnerung, jeder Fleck für einen Moment. Eine Sammlung alter Zeiten. Ohne sie wäre er als Kommissar nur die Hälfte wert. Verfolgungsjagden, Handgreiflichkeiten, alles hat er mit dieser Jacke durchgemacht. Keine Chance. Alles andere ist möglich. Dem

Alten entweicht nur ein Lachen, er zieht an der Zigarette, hustet, lacht. Dann sieht er zu Ranfort, der den Kopf schüttelt. Mansouri hebt die Schultern, bewegt den Kopf zwischen den beiden hin und her, bis er schließlich auf Ranfort haften bleibt, der die Arme vor dem Körper verschränkt hält.

»Wir werden schon etwas finden«, murmelt er und signalisiert Mansouri, dass er einsteigen soll. Mansouri setzt sich auf den Fahrersitz. Ranfort sieht zu dem Alten. Er kann die Sache nicht akzeptieren. Zuerst lässt sich der Alte helfen, um sie dann auf den Arm zu nehmen. Er zieht die Waffe aus Mansouris Halfter, der es mit einem Seufzen kommentiert, und steigt aus. Der Mann verschluckt sich fast an der Zigarette.

»Willst du uns verarschen, alter Mann?«, schreit er ihn an. »Glaub ja nicht, dass du das kannst.« Ranfort presst ihm die Pistole an die Stirn. Den Kopf hält er seitlich und starrt unter die buschigen Augenbrauen. Die gelben Zähne zwischen den dunklen Falten, die ihm Ranfort am liebsten aus dem Gesicht reißen würde, bevor er ihm die Kugel in die Stirn jagt.

»Kommissar«, flüstert Mansouri. »Kommissar Ranfort.« Keine Reaktion. »François!«, schreit er ihn an. Mansouri legt ihm die Hand auf die Schulter. Ranfort atmet tief durch. Die Jacke zu verlangen ist, als ob der Alte ihm die Vergangenheit rauben würde. Eine Zeit, die von Wunden geprägt, aber *seine* Zeit war. Seine Eltern, Claudine, sein Sohn, Cécille, Auguste, alle haben ein Stück mit ihr gelebt.

»Niemand bekommt diese Jacke, verstehst du? Niemand.«

»Beruhigen Sie sich«, sagt Mansouri. »Die Jacke war nie Thema. Er verlangt lediglich einen Gefallen, sonst nichts.«

Irgendwie will Ranfort nicht mehr hier bleiben. Nicht mit dem Alten. Wenn da nicht die Dunkelheit wäre, die unaufhörlich fortschreitet. Das Lachen des Alten brennt sich ins Gehirn. Jeder Laut ein Paukenschlag, dessen Widerhall nicht aufhören möchte.

Selbst Mansouris Entschuldigung vermag daran nichts zu ändern. Erst als der Alte aufhört, beruhigt sich Ranforts Gemütslage.

»Neven«, stellt er sich vor. »Folgen Sie mir. Sie sehen hungrig aus.«

\*\*\*

Ranfort fehlen die Worte. Er versucht, den Hass auf Neven zu unterdrücken. Vielleicht ein warmes Essen, eine Dusche, ein Bett. Das wiegt die Frechheiten wieder auf. Vielleicht. Neven bittet die beiden zu Tisch und geht in die Küche. Dann kommt er mit seiner Frau, Rabea, wieder und gesellt sich zu Mansouri und Ranfort. Es dauert keine zwei Minuten, bis Rabea mit drei Gläsern Tee wiederkommt. Eine kleine, dickliche Frau, beschwichtigende Sympathie. Die Augen lassen ihre vergangene Schönheit erahnen. Augen, in denen sich Männer verloren haben. Der Rest ist verhüllt. Auf den Untersetzern liegt ein Stück Zucker. Es ist nicht nur der Schwarztee, der Ranfort in die Nase steigt. Er riecht daran, probiert einen Schluck und riecht noch einmal. Er kann es nicht ausmachen, aber es gehört nicht zum Tee. »Minze«, kommentiert Neven. Ranfort schiebt die Unterlippe vor und nickt. Ein würdiger Ersatz für den Kaffee. In einem Haus, das nicht arabischer Bauart entspricht, eingerichtet mit einem bunten Wirrwarr aus Gold und einfachem Holz. Runde Torbögen sucht Ranfort vergebens, keine kitschigen Wandläufer, lediglich ein Aquarell, das die bäuerliche Lebensart darstellt. Zwei Kühe, eingespannt, angetrieben von einem hellhäutigen Bauern mit Hut. Der Teppich unter den Füßen fühlt sich gut an, irgendwie heimelig. Das Kerzenlicht tut das Seine. Neven macht auf das Essen aufmerksam, das sie erwartet, dann vergeht etwas Zeit, bis er anfängt zu sprechen.

»Was führt Sie hierher?«

»Wir sind nur auf der Durchreise«, sagt Ranfort und widmet sich wieder dem Tee.

»Wohin führt euch die Durchreise?«

Mansouri sieht zu Ranfort, dessen Aufmerksamkeit am Teeglas klebt, atmet durch und antwortet:

»Wir wollen nach Oran.«

»Eine schöne Stadt. Ich war leider nie dort. Morgen soll es Regen geben. Eine Seltenheit zu dieser Jahreszeit.«

Neven unterbricht, Rabea kommt mit dem Essen. Couscous mit Lammfleisch. Neven bedankt sich, nimmt einen guten Löffel Harissa und reicht sie Mansouri, der sich ebenfalls bedient und sie an Ranfort weitergibt. Ranfort hält nichts von Höflichkeiten, Mansouri besteht darauf, fügt jedoch hinzu, dass die Sauce nicht für Jedermann verträglich sei. Ranfort kann nicht anders und bereut beim ersten Bissen. Für einen europäischen Gaumen beinahe unerträgliche Schärfe. Neven beäugt ihn aus dem Augenwinkel und verkneift sich das Lachen. Bei Ranfort dominiert der Hunger. Er hält die Augen auf das Lamm gerichtet.

»Kennt ihr dort jemanden?«, fragt Neven.

Ranfort verneint. Nicht einmal eine Lüge.

»Zwei Polizisten, ein Franzose und ein Algerier. Eine eigenartige Mischung, wenn ihr meine Neugier verzeiht.«

»Wir suchen jemanden«, konstatiert Mansouri.

»Ist er gefährlich?«

»Kann man so sagen«, sagt Ranfort.

»Vielleicht kann ich euch behilflich sein.«

Mansouris Blick streift Ranfort, der mit der Schärfe der Harissa kämpft.

»Einen Mann namens Matéo.«

»Warum sucht ihr ihn?«

»Er hat vielleicht Kommissar Ranforts Freund auf dem

Gewissen.«

»Das tut mir leid. Was hat ein Oraner mit dem Freund eines Franzosen zu tun?«, fragt Neven.

»Die Geschichte geht weit zurück. Er war Soldat.«

Nevens Gesichtsfarbe weicht. Die Augen verengen sich zu Schlitzen, die Lippen presst er aufeinander, bis sie die Farbe verlieren.

»Ihr müsst verzeihen«, unterbricht Rabea.

»Nichts müssen sie verzeihen. Nur Ärger haben sie gebracht. Tod und Unheil. Über ein Land, das ihnen nicht gehört hat. Niemals gehört hat. Lasst die Vergangenheit ruhen. Oder geht mit ihr zugrunde.«

»Hast du gekämpft?«, fragt Ranfort.

»Mehr oder weniger. Zum Tier haben sie mich gemacht. Ein zahmer Esel ist zu einer Bestie verkommen. Weil die Franzosen das Unveränderliche aufhalten wollten.«

Er reißt den Mund auf, gestikuliert wild umher, hämmert die Faust gegen den Tisch. In Nevens Augen lodert eine Flamme und das Gesicht glüht im Kerzenlicht.

»Lass es, Neven«, sagt Rabea.

»Gar nichts werde ich. Hören sollen sie es, wenn sie schon nach einem der Unheilbringer suchen. Damit sie wissen, mit wem sie es zu tun haben. Ich war ein friedfertiger Mann und bin es wieder. Dank Rabea. Der Hass drohte mich aufzufressen. Ich konnte an nichts anderes mehr denken. Am 8. August 1956 bin ich nach Hause gekommen, mit guten Nachrichten im Gepäck. Die Geschäfte liefen gut, die Rinder entwickelten sich. Deshalb konnte mich auch die Kriegstreiberei der FLN nicht beeindrucken. Was konnte ein Bauer auch ausrichten? Weder war ich besonders schnell, noch hatte ich jemals eine Waffe in der Hand gehalten. Die FLN hat damals viele Bauern rekrutiert, ihnen Angst gemacht, ihre

Dörfer dem Erdboden gleichgemacht, wenn sie nicht kollaboriert haben. Ich dachte, dass es aufhören würde, wenn jemand den Mut aufbringt und sich nicht darauf einlässt. Ich dachte, dass die Franzosen das sehen und uns in Ruhe lassen würden. Ich sollte schnell eines Besseren belehrt werden. Die Franzosen waren bei mir zu Hause, während ich auf dem Markt gewesen bin. Es war unglaublich still am Hof. Eine Stille, die ich mein Leben lang nie mehr vergessen werde. Nur der Wind trug eine Botschaft, in der etwas fehlte. Normalerweise kam Tarek, mein Sohn, angerannt und hat mich begrüßt. Er hat immer dieses Lächeln aufgesetzt, dass er nur schwer unterdrücken konnte. Er hat seine Schritte verlangsamt, damit ich sehe, dass er kein Kind mehr ist, dass er zu einem Mann heranreift. Aber ich habe immer gewusst, dass er mich umarmen will, so wie ich ihn. Dann hat er meine Frau gerufen, geschrien, dass ich zurück bin, und nicht aufgehört, bis sie aus dem Haus gekommen war. Dafür haben wir ihn immer belächelt. Bis zu diesem Tag. Ich hätte umdrehen und das Weite suchen sollen, aber bei Allah, etwas hat mich hineingezogen in diese Hölle. Vielleicht war es die Gewissheit, die meiner Vorahnung weichen sollte. Oder ein Stück Hoffnung. Wie eine Karotte, die einen Esel das Denken vergessen lässt. Nahla saß in der Küche. Sie hatte eine Ausgabe der *L'Humanité* in der Hand. Damit ich sehe, was mit Antikolonialisten passiert. Sie haben sie auf dem Stuhl festgebunden. Beinahe jeder Knochen in ihrem Körper war gebrochen worden. Nachdem sie sie entehrt hatten. Ich habe sie losgebunden und Tarek gesucht. Eine Stimme sagte mir, dass ich ihn gar nicht finden wollte. Und es sollte mir recht geben. Auf einem Esel, mit Seilen an den Füßen, der Kopf hing zwischen den Schultern kraftlos herab. Sie haben es kurz gemacht bei ihm. Ein Schuss in den Hinterkopf. Von da an wusste ich, dass meine Friedfertigkeit mich nicht schützen konnte. Von da an haben sie die Kraft meines wütenden Herzens gespürt. Seht ihr denn nicht, was Frankreich über uns gebracht hat? Eine Horde Bestien, die nicht auf dem Felde gekämpft haben, sondern sich an den Wehrlosen bedienten.« Nevens Blick frisst sich durch Ranforts Augen. Er lehnt sich auf die Ellbogen und beugt sich über den Tisch.

»So jemanden sucht ihr?«

Ranfort nickt. Genau so jemanden suchen sie.

***

Ranfort braucht frische Luft. Es liegt nicht an der Harissa. Eher an den Erinnerungen, die in ihm aufsteigen. So viele Tote, die ihn begleiten, ihn nicht loslassen wollen. Tag für Tag. Was glaubt er zu erreichen? Was geschieht, wenn er seine Unschuld bewiesen hat? Was bleibt ihm noch?

Er steigt auf die Ladefläche des Toyotas und setzt sich auf die Bonneville. Selbst sie scheint ihn verlassen zu haben. Wenigstens ihr muss er ein Lebenszeichen entlocken. Damit er weiß, dass sich die Mühe lohnt, aufzustehen. Er zieht den Schlüssel aus den Jeans und steckt ihn ins Zündschloss. Die Zeiger zucken einen Moment, er legt den Leergang ein und tritt den Kickstarter nach unten. Der Toyota und die Bonneville wackeln ein wenig, ansonsten rührt sich nichts. Ranfort dreht am Gasgriff, startet noch einmal. Ein Stottern, ein Gurgeln, nichts mehr. Kick, nichts, Gurgeln, kurze Verschnaufpause, Kick, ein Lebensgeräusch. Behutsam dreht er am Griff, die Bonneville lässt sich überzeugen, hustet den Ruß aus dem Auspuff und erholt sich, bis sich ein unruhiger Takt einstellt. So soll es sein. Den Griff noch kurz einmal nach hinten, dann stellt Ranfort die Maschine ab, hüpft vom Toyota, die dunklen Gedanken weggeblasen wie der Ruß aus dem Topf. Ein Moment Zufriedenheit. Bis er Mansouri in der Tür auf ihn warten sieht.

»Gehen wir ein Stück?«

Ranfort bejaht. Sie halten sich an den Holzpfählen, hinter denen sich ein paar Rinder befinden. Ranfort kann die Anzahl nur schätzen. Es sind kaum Lichtquellen in der Umgebung. Selbst der Mond hält sich beharrlich hinter einer Wolkendecke. Hin und wieder ein Blitz, der ins Meer zuckt und die Wasseroberfläche beleuchtet. »Neven scheint recht zu behalten«, setzt Mansouri fort. »Es wird Regen geben.«

»Was wollen Sie?«, fragt Ranfort.

»Was wollen Sie? Was glauben Sie hier zu finden?«

»Ich bin Kommissar. Ich kann nicht anders.«

»Sie wissen, dass das nicht der Wahrheit entspricht.«

Natürlich weiß er das. In Saint-Lemis zu bleiben und zu warten, bis ihm der Prozess gemacht wird, ebenso.

»So kenne ich zumindest die Gründe.«

»Glauben Sie, die Gründe jemals zu finden? Sie sind so tief verborgen, so verschieden.«

»Ich will es versuchen«, sagt Ranfort.

»Wenn Sie Ihren Freund suchen müssen, um zu verstehen, werden Sie nie Antworten finden. Der Einzige, der es zu erzählen vermag, ist tot. Ermordet von jenen, die den Teufel tun werden, etwas preiszugeben. Wahrscheinlich ist er einer derjenigen, die das Land mit Terror überzogen haben. Auch wir haben das nie verstanden. Bomben können niemals eine Idee zersprengen. Hinauszögern, möglicherweise. In Algier sind jeden Tag an die hundert Bomben explodiert, aber das hat die Ziele nur klarer werden lassen. Die Gewalt und die Willkür haben uns nur gezeigt, wer unser Herr war. Ein herzloser Mann, verzweifelt und alt. Nur imstande, den Gürtel sprechen zu lassen, geblendet von der einstigen Glorie. Stets konfrontiert mit der Ohnmacht, den ungehorsamen Kindern nicht Herr zu werden. Den Tränen nahe, aber unnachgiebig und stur. Das haben wir gespürt. Mit jedem Mann, den sie hierhergeschickt haben, wussten wir, dass wir dem Ziel näher kamen. Wie die Franzosen selbst.«

»Warum erzählen Sie mir das? Glauben Sie, dass mich das interessiert?«

»Weil ich die Beharrlichkeit in Ihrem Blick sehe. Den Unglauben, der Sie nicht los-lässt, aber auch nicht zu retten vermag. Ich denke, Sie wissen das.«

Ranfort schweigt. Er konzentriert sich auf das Knistern des Schotters. Da ist es wieder. Der Weg zu Augustes Haus. Der Wind hatte aufgefrischt und ein leichtes Pfeifen im Ohr verursacht. Es war nicht mehr weit. Der schwarze Wagen vor dem Haus. Ranfort war nicht als Erster dort. Das Knarren der Tür, ein Knall. Nichts mehr. Mansouri sagt etwas. Ranfort winkt ab, hält sich die Ohren zu. Es muss noch etwas geben. Er presst die Luft gegen den Gaumen und schüttelt den Kopf.

»Ist etwas?«

Ranfort verneint.

»Ich kenne das, Kommissar. Diese Qualen, den Drang, alles umgarnt von mangelnder Klarheit. Lösen Sie sich. Vielleicht bringt Sie das ein Stück näher.«

»Vielleicht«, murmelt Ranfort in den Bart. »Vielleicht.«

\*\*\*

# 14

»Ich habe keine Ahnung, wovon Sie sprechen«, sagt Pedro, als ihm die Lampe die Pupillen zuschnürt. Es ist kaum eine halbe Stunde vergangen, seit ein Stiefel das Türschloss aus dem Rahmen geschossen hat. Dann ging alles schnell. Kurze Anweisungen, Fingerschnippen, aufgerissene Schubladen, gefolgt von einem Sack über den Kopf. Jute, unten ein Band, das ein Entkommen schier unmöglich macht und die Enge gut reguliert. Eine gleichermaßen einfache wie durchdachte Konstruktion. Ein dünnes Seil, das sich in die Haut der Handgelenke schnürt und jede Gegenwehr äußerst unkomfortabel gestaltet. Nur der Geruch von Schweiß und abgestandenem Rauch auf der Fahrt zu dem Ort, an dem sich Pedro nun befindet. Ein harter Sessel, es bleiben die Stille und die rauchige Luft, aus der er ein Stück ausschneiden könnte. Zuerst stellt sich jemand mit der Faust vor und klärt die Verhältnisse. Eine Stimme hinter den Fasern des Jutebeutels, den der Mann hinter ihm entfernt und den Kopf in Richtung der Hundert-Watt-Glühbirne zwingt. Ein deutscher Markensteller, dessen Logo sich vor die Augen projiziert, als Pedro zwinkert. Den Tisch vor ihm hat er schon gefühlt, aber nicht gesehen. Stattdessen spürt er Blut die Stirn herunterfließen. Vorbei an der Nase, automatisch leckt er die Flüssigkeit weg, schluckt, erbricht fast vom Geschmack und wünscht sich das Aroma eines unverdünnten Pastis am Gaumen. Die Schultern schmerzen, die Sessellehne bohrt sich in die Oberarme. Jemand tritt den Stuhl nach hinten weg, Pedro fällt auf die Knie, spürt eine Hand in den Haaren, die ihm den Kopf nach unten drückt. Das Wasser wäscht ihm das Blut vom Kopf, der Rand der Wanne drückt sich in die Brust. Pedro versucht, sich zu entspannen, damit er länger Luft hat und sie glauben, dass er ohnmächtig wird. Dann werden sie ihn wieder hochziehen. Er muss durchhalten, darf nichts erzählen, sonst werden sie ihn freilassen und er hat Vestal am Hals. Das hier kann nicht schlimmer werden. »Kommissar Corbière«, skandiert eine Stimme und fängt zu lachen an, bevor ihr andere folgen. Die Männer warten ab, bis der letzte Brocken Amüsement aufgebraucht ist, dann vergeht noch ein Moment. »Möchten uns der Herr Kommissar vielleicht erklären, warum er das Café in der Rue d'Isly in die Luft gejagt hat?«

»Wer seid ihr, Vögel? Polizei, französische Abwehr, OAS, FLN?« Kurze Pause, Pedro zieht sich das Wasser durch die Nase, der Raucher schnippt mit den Fingern, bevor Pedro wieder untertaucht. Beim ersten Mal hat es sich kühler angefühlt. Pedro öffnet die Augen. Noch immer die Aufschrift der Glühbirne, die sich vor den Boden der Wanne zwängt. Er lässt die Schultern locker hängen und nimmt die Spannung vom Brustkorb. Ein Moment vergeht, der Hinterkopf knallt zwischen die Schulterblätter und der Mann zerrt ihn wieder auf den Sessel. Pedro erbricht das Wasser auf die Brust und lässt das Kinn hängen. Dann hustet er ein paar Lacken auf den Tisch und beschließt, keine Fragen mehr zu stellen.

»Wer ist dein Auftraggeber?«

Pedro schweigt, fliegt wieder gegen die Tischkante, dann auf die Knie. Er spürt den Atem des Wissbegierigen neben dem Ohr. »Hör mal gut zu, Junge. Die verheizen jeden Tag Dutzende von deiner Sorte und jeder von denen glaubt, dass sich irgendwer um ihn schert. Du bist denen egal, verstehst du das?«

Pedro drängt die Lider aneinander und bewahrt die Haltung. Bleib ruhig, er will dich nur aus der Reserve locken.

»Wie du meinst, Ramon.«

Der Mann gibt den anderen ein Zeichen. Dann zieht ihn einer hoch und bringt ihn weg.

\*\*\*

Die Nacht hat sich kurzweilig gestaltet. Pedro hat die Zelle nicht lange gesehen. Die Herren haben sich noch dreimal um ihn gekümmert, jedes Mal dieselben Fragen gestellt und dieselben Antworten erhalten. Pedro hat nichts erzählt. Der Gedanke an Vestals Sonderbehandlung hat ihm die Zunge an den Mundboden geklebt. Trotzdem ist er sich nicht mehr sicher, ob es schlimmer werden könnte. Er weiß nicht, ob sich noch Haut auf der Stirn befindet, die Handgelenke fühlen sich marode und entzündet an und er friert, wie er noch nie gefroren hat. Das letzte Mal, als sie ihn geholt haben, hat keiner mehr gelacht. Sie waren selbst müde, der hinter ihm schon durchnässt, wahrscheinlich hat er sich bereits das dritte Mal umgezogen. Die Handgriffe wurden unpräzise und Pedro zu ausgelaugt, um überhaupt noch zu sprechen. Irgendwann hat ihm dann der Mann, der die Fragen gestellt hat, die Zigarette am Rücken ausgedrückt und befohlen, dass ihn die anderen wegbringen. Trotz des Triumphs ist Pedro kein Lächeln entkommen, als sie ihn den Gang entlangschleiften, die Hände an seinen Oberarmen, während er alles hängen ließ. Dann haben sie ihn in eine Zelle geworfen, zumindest etwas in dieser Art, doch es entspricht eher einem leeren Abstellraum in einem Keller. Nichts außer kaltem Beton und einem Fenster, durch das ein schwacher Lichtstrahl dringt, der ihn die Uhrzeit schätzen lässt. Er kann den Verkehr von draußen hören, hin und wieder hackt sich ein Absatz in das Gitter über dem Fenster, Sirenen ziehen im Viertelstundentakt vorbei. Pedro fehlt die Kraft, sich bemerkbar zu machen. Und wenn er es könnte, was hätte das für einen Sinn? Wer könnte ihn befreien? Vestal wird sich nicht selbst gefährden. Sonst gibt es niemanden. Weder hier noch daheim. Pedro sitzt in der Mitte des Raumes, die Knie fest am Körper angezogen, die Unterschenkel hält er mit beiden Händen umschlossen, fast nackt, die Kleidung hat er zum Trocknen auf die Türklinke gehängt. Er fühlt, wie sich die Haut gegen die Kälte zu wehren versucht, spannt, zittert, alles unternimmt, um ihn warmzuhalten, mit mäßigem Erfolg. Schubweise reißt es ihn herum, fällt es ihm schwer, die Hände verschränkt zu halten. Das Mittel des Schlafentzugs dürfte sich abgenutzt haben. Die einzigen Geräusche dringen von der Straße herein, am Gang hat sich schon seit Stunden nichts bewegt. Pedro Ramon, Kriegsheld, in einem namenlosen Keller zu Tode gefoltert von der hiesigen Polizei oder wem auch immer. Er hätte den Turban am Flughafen abknallen sollen, dann wäre er noch bei der kämpfenden Truppe. Dann könnte er noch laufen, wie es sich für einen Soldaten gehört. Wenn nichts bleibt, sind es die Wurzeln, die Herkunft, die einen am Leben halten. Für einen Para ist es die Truppe. Der Glaube hat ihn nie erreicht in solch einer gottlosen Welt.

***

Pedro krümmt den Rücken, zieht die gefesselten Hände zwischen die Beine und atmet. Der Jutesack ist das Einzige, das ihn wärmt und trocken ist. Es wird nicht mehr lange dauern, dann friert er nicht mehr. Muss sich nicht mehr kümmern um die Zukunft Algeriens oder wessen auch immer. Ein Hauch der Freiheit überkommt ihn, als er den Gedanken weiterspinnt. Wie werden sie es tun? Ein Schuss? Genickbruch? Ein Draht? Muss er das Grab selbst schaufeln? Wie wird das Gefühl sein, wenn ihn das Leben verlässt? Wird er Klarheit erfahren, ihn der Schmerz läutern? Wärme beginnt ihn zu durchströmen, eine Wärme, die ihm ein Lächeln unter die Jute zaubert und alles unbeachtet lässt. Von Zeit zu Zeit blendet ihn ein Licht durch die groben Fasern der Kopfbedeckung, das Pedros innere Stille nicht zu stören vermag. Seit der Wagen losgefahren ist, haben die drei Männer im Inneren kein Wort verloren. Nicht einmal ein Räuspern hat ihre Lippen verlassen. Sie scheinen hoch konzentriert. Pedro mag Leute, die wissen, was sie tun. Wenn er leiden soll, werden sie ihn leiden lassen. Sie bestimmen die Dauer der Prozedur, die Stimmungen, die er durchlaufen soll, wenn sie es richtig machen, bis zum Ende. Wie bei einem Konzert. Der Fahrer schlägt ein paar Haken in die Kurve, dass es Pedro jedes Mal den Kopf gegen die Scheibe stößt. Dann beschleunigt der Wagen, bremst abrupt, dass Pedros Kopf in der Rückenlehne landet. Pedro konzentriert sich auf die Atmung. Das lindert den Schmerz. Der Fahrer hört damit auf und bringt das Fahrzeug zum Stehen. Stille Kommunikation zwischen den Männern. Einer reißt Pedros Tür auf, ein anderer zieht ihm den Sack vom Gesicht, leuchtet ihm mit einer Taschenlampe in die Augen, dass er nichts mehr sieht. Der neben ihm tritt ihn aus dem Wagen, er spürt den Gehweg, als die Schulter auf dem Beton aufschlägt und ihn der Schmerz durchfährt. Er rollt sich auf den Rücken, fühlt Gras unter dem Kopf und nimmt einen tiefen Zug des Geruches. Eine Fußspitze trifft die Rippen und presst ihm ein Keuchen aus dem Hals. Pedro versucht, den Mann über dem Fuß auszumachen, sieht aber nur die Umrisse der Taschenlampe. Ein Schlüssel klirrt auf dem Rasen, daneben ein paar andere Sachen, die Pedro nicht erkennen kann. Autotüren werden zugeknallt, Reifen quietschen, eine Wolke aus Ruß bleibt über ihm hängen. Er sucht den Schlüssel, bringt den mit den Zacken zwischen die Finger und beginnt, an der Schnur zu reiben. Vor die geschlossenen Lider projizieren sich Kreise, tanzende Punkte, die sich im Takt des Schlüssels bewegen. Es dauert ein paar Minuten, bis er sich befreit hat und die Sicht wiedererlangt. In der Wiese liegen die beiden Pässe und das Portemonnaie. Pedro dreht sich zur Seite, stemmt den Ellbogen in die Wiese, dann ein Knie. Ein Augenblick, er nimmt die Sachen von der Wiese, richtet sich auf, schreit stumm in die Nacht hinaus. Der Blick wandert den Bauch entlang zu den Füßen, von den Fingerspitzen zu den Schultern. Warum haben sie ihn nicht umgebracht? Ist er nicht wichtig genug, um getötet zu werden?

\*\*\*

Der Genuss des Sonnenlichts wird von Pedros Gemüt überlagert. Sekündlich hält er Ausschau nach Vestal, geht die Mauer des Friedhofs entlang, zurück, die Mauer entlang und wieder zurück. Blick auf die Uhr, eine Minute, erneuter Blick auf die Uhr. Keine Spur von Vestal. Auf jeden Fall muss er aus der Wohnung. Jeder kann ihn dort finden und Schlimmeres mit ihm anstellen als letzte Nacht. Und er braucht eine Waffe, damit er es selbst beenden kann. Etwas Zuverlässiges. Das war erst der Anfang. Wenn ihn die Araber in die Finger kriegen, wird es nicht so glimpflich für ihn ausgehen. Pedro geht zur Seilbahn. Es dauert einen Moment, bis die nächste Kabine kommt. Das Meer zeigt sich ruhig in der Bucht. Die Stadt verliert ihre gesamte Geschäftigkeit von hier oben. Der Konflikt scheint nicht präsent zu sein. Zumindest in diesem Moment. Bis die nächste Gondel kommt. Im Inneren Vestal mit einem äußerst unerfreuten Gesichtsausdruck. Vestal bleibt in der Kabine und macht ihm klar, dass er einsteigen soll.

»Was hast du ihnen erzählt?«

»Das wissen Sie doch, Vestal.«

»Guter Junge. Wir glauben, dass es der Fahrer war.«

Der Polizist, der am Autofenster stand. Er hätte ihn aussteigen lassen müssen.

»Warum wurde er dann verhaftet?«

»Wir haben uns darum gekümmert. Das zählt. Ich habe ein neues Ziel für dich.«

Vestal gibt ihm ein Kuvert, das sofort unter Pedros Sakko verschwindet.

»Ich brauche eine Waffe. Etwas Deutsches.«

»Du brauchst noch andere Sachen, Ramon. Die Wohnung ist nicht mehr sicher. Wenn die Polizei da war, ist die FLN nicht weit. Ich habe dir etwas Neues organisiert. Alles, was du brauchst, ist dort.«

»Dann stimmt es doch«, sagt Pedro.

»Was?«

»Dass einer von drei Leuten immer ein Polizeispitzel ist.«

Vestal hebt den Brustkorb und presst die Luft aus den Nasenlöchern.

»Das werden wir ändern, Ramon.«

»Wie?«

Vestal zieht eine Pistole und schraubt einen Schalldämpfer daran.

»Was soll das, Vestal?«

»Das hast du eben erklärt.«

Pedro denkt an den Hausmeister und schlägt ihm die Waffe aus der Hand. Dann zieht er ihm den Ellbogen durch das Gesicht und drückt ihm die Backe gegen das Glas der Gondel.

»Hör mal gut zu. Ich habe mich nicht von den Bullen quälen lassen, damit du mich jetzt in einer Gondel über dieser dreckigen Stadt abknallst.« Vestal zieht einen Mundwinkel nach oben.

»Ist ja gut, beruhige dich.«

»Einen Dreck werde ich, Vestal. Ich lasse mich von dir nicht verarschen, hörst du?«

Pedro schnaubt wie ein Pferd, als er den Druck gegen den Hinterkopf erhöht. Vestal nimmt die ganze Spannung vom Körper.

»Es ist gut, wenn du Dampf ablässt, Ramon. Aber du musst dich jetzt beruhigen.«

Er wiederholt die Worte. Langsam und emphatisch. Pedro hechelt ein wenig, steckt die Pistole in den Gürtel und positioniert sich gegenüber von ihm. Mit einem gewissen Abstand.

»Was sollte das?«

»Die lassen niemanden einfach so gehen.«

»Mich schon.«

»Woher hattest du den Sprengstoff?«

»Ich habe ihn erstochen.«

»Erstochen?«

Vestal sieht ihm in die Augen, als ob er etwas zu erkennen versucht. Pedro hat die Gedanken bei der Waffe. Soll er ihn erschießen, bevor Vestal wieder die Möglichkeit bekommt?

»Und jetzt?«, fragt Pedro.

»Gehen wir wieder den Geschäften nach. Wie zwei Profis.«

»Das nächste Mal wird es nicht so glimpflich für dich ausgehen, Vestal.«

»Übertreib es nicht, Ramon.«

\*\*\*

Pedro kann den Blick nicht von dem Mann mit der Brille abwenden. Die rechte Schulter hält er leicht nach vorne, er trägt ein kariertes Sakko mit einer schwarzen, dünnen Krawatte. Die Haare sind akribisch geordnet und bilden einen starken Kontrast zu der blassen, glatt rasierten Haut. Das Foto hat Vestal wie üblich auf einen Zettel in einem Ordner geheftet. Angaben über Gewohnheiten, Aufenthaltsorte, Profession. Darunter zwei Vornamen mit Kontaktadressen. Den Mann zu töten ist möglich, aber damit davonzukommen? Wohl kaum. Pedro überkommt eine Vorahnung. Nach diesem Auftrag wird seine Zeit in Algier vorbei sein. Dann kann er nur mehr das Weite suchen. Wenn die französische Regel gilt, ist einer der beiden sowieso ein Spitzel. Sie werden verhaftet und erschossen, bevor es zu dem Attentat kommt. Dennoch wird die Aktion ein Zeichen setzen. Falls die OAS das in Algier überlebt. Die FLN hat es jedenfalls übertrieben in den Fünfzigern. Zu dreist sind sie gegen den Staatsapparat vorgegangen. Dann kamen die Paras und haben die Kasbah ausgeräuchert. Ohne Pardon. Jeden Tag haben die Paras Wohnungen durchsucht und Leute verschwinden lassen. Jeden Verdächtigen haben sie verhört, Straßensperren errichtet, bis sie die FLN-Führer geschnappt hatten. Die Behörden werden keinen Spaß mehr verstehen. Dennoch muss es getan werden. Wenn es Pedro nicht versucht, dann jemand anderes. Er ist zu tief im Geschehen, als dass er jetzt aufgeben könnte. Bleibt nur die Frage, warum ihn die Polizei gehen ließ. Haben sie ihn als unwichtig oder gar unschuldig erachtet? Wollen sie der Spur zu Vestal folgen?

Pedro sieht aus dem Fenster auf die Rue d'Isly. Das Pflaster und die Schienen der Straßenbahn spiegeln den Regen, den der Abend gebracht hat. Von Zeit zu Zeit hallt ein Absatz in den Gassen wider, ansonsten bewegt sich nur wenig. Kein auffälliges Fahrzeug, kein Passant, der sich für ihn interessiert. Er dreht das Licht an, sieht auf den Zettel und wählt die erste Nummer. Es läutet einige Male, bevor sich der Mann meldet. Er hat einen krachenden Akzent, gebrochenes Französisch, irgendein Südländer, möglicherweise Balkan, auf jeden Fall ein Kommunist. Er weiß sofort, wovon die Rede ist, schlägt ein Treffen vor, das er dem Dritten noch mitteilt. Die Begegnungen seien kurz zu halten, ihre Anonymität unbedingt zu wahren und sich auf ihre Decknamen zu beschränken. Vor einer Verabschiedung ertönt das Freizeichen. Pedro kontrolliert die Straße. Keinerlei verdächtige Bewegungen. Möglicherweise ist die Wohnung wirklich sicher, wie es ihm Vestal versprochen hat. Er muss auf der Hut sein. Wenn es darauf ankommt, kann er sich auf niemanden verlassen. Ein Zustand, der sich durch das ganze Leben zieht und sich so bald nicht ändern wird. Pedro drängt es die Luft durch die Nase, als er das Bild noch einmal betrachtet. Dagegen war der Anwalt ein leichtes Spiel, eine kleine Nummer. Mit zwei Leibwächtern, ohne die gesamte Polizei von Algier.

***

# 15

Die Unruhe hat sich wieder in Ranforts Schlaf gedrängt. Umherwälzen, ein durchgeschwitztes Laken und kaum Erinnerung an die Träume der letzten Nacht. Allerhöchstens Fetzen und der Nachgeschmack einer Stimmung, der er schnell entkommen möchte. Er geht ins Bad, als er sieht, dass Neven auf ihn wartet.

»Der Gefallen«, sagt Neven. »Es ist Zeit.« Ranfort wehrt sich gegen seinen bösen Blick. Er hält seine Versprechen ein. Neven zeigt den beiden das Arbeitsmaterial. Leuchtendes Gelb, überdeckt von ausgedörrtem Schlamm. Je ein Paar übergroße Gummistiefel, aus denen ein leicht modriger Geruch aufsteigt. Er führt sie auf die Weide. Die Nacht hat Regen gebracht, den der Boden gänzlich aufgesogen hat. Fast hätte Ranfort der Alte leidgetan, aber in diesem Moment hat er nur Abscheu für ihn übrig. Zwanzig Kühe, deren leidvolles Muhen jedes Wort übertönt. Dennoch verstehen Mansouri und Ranfort, was Neven von ihnen verlangt. Er gibt ihnen jeweils ein Seil, dann gehen sie durch den Schlamm. Die beiden benötigen die ganze Kraft, um die Kühe aus dem Morast zu befreien. Mit jeder Minute steigert sich ihre schlechte Laune, Neven sitzt auf der Bank, sieht das Schauspiel an, raucht eine Zigarette nach der anderen und klopft sich mit der Hand auf den Oberschenkel. Mansouris und Ranforts Blicke treffen sich in Einigkeit über die bevorstehende Ermordung Nevens. Falls sie sich selbst aus dem Schlamm befreien können. Es dauert etwas über zwei Stunden, bis sie den Gefallen erfüllt haben und Neven sie zum Frühstück einlädt. Brot mit etwas Olivenöl und einer Mischung aus Sesam und Majoran. Etwas gewöhnungsbedürftig im Geschmack, doch sättigend allemal. Dazu gibt es etwas Tee und Zuspruch für die Weiterfahrt. Eine verhaltene Handbewegung zu Neven, der sich die gute Laune nicht verderben lässt, gefolgt vom Knallen der

Wagentür.

Ranfort spürt etwas an den Füßen. »Sehen Sie nach vorne«, sagt Rabea. »Fahren Sie zwei Straßen weiter. Dort können wir reden.«

Mansouri hält den Blick steif auf Ranfort und sagt: »Worüber?«

»Ich will Ihnen helfen. Machen Sie schon.«

Mansouri gehorcht aufs Wort und parkt den Wagen, bevor sich Rabea aus der Deckung zwängt.

»War er schon immer so ein gemeiner Hund?«, fragt Ranfort.

Rabea zieht die Mundwinkel nach oben. Dann verfinstert sich die Miene.

»Sie kennen ihn nicht. Es ist nicht mehr viel von dem Mann übrig, den ich kennengelernt habe.«

»Gottseidank«, murmelt Ranfort.

***

»Hören Sie meine Geschichte. Sie sollen verstehen, wie es Neven erging. Neven und ich, wir haben uns nicht ohne Grund gefunden. Algerien wurde nicht nur durch die Franzosen zu einem grausamen Land. Das war es schon davor. Und danach ebenso. Wir haben mit denselben Mitteln gekämpft, wie es die Franzosen taten. Man möchte sagen, dass wir dazu gezwungen wurden, doch es entspräche nicht der Wahrheit. Die Gewalt hat schon zuvor einen großen Stellenwert eingenommen. Sie war in unseren Köpfen. Tag für Tag. Seit meiner Kindheit. Aufgewachsen bin ich allein mit meinem Vater in Kenadsa, einem Dorf in der Nähe der marokkanischen Grenze. Er hatte nicht viel Zeit für mich, da er sich um den Hof kümmern musste. Meine Mutter hatte das Kindbettfieber dahingerafft. Das hat er nie verwunden. Schon als junges Mädchen musste ich ihn und seine Freunde bewirten. Beinahe wie eine Ehefrau. Einer von seinen Freunden ist mir immer aufgefallen. Er hat mir ständig nachgestarrt. Daris. Ein alter, schleimiger Fettsack, der nach seinen Ziegen stank. Ich habe versucht, ihm auszuweichen, wo es ging, doch er hat nicht lockergelassen. Ich habe Hilfe bei meinem Vater gesucht, doch ich bin nur auf taube Ohren gestoßen. An meinem sechzehnten Geburtstag hat er sich dann an mir vergriffen. Ich kann mich noch gut daran erinnern. Es war im Stall, als ich gerade die Hühner fütterte. Ich kann fast den fauligen Atem riechen, der mir ins Ohr geflüstert hat, wie schön ich sei. Diese wulstigen, haarigen Finger, die sich in meine Haut gegraben haben. Jahrelang hat es an mir genagt. Seine Fratze, die sich ständig auf unserem Hof aufgehalten hat, auf der Suche nach der nächsten Möglichkeit. Ich habe ihn gehasst dafür.

Aber in mir keimte etwas heran. Ein Keim, der schnell zu einer prächtigen Pflanze heranwuchs. Ich wollte ihn töten, aber ich wusste nicht, wie. Bis die FLN den bewaffneten Widerstand gegen die Franzosen eröffnete. Es hat sich schnell herumgesprochen, dass die Franzosen sich an den Algeriern vergreifen und eine Spur der Verwüstung hinterlassen. Geduldig habe ich auf diesen Tag gewartet, als sie in unser Dorf kamen. Es war der 14. Mai 1956. Man konnte die Schreie der Gefolterten bis zu unserem Hof hören. Während mein Vater vor der kommenden Bedrohung Angst hatte, habe ich ihm seinen Revolver entwendet. Ich habe mich auf mein Fahrrad gesetzt und bin auf Daris' Hof gefahren. Nie wieder sollten mich seine stinkenden Finger angreifen. Ein Gefühl der Macht und Genugtuung haben mich ereilt, als die Patrone seinen Brustkorb durchstoßen hat. Eine weitere habe ich ihm durch den Kopf gejagt. Er lag am Boden und flehte um sein erbärmliches Leben. Da habe ich nicht mehr weggesehen. Ich wollte erleben, wie er jammert, wie das Leben aus ihm weicht. Genossen habe ich es. Danach bin ich zu meinem Vater gefahren. Ich hatte ihm mein Leiden schon mitgeteilt, doch er hatte es nicht hören wollen. Er hat nichts getan. Weder Worte der Zuneigung noch des Trosts hatte er für mich übrig gehabt. Ich wusste nicht, was mich mehr getroffen hat. Daris, der sich an mir vergangen hatte, oder mein Vater, der solch ein Unrecht zuließ. Noch in derselben Nacht habe ich unser Haus verlassen. Ich bin zu Raouf nach Béchar, von dem ich wusste, dass er Kontakte zur FLN hatte. Er war ein Freund meines Großvaters. Ich habe ihm erzählt, dass die Franzosen bei uns im Dorf gewesen seien und ich kämpfen wolle. Er hat mich gefragt, ob ich schon jemals einen Menschen getötet hätte. Dieser durchdringende Blick hat mich alles verraten lassen. Ich habe damit gerechnet, dass er mich der Polizei übergibt, meiner Strafe zuführt, doch das hat er nicht getan. Er hat nur gesagt, dass sie Leute wie mich brauchen. Damit wir einen Gegenpol zu den Franzosen hätten. Ich habe ihn nicht enttäuscht. Ich habe getan, was von mir verlangt wurde. Ohne jemals die Gründe zu hinterfragen. Jeder, dem ich die Knochen gebrochen habe, sollte für Daris' Untaten bezahlen. Ich weiß nicht, wie vielen ich den Tod gebracht habe. Es ist auch nicht wichtig. Wenn man den ersten Mord hinter sich gebracht hat, fallen einem die nächsten nicht schwer. Das Paradies war seit Daris' Entehrung sowieso unerreichbar für mich. Anfang 1959, ich weiß nicht mehr, welcher Tag es genau war, habe ich einen Franzosen in meine Gewalt gebracht. Ich hatte begonnen, ihm mit einem Eisenrohr die Knochen zu brechen. Er war bis zu diesem Tag der Einzige, der nicht gewimmert hat. Er saß ganz still im Sessel. Es muss höllisch geschmerzt haben. Ich hatte mit den Händen begonnen. Ich denke, das habe ich deshalb gemacht, damit er niemanden mehr angreifen konnte. Stellvertretend für Daris' schmierige Finger. Ich war erstaunt über seine Ruhe. Ich habe gebrüllt, dass er schreien soll. Dass er leiden soll, wie ich gelitten habe. Dass er sterben soll, wie Daris. Kein Schimpfwort war mir zuwider. Doch er hat mir nur gesagt, dass kein Unrecht je ein anderes Unrecht ausgleichen würde. Das hat mich noch wütender gemacht. Ich habe die Eisenstange geführt, wie ich sie noch nie geführt hatte. Er hat es nicht lange ausgehalten, aber mit jedem Schlag, der auf ihn niederfuhr, wurde mir klarer, dass er recht hatte. Ich bin auf die Knie gefallen und habe um Vergebung gebetet. Ich habe Allah angefleht, dass der Zorn aus mir weichen möge. Vielleicht war es der Klang des blutigen Eisenrohrs, das zu Boden fiel, das den Schalter in meinem Kopf umgelegt hat, aber danach habe ich Erleichterung gespürt. Der ganze Zorn war einer unheimlichen Stille gewichen, die mich befallen und nie mehr verlassen hat. 1959 habe ich dann Neven kennengelernt. Er trug die Last noch immer auf den Schultern. Ich wusste nicht, was es war, doch ich wollte ihn davon befreien. Wir sind uns langsam nähergekommen. Schritt für Schritt habe ich seine Geschichte erfahren. Dass die Franzosen seine Frau und seinen Sohn ermordet hatten. Diese ganze Hilflosigkeit und Wut haben mich dazu gebracht, mich seiner anzunehmen. Wir haben viel darüber gesprochen. Es hat lange gedauert, bis er verstanden hatte, doch letztendlich war er froh um das, was ich ihm gezeigt habe. Dasselbe, was mir der französische Soldat gezeigt hatte. Dass Unrecht kein anderes Unrecht aufzuheben vermag. Nach dem Krieg sind wir nach Ben Abdelmalek Ramdane und haben den Bauernhof übernommen, den wir heute noch bewirtschaften.«

»Das tut mir leid«, sagt Mansouri.

»Das muss es nicht. Sie sehen aus, als ob Sie selbst genug ertragen mussten.« Mansouri gibt ihr recht. Trotzdem möchte er wissen, was die Geschichte mit ihnen zu tun hat.

»Dass Neven Matéo kennt.«

Einer der Momente, in denen Ranfort der Mund offen steht.

»Wissen Sie, wo er sich aufhält?«

»Nicht in Oran. Gehen Sie nach Marokko. Es gibt eine Stadt nicht unweit der Grenze. Bouarfa.« Sie durchbohrt Ranfort mit ihren Augen, wartet einen Moment. »Sie sollten bereit sein, ihn zu töten.«

***

Ben Abdelmalek Ramdane haben sie weit hinter sich gelassen. Die Wolken lösen sich auf und die Sonne treibt die Temperaturen in die Höhe. Kein Wort zwischen Mansouri und Ranfort. Nur der fahle Nachgeschmack von Rabeas Geschichte und alte Fragen, die durch neue ersetzt wurden.

»Glauben Sie ihr?«, fragt Mansouri.

»Das ist keine Frage des Glaubens, sondern der Entscheidung.«

»Wir sollten nach Oran fahren.«

»Was, wenn sie recht hat?«, fragt Ranfort.

»Was, wenn sie uns in die Irre führt? Warum sollte sich Matéo nach Marokko abgesetzt haben? Solche ... Menschen flüchten nicht einfach.«

»Und wenn doch?«, fragt Ranfort.

Ranforts Instinkt hat ihn selten getäuscht.

»Wir fahren nach Marokko.« Ranfort hat diesen Blick aufgesetzt, der keinen Widerspruch zulässt.

»Lassen Sie das. Bei mir werden Sie keinen Erfolg damit haben.«

»Sie haben bei Neven die Entscheidung getroffen, ich treffe sie jetzt.«

»Hatten wir denn eine Wahl?«, fragt Mansouri.

»Ja, die hatten wir. Und wir sind aufs Korn genommen worden. Mein Instinkt sagt mir, dass wir nach Marokko fahren sollen.«

»Oran wäre näher. Und einfacher zu erreichen«, sagt Mansouri.

»Marokko ist zweihundert Kilometer weiter entfernt. Ich übernehme den Tank, wenn es darum geht.«

»Darum geht es nicht. Die Grenze ist dicht. Geschlossen, verstehen Sie?«

»Wir finden einen Weg.«

»Wir sollten nach Oran.«

»Auguste war mein Freund. Wir fahren nach Bouarfa.«

»Ich habe genauso ein Anrecht auf seine Geschichte wie Sie,

Kommissar.« Mansouri lässt sich das letzte Wort auf der Zunge zergehen, setzt fort: »Dennoch bleibt eine Frage. Woher kennt Neven Matéo?«

»Warum haben Sie nicht gefragt?«

»Warum haben *Sie* nicht gefragt?«

Ranfort zieht es vor, zu schweigen. Warum haben sie beide nicht gefragt? Das hätte die Wahl des Ziels eventuell erleichtert. Warum hat Neven verschwiegen, dass er Matéo kennt? Kennt er ihn überhaupt? Wenn ja, woher? Ranfort kommen Zweifel, ob Marokko die richtige Wahl ist. Aber welche Gründe hätte Rabea, sie zu belügen?

»Kennen Sie Bouarfa?«

»Eine kleine Stadt knapp hinter der Grenze. Aber genau da liegt die Problematik.«

»Dass die Grenze dicht ist?«

»Genau. Seit den Sechzigern. Die Marokkaner waren Trittbrettfahrer. Als der Konflikt mit Frankreich beendet war, wollten sie sich die Tindouf-Ebene zu eigen machen. König Hassan der Zweite hatte den Traum von Groß-Marokko und algerischem Erdöl. Ein Jahr und tausend Tote später sind sie wieder abgezogen. Mit Algerien treibt man eben keine Scherze.«

Ranfort zieht einen Mundwinkel nach oben. Hundert Jahre Annexion und ein blutiger Unabhängigkeitskrieg. Keine Scherze also.

\*\*\*

Ranfort hat untertrieben. Trotz mangelndem Verkehr sind sie seit sieben Stunden unterwegs. Kaum eine Pause und üble Stimmung im Wagen. Die Diskussion um Rabeas Beweggründe und die daraus resultierende Unsicherheit wollten sie nicht loslassen. Trotzdem hat sich Ranfort durchgesetzt. Sein Freund, sein Fall. Er hat Mansouri nicht gebeten mitzukommen, noch interessieren ihn dessen Rachegelüste. Er bestimmt die Richtung. Obwohl es die unbequemere Variante scheint, nach Marokko zu fahren. Temperaturen knapp an die vierzig Grad, die Luft, die durch das Wageninnere zieht, erinnert stark an einen Heißluftfön. Im Gegensatz zu Ranfort erträgt der Toyota das mit Leichtigkeit. Japanische Autos sind beliebt, speziell bei den Beduinen, vor allem wegen der guten Kühlung. Zumindest hat ihm das Mansouri erklärt. Sein Scherz, englische Maschinen funktionierten nur im Regen, blieb unbeachtet. Danach hat Ranfort geschwiegen und es dabei belassen. Er war nie ein Mann großer Worte. Selbst die richtigen Worte können zum falschen Zeitpunkt alles verkomplizieren. Cécille hat das an ihm gemocht. Das uninteressante Geschwätz von Gerard ist ihr nur auf die Nerven gegangen. Ranfort hat Cécilles ruhige Art ebenso geschätzt. Er hat im Laufe des Tages genug gesprochen. Von Dienstwegen her. Mit Menschen, denen er sonst die Beachtung verwehrt hätte. Das bringt der Beruf mit sich. Den unweigerlichen Blick in unbequeme Gemüter.

Mansouri zeigt auf das Ortsschild von Beni-Ounif.

»Von hier ist es nicht mehr weit bis zur Grenze«, sagt er.

»Haben Sie nicht gesagt, dass die Grenze dicht ist?«

»Das habe ich. Ich kenne jemanden, der uns vielleicht helfen kann. Ein Schmuggler. Bekannt bis nach Algier.«

»Den wollen Sie so einfach finden?«

»Haben Sie Vertrauen.«

Ranfort zieht die Augenbrauen nach oben und fügt sich Mansouris Einschätzung. Sein Fall, aber nicht sein Land. Mansouri sieht eine Gruppe Männer, die heftig miteinander diskutieren und stoppt den Wagen. Er steigt aus, hört eine Weile zu, Ranfort versteht kein Wort. Mansouri mischt sich ein, die Männer reagieren heftig. Er beschwichtigt, sie überlegen kurz, synchrones Lachen. Dann sprechen sie wieder mit ihm, kurze Bedenkzeit, gemeinschaftliches Nicken. Mansouri legt die Hand auf die Brust, verbeugt sich und kommt zum Wagen. Er sieht zu Ranfort, zieht die Mundwinkel nach oben und startet den Motor. Eine verhaltene Abschiedsgeste von Ranfort, Mansouri folgt der Hauptstraße zwischen den flachen Dächern hindurch. Vorbei an Häusern, die sich farblich kaum von der Wüste unterscheiden. Aus Stein und trockenem Lehm, mit kleinen Aussparungen und manchmal mit richtigen Fenstern. Streng rechteckige Formen, umzäunt von gusseisernen Stäben auf Betonfundamenten. Mansouri biegt in eine Seitenstraße ein, stellt den Wagen ab und dreht sich zu Ranfort.

»Worum ging es?«, fragt Ranfort.

»Um Fleisch.«

»Um Fleisch«, skandiert Ranfort.

Mansouri nickt, bevor er fortsetzt. »Einer der Männer hat dem anderen offenbar schlechtes Fleisch verkauft. Eine ziemlich schwere Anschuldigung. Vor allem bei der Knappheit in dieser Gegend. Der nächste Arzt ist weit entfernt und seine Frau krank davon geworden. Sie konnten sich nicht einigen und haben mich mit hineingezogen. Ich habe den Männern erklärt, dass ich von der Polizei bin und wir eine Lösung finden werden. Dann haben sie gelacht und mir mitgeteilt, dass sich die Polizei selten hierher verirrt.«

»Weiter?«

»Der Mann, der ihm das Fleisch verkauft hat, hat ihm gesagt, dass sie nur krank geworden ist, weil sie zu viel davon isst.«

»Kommen Sie auf den Punkt.«

»Der Mann hat klein beigegeben. Er konnte nicht bestreiten, dass er immer hagerer wird.«

Ranforts Blick wird ungemütlich.

»Emre.«

Ranfort sieht ihn fragend an.

»Der Schmuggler. Er wird uns über die Grenze bringen. Sie haben mir gesagt, dass er mich erschießen wird. Dann haben sie mir den Weg erklärt.«

»Vielleicht gehen Sie zuerst hinein«, sagt Ranfort.

»Sagten Sie nicht, dass es Ihr Fall ist?«

\*\*\*

Ranfort passiert das Tor, das halb offen zum Besuch einlädt, und geht zu einer roten Holztür. Er klopft zweimal, nimmt Haltung an. Ein Kampf ist nicht ausgeschlossen. Außerdem zählt ein erschossener Franzose hier nicht. Ebenso wenig wie ein Beamter aus Algier. Ranforts Herz steppt einen Moment, bleibt stehen, noch ein paar Takte. Schritte nähern sich der Tür. Der Spalt wird größer, ein Mann erscheint. Mit einem Gewehr. Araber, eher klein, mit umso größerem Bauchumfang und mit weißem Leinen behängt. Ein Turban krönt den krausen Bart, ein Potpourri aus schwarzem und grauem Haar. Er taxiert Ranfort und lehnt das Gewehr an die Wand.

»Was wollt ihr?«

»Nach Marokko.«

»Allein? Oder kommt der im Toyota mit?«

Der Dicke macht ihnen klar, dass sie hereinkommen sollen. Er sieht sich um und schließt die Tür.

»Man kann nicht vorsichtig genug sein«, erklärt er, bittet sie ins Wohnzimmer und weist ihnen einen Platz zu. Goldtöne geben sich mit Rot- und Grüntönen im Raum die Hand, selbst an den Gläsern haftet ein glänzender Rand. An der Wand die algerische Flagge. Der Mann verlässt den Raum und kommt mit drei Gläsern Tee wieder.

»Was sucht ihr in Marokko?«, fragt er.

»Antworten«, sagt Ranfort.

»Worauf? Das Leben? Religion? Die Liebe gar? Es gibt so allerhand Fragen in dieser Welt.«

»Wir suchen jemanden, der uns Antworten geben kann.«

»Vielleicht kenne ich ihn.«

»Vielleicht«, sagt Ranfort. Emre schweigt, es folgt eine kurze Vorstellungsrunde. Verhaltenes Nippen am Tee, danach wieder Schweigen. Ranfort vermisst die Minze.

»Wohin wollt ihr gehen? Und wann?«

»Nach Bouarfa. Am besten gleich«, sagt Ranfort.

»Das kostet etwas. Aber ich denke, das wisst ihr.« Emre verlässt den Raum.

»Warum haben Sie nichts von Matéo gesagt?«, fragt Mansouri. Ranfort legt den Finger auf die Lippen.

»Weil sich solche Leute kennen und brauchen. Wenn er spitzkriegt, dass wir ihn suchen, wird er uns nicht mehr helfen wollen.« Mansouri nickt, legt ein Grinsen auf, Emre betritt den Raum.

»In einer Stunde trefft ihr sie. Morgen geht es nach Marokko.« Synchrones Einverständnis, Geldübergabe, zufriedene Gesichter. Emre klatscht in die Hände, eine Frau kommt herein.

»Nouria, meine Perle. Mach uns etwas zu essen.« Kurzes Nicken, sie dreht sich um und verschwindet in der Küche. Moderne Kleidung, mondäner Stil mit aufrechter Haltung. Auffälliges schwarzes Haar, das ihr bis ans Gesäß reicht, und mindestens zehn

Jahre jünger als er. Emres Brust schwillt an, die Mundwinkel haben eine leichte Biegung angenommen. Bis sie aus dem Raum verschwunden ist, sieht er ihr hinterher, dann Blickkontakt zu Mansouri und Ranfort.

»Ich muss mich entschuldigen, aber die Neugier bringt mich fast um. Was führt euch hierher? Doch nicht etwa die Höhlenmalereien?« Ranforts Augenbrauen wachsen zusammen.

»Ein toter Freund«, sagt Ranfort.

»War er Algerier?«

Ranfort schüttelt den Kopf. »Soldat.«

»Warum wollt ihr nichts sagen?«

»Weil wir nichts wissen«, sagt Ranfort.

»Und deshalb sucht ihr jemanden, der etwas weiß.«

Ranfort brummt in den Bart, ein kurzer Lidschluss.

»Ich kenne ziemlich viele Leute. Nicht nur in der Gegend. Ich könnte euch helfen. Vorausgesetzt, der Preis stimmt.« Ranfort entschließt sich, zu schweigen. Freundliche Menschen sind ihm zuwider. Emre soll sich auf die Geschäfte konzentrieren.

»Matéo«, sagt Mansouri. Ranfort verdreht die Augen, bevor Mansouri fortsetzt. »Ein Mann aus Oran.«

»Noch nie von ihm gehört.«

Er lügt. Bleibt nur zu klären, warum und wie gefährlich diese Lüge ist.

***

# 16

»Hässliche Bäume, nicht wahr?«, sagt ein Mann, der noch nicht ganz die dreißig erreicht hat. Auffälliges Übergewicht, von dem die abstehenden Ohren ablenken, die das rundliche Gesicht trägt. Der Dicke strahlt etwas aus, das Pedro nicht gefällt. Nur kann er nicht ausmachen, was. In den Augen lodert etwas: Überzeugung. Sonst kann Pedro nichts erkennen. Es ist nicht der Kroate, nicht der, mit dem er telefoniert hat. Der Treffpunkt erzeugt Unbehagen in Pedros Eingeweiden. Hunderte Sohlen drängen sich auf dem Kies, die Unterschiedlichkeit der Personen macht eine Einschätzung schier unmöglich. Wenigstens sind Pedro und der Dicke nicht auffälliger als der Rest. Zwar bieten die meterhohen Feigenbäume Schatten, doch sie erschweren die Übersicht. Der Kroate ist entweder verdammt schlau oder verdammt dumm.

»Wo ist der Kroate?«, fragt Pedro.

»Der kommt noch, keine Sorge.«

»Wann geht es los?«, fragt Pedro.

»Die Sache soll so schnell wie möglich erledigt werden. Garon macht Jagd auf die Organisation.«

»Das wird nicht einfach. Besonders das Nachbeben wird heftig.«

»Nicht schlimmer als das, was sowieso kommt. Garon mobilisiert alles, was er hat, um die Organisation zu eliminieren. Am besten, wenn wir es jetzt beenden, solange es noch geht.«

Pedro hat Vestal richtig eingeschätzt. Ein kühler Denker, der logisch vorgeht. Ohne Furcht.

»Glaubst du, dass Garons Tod die Unruhe beendet?«, fragt Pedro.

»Es ist ein Zeichen, das die anderen verstummen lässt. Garon ist überzeugt von seiner Sache. Dennoch wird er sterben. Das muss er.«

»Das wird die Idee nicht umbringen.«

»Aber verblassen lassen.«

Pedro fehlt der Glaube. Das ist eher Öl ins Feuer. Er hat schon viele vermeintlich wichtige Personen sterben und viele hoffnungsvolle Wendepunkte verglimmen sehen.

»Wie wird es passieren?«

»Da kommt der Kroate ins Spiel. Er tötet leise und effizient. Wir müssen nur dafür sorgen, dass er die Möglichkeit bekommt.«

»Was bei Garon nicht einfach wird.«

»Nicht so schwer, wie du denkst. Er umgibt sich weder mit Leibwächtern, noch trifft er große Vorsichtsmaßnahmen. Ein Mensch mit Überzeugung eben. Das macht ihn so gefährlich wie verwundbar.«

»Hat der Kroate Erfahrung?«

»Was meinst du?«

»Ist er zuverlässig, wenn es ernst wird?«

»Es ist nicht sein erster Einsatz, wenn du das meinst.«

»Das meine ich nicht.«

Der Dicke sieht ihn fragend an.

»Zögert er?«, fragt Pedro.

Kopfschütteln.

»Also wann?«

»Wir brauchen etwas Zeit zur Vorbereitung. Es muss klar sein, dass wir es waren und nicht zu fassen sind.«

»Unmöglich.«

»Nicht unbedingt«, mischt sich eine Stimme ein. Ein kleiner, sehniger Typ mit einem Ausdruck jugendlicher Unschuld und kaum einem Funken Erfahrung in den Augen taucht hinter Pedro auf. Dieses kroatische Milchgesicht ein Attentäter? Wohl kaum. Kann er dem Dicken trauen?

»Er war die ganze Zeit hier«, sagt der Dicke.

»Und hat nur darauf gewartet, dass er mich abstechen soll«, sagt Pedro.

Der Dicke schnalzt mit der Zunge und zwinkert ihm zu. Pedro verzieht keine Miene.

»Er soll sich auf den Auftrag konzentrieren.«

»Das geht nebenher«, sagt der Dicke. Dieselbe Art von Überheblichkeit, die Vestal an den Tag legt. Ein Verhalten, das ihnen zum Verhängnis werden kann. Garon kann kein leichtes Ziel sein, schon gar nicht, wenn man ihn nicht ernst nimmt.

***

Fünfzig Zivilisten wiegen ein gesamtes Bataillon auf. Ein Ausspruch der FLN, doch für jede Seite gleichermaßen gültig. Hin und wieder hört man eine Explosion in der Ferne, an manchen Tagen gehen bis zu hundert Bomben in Algier hoch. Schüsse, Sirenen, die pendelnden Augen der Passanten, Füße, die sich bei jedem Schritt bereit machen, zu laufen. Hände der Eltern, die sich schwitzend in die der Kinder krallen. Alles ist Alltag geworden.

Hauptziel der OAS sind gebildete Algerier und Kollaborateure, deren Freunde und jeder, der sich der Organisation in den Weg stellt. Die FLN hält es ähnlich. Jeder, der sich der FLN in den Weg stellt. Hilfsmittel: Plastiksprengstoff, Medien und vor allem Angst. Wer unberechenbarer und kaltblütiger vorgeht, hat einen unschätzbaren Vorteil. Eine Erkenntnis, die sich mit jedem Mal verstärkt, wenn Pedro die Zeitung liest. Unterstützt wird, vor wem die Menschen mehr Angst haben. De Gaulles Politik wird in Frankreich bejubelt, bleibt aber unbeachtet hinter der Gewalt und dem Mittelmeer. Algier lebt bereits autonom, der Kampf schert sich wenig um Einflüsse von außen. Deshalb versteht auch Pedro die gezielten Angriffe nicht. Die Turbane müssen in einer Ecke kauern, wenn sie an uns denken, die Arme vors Gesicht halten, wenn einer von uns auf sie zukommt. Einen umzubringen: viel zu riskant und ineffektiv. Vor allem nicht, wenn drei wegen diesem einen verhaftet werden. Da stimmt die Rechnung nicht.

Pedro stellt das Bier beiseite und nimmt die Pistole in die Hand. Er hätte sich ein deutsches Modell gewünscht, aber er darf in diesen Zeiten nicht wählerisch sein. MAS-50, Selbstlader, 9 mm, junges Baujahr mit wenigen Schwächen. Unkompliziert in der Handhabung und vor allem bei der Demontage. Er zieht die Arretierung aus dem Verschluss und nimmt den Lauf ab. Dann entfernt er den Stängel und legt alle Teile vor sich auf den Tisch. Vestal hat seinen Rucksack hergebracht. Pedro zieht den Mundwinkel nach oben. Er hat gewusst, dass er der Polizei nichts gesagt hat. Dennoch hat er ihn bedroht, wollte ihm zeigen, wer der Chef ist. Pedro presst die Luft durch die Nase und stellt den Rucksack auf den Sessel neben ihm. Er öffnet den Riemen und sucht nach Ballistik-Öl und einem alten Fetzen. Treue Begleiter und absolut zuverlässig, wenn es um die Wartung einer Waffe geht, die nicht versagen darf. Pedro inspiziert jedes Teil, klopft es aus, fährt mit dem Tuch darüber und ölt es ein. Dann kontrolliert er die Teile und setzt die Pistole zusammen. Das Gewinde des Schalldämpfers trägt kaum Spuren, verträgt aber etwas Pflege. Nicht dringend, aber wer weiß, wer oder was noch kommt. Vestal zu vertrauen wird schwieriger für ihn. Wenn er Pedro gegenüber Schwäche zeigt, ist es anderen gegenüber ebenfalls möglich. Vielleicht ist es schon passiert. Ein guter Zeitpunkt, um sich wichtigeren Dingen zu widmen.

***

Pedros Aufgabe ist einfach und klar: Schmiere zu stehen – die Profis widmen sich Garon – und die Herren schnellstmöglich vom Tatort wegzubringen. Er willigt ein. Trotz der offensichtlichen Arroganz des Dicken und des Kroaten. Pedro fühlt sich im Gedanken bestätigt. Begeisterung schlägt Erfahrung. Vestal mangelt es offenbar an Männern mit Format. Kein Wunder, wenn er sie abknallen will, sobald sich nur eine Ungereimtheit ergibt.

Eine Stunde nach Sonnenuntergang soll er sich bereithalten. Eine laue Brise zieht vom Meer herein, die den Geruch von Regen trägt. Witterung, die klar zu bevorzugen wäre und auf die sie auf jeden Fall warten sollten. Ein Regenguss kann bei so einer Aktion ein Geschenk sein. Schreie, die zwischen den Tropfen verhallen. Polizei, die sich zögerlich nähert. Die eingeschränkte Sicht, die ein Entkommen stark begünstigt. Die Aktion im Café war ein einziges Risiko, eine unüberlegte Handlung, die ihn fast das Leben gekostet hätte. Ohne das Glück, dasselbe Ziel wie die FLN zu haben, wäre er mit Sicherheit nicht entkommen. Weder aus dem Café, noch hätten ihn die Folterer gehen lassen. Dennoch beharren die beiden auf heute. Ein optimaler Zeitpunkt, wie ihm der Dicke gesagt hat. Garon bleibt zu Hause und widmet sich der Familie. Ein seltener Zustand in diesen Tagen, doch seine Frau besteht darauf. Zumindest jeden zweiten Dienstag. Ein Fakt, der sich nicht wegdiskutieren lässt. Trotzdem sieht es viel zu leicht aus. Pedro hört das Saugen des Dicken an der Zigarette, bis sie den Boulevard Gambetta erreichen. Der Ort ist schlecht gewählt für eine Flucht. Eine Handvoll Plätze, die treppenartig durch steinerne Geländer getrennt sind. Die Zufahrten liegen weit auseinander und die Eingänge sind nur über die Stufen zu erreichen, die sich knapp an den Fassaden halten. Pedro wendet den Wagen, steigt aus und sieht ihnen noch eine Weile nach. Selbst nachdem sie ins Gebäude gegangen sind, kann er nicht glauben, dass der Milchjunge gleich den Polizeichef von Algier ermorden wird. Pedro öffnet die Wagentür, als ihm eine Person auffällt, die sich vom Hafen her nähert. Polizei. Pedro hält sich bereit. Wenn die beiden herauskommen, muss es schnell gehen. Der Gendarm hat noch nichts entdeckt. Er schwenkt den Kopf langsam hin und her und hält die Arme hinter dem Rücken verschränkt. Von Zeit zu Zeit bleibt er stehen, sieht sich um und kontrolliert die Hauseingänge auf der anderen Seite. Pedro hat das Gefühl, dass er ihn schon einmal gesehen hat. Er nähert sich Garons Haus, widmet dem Gebäude einen Blick und geht bis ans obere Ende des Boulevards. Pedro atmet durch und streckt den Kopf aus der Seitenstraße, bevor der Gendarm am oberen Ende kehrtmacht und sich auf seiner Seite nähert. Pedro geht zum Wagen und zieht die Pistole heraus, an die er einen Schalldämpfer schraubt und die er dann in den Gürtel steckt. Der Gendarm sieht Pedro, prüft die Häuser in gleicher Manier, bis er ihn erreicht. Pedro hat sich nicht getäuscht. Er kennt ihn. Pedro legt die Hand auf die Pistole. Der Gendarm nickt und geht einen Schritt weiter, bevor er stoppt und sich zu Pedro umdreht.

»Suchen Sie etwas, M'sieu?« Pedro schüttelt den Kopf und richtet sich die Hose zurecht. Der Gendarm dreht sich zum Boulevard und pfeift seinem Kollegen, der sich rasch nähert. Als er Garons Haus passiert, stürmen der Dicke und der Kroate aus dem Haus, das gerade in Panik erwacht. Schreie, die nach draußen dringen und zwischen den Fassaden widerhallen. Die beiden sehen den Gendarm, der zur Pistole greift, und sie anschreit, stehen zu bleiben. Von nun an geht alles schnell. Pedro nutzt die Gelegenheit und schießt dem Gendarm in den Hinterkopf. Einen zur Sicherheit, als er auf dem Boden liegt. Der andere sieht den Kollegen fallen, entledigt sich aber nicht der Pflicht, die beiden Attentäter in Schach zu halten, und ruft aus Leibeskräften nach einer Ambulanz. Lichter gehen an wie fallende Dominosteine, Pedro kann schon die Sirenen hören, die sich schnell nähern. Es wird nicht lange dauern, bis sich das Licht der Einsatzfahrzeuge am Gambetta bricht. Er springt in den Wagen und fährt. Weg von hier.

\*\*\*

Pedro wartet, bis der Wagen vollkommen unter der Wasseroberfläche verschwunden ist. Jegliche Spur von ihm muss verwischt werden. Das Hafenbecken liegt beinahe vollends im Dunkel. Allein die Positionslichter der Fähren und Kräne sind zu sehen. Keine Bewegung ist auszumachen. Niemand, der ihn verfolgt, keine Sirenen, die ihm hinterherkreischen. Als wäre das alles nie passiert, als hätte er gerade keine Kugel im Hinterkopf des Gendarmen hinterlassen. Pedro wirft der Kasbah einen allerletzten Blick zu und geht Richtung Hafenmeisterei. Er sucht den Lotsen, den Vestal angeheuert hat. Keine Fragen, diskrete Behandlung und ein professioneller Ablauf. Wenn die Bezahlung stimmt. Eine reguläre Überfahrt ist zu riskant. Er passiert das Gebäude und geht weiter zu dem Lotsenboot, vor dem zwei Männer stehen und die Leinen prüfen. Vestals Lotse erkennt ihn sofort und steigt aus der Kabine. Sie gehen ein paar Meter, Pedro legt die Situation dar. Es herrscht schnell Einigkeit, als ihm Pedro die Scheine zeigt. Der Mann erklärt, wie die Sache läuft und dass er Glück hat. Die letzte Fähre verlässt in Kürze Algier. Niemand wird bemerken, dass er an Bord geht, wenn er sich richtig verhält. Der Lotse legt ihm die Hand auf die Schulter, Pedro geht in die Kabine und wartet auf den Transfer. Die Fähre legt pünktlich ab. Das Lotsenboot dreht bei und die beiden gehen an Bord. Pedro soll sich im unteren Teil des Schiffs aufhalten, bis er das Flackern der Stadt in der Ferne wahrnimmt. Pedro bestätigt, wartet, bis der Lotse von Bord ist, und geht nach oben. Er will Algier noch einmal sehen, bevor er diesem verdammten Land den Rücken kehrt. Der Dicke und der Kroate dürften schon Bekanntschaft mit der Tischkante gemacht haben. Der Dicke wird auspacken. Wenn einer weich wird, dann er. Deshalb muss Pedro verschwinden. Auch wenn ihn heute keiner verfolgt, so werden sie es mit Sicherheit morgen tun. Wenn er Glück hat, erwischen sie Vestal. Wenn er ihn richtig einschätzt, wird sich Vestal nicht so einfach mit seinem Verschwinden zufriedengeben. Oder doch? Pedro hält die Nase in den Wind und lässt das Schaukeln der Fähre auf sich wirken. Wie wird es in der Heimat werden? Was kann er überhaupt noch tun? Die Rente der Armee wird kaum reichen. Vielleicht bewirbt er sich bei der Post oder kauft sich ein Boot. Irgendetwas ohne Risiko. Der Wind streicht ihm nicht mehr ins Gesicht, er klammert sich an die Reling, schließt die Augen. Etwas mischt sich in Pedros Gedanken. Etwas, das der Wind an sein Ohr trägt. Es wird klarer, lauter. Eine Stimme. Vielleicht täuscht er sich? Pedro öffnet die Augen. Der dazugehörige Schatten legt sich über ihn wie eine wärmende Decke.

\*\*\*

# 17

Ranfort lässt die Finger von der Harissa. Emre belächelt ihn, nimmt sich seinen Anteil und demonstriert, dass es ihm nichts ausmacht. Die Stunde ist fast um, er erklärt ihnen den Weg. Ein Bauernhof im Nordosten, der während des Krieges niedergebrannt wurde.

»Warum genau dort?«, fragt Ranfort.

»Der Hof erzählt eine Geschichte, die gern von den Menschen in Beni-Ounif vergessen wird. Niemand geht dorthin. Das ist der Grund. Weil er sie an etwas erinnert, das nie geschehen ist.«

Ranfort starrt ihn an. Er soll weitersprechen.

»Es war der Hof meiner Großeltern. Irgendwann 1960, ich weiß es nicht genau, weil ich noch ein Junge war, sind die Franzosen gekommen. Sie hatten ein Nest der Fellaghas vermutet, einen Umschlagplatz für Waffenlieferungen aus dem Westen. Zumindest hat man sich das erzählt. Vor dem Vergessen. Die Prügel meines Vaters hatten mich in die Berge getrieben und Stunden dort verharren lassen. Ich habe gebetet, habe mit aller Inbrunst gebetet, dass die Prügel aufhören mögen. Unter Tränen habe ich gebettelt. Ohne Ahnung, dass Allah auf das Flehen eines kleinen Jungen hören würde. Als ich zurückkam, habe ich nur mehr die Überreste des Hofs vorgefunden. Und diesen Geruch, den ich nicht mehr vergessen kann. Es roch nach verbranntem Fleisch, mit einer süßen Note. Doch diese Süße war gespenstisch. Selbst als Kind wusste ich, worum es ging. Die Leute haben sich damals erzählt, dass die zwei Soldaten zuerst meine Großeltern erschossen haben. Meine Schwester und meine Eltern haben sie eingeschlossen. Mit den Leichen meiner Großeltern. Dann haben sie Feuer gelegt und gewartet.«

Ranfort weiß, wie es sich anfühlt, die Eltern zu verlieren.

Allerdings nicht als Kind, nicht, wie es ist, ohne sie aufzuwachsen. Er darf sich nicht einwickeln lassen. Das kann alles Taktik sein. Lügen hat er schon mehr als genug gehört. Er setzt den Blick auf, den ein Polizist aufsetzt, wenn er schlechte Nachrichten übermittelt und verschwindet. Die Entfernungen in Beni-Ounif sind kurz, Ranfort entschließt sich zu einem Abendspaziergang. Mansouri soll warten. Ranfort muss die Gedanken ordnen und sich klar über Emre werden. Kann er ihm vertrauen? Eigenartige Frage, Ranfort. Persönliches spielt in derlei Beziehungen selten eine Rolle. Das einzige Vertrauen ist von monetärer Art. Darauf konnte sich Ranfort immer verlassen. Er genießt die Abendsonne und die nachlassenden Temperaturen. Die Zweckmäßigkeit der Architektur langweilt ihn. Braune, kantige Wände, bei manchen Häusern ist um die Fenster ein weißer Streifen gezogen, hie und da ein weißer Balkon oder ein heller Vorsprung über der Eingangstür. Für solche Dinge hatte er noch nie viel übrig.

Im Gegensatz zu schwarzen Mercedes, die sich offenbar weigern, die Verfolgung einzustellen. In einer Seitenstraße parkt ein Modell, das denen seiner Verfolger stark ähnelt. Er kann nicht erkennen, ob sich jemand darin befindet, noch ob es sich tatsächlich um denselben Typ Fahrzeug handelt. Er blickt auf die Uhr und geht ein Stück in Richtung des Wagens. Die Hand hält er vor die Stirn, das Bild wird nicht klarer. Er hat noch zwanzig Meter, als sich der Wagen gemächlich in Bewegung setzt. Weg von ihm. Wenn es die Anzugträger sind, wird er sie noch bald genug zu Gesicht bekommen. Matéo hat jetzt oberste Priorität. Er geht die Mauer entlang, passiert ein Tor, geht über die steinige Weide zu den Resten des Hauses. Bis auf ein paar Überbleibsel der Mauern ist nichts mehr da. Verkohlte Querträger aus Holz, die der Sand im Laufe der Zeit zu begraben versucht hat, und Wandansätze aus Lehm, aus denen ein Architekt den Grundriss des Hauses rekonstruieren könnte. Etwa zehn mal zwanzig Meter, wahrscheinlich nur ein Stockwerk, analog zur Architektur der umliegenden Häuser. Wer immer das niedergebrannt hat, hatte eine gewisse Motivation.

»Dieser Ort birgt einen gewissen Zauber, finden Sie nicht?« Ranfort dreht sich um und sieht eine Frau. Circa fünfundzwanzig Jahre alt, schlanke Statur. In Schwarz gehüllt, selbstbewusste Haltung und Augen, die wie zwei Sonnen strahlen.

»Wenn man so will«, antwortet er.

»Dieser Ort weiß eine Menge, nicht nur über dieses Dorf. Über das ganze Land.« Ranfort hebt die Achseln. Informationen von jedem, nur nicht die, die er braucht. Kein Auguste, kein Matéo, nur die Spiegelung eines fraglichen Mercedes und eine dürftige Aufenthaltsinformation. Äußerst unbefriedigend, wie er findet. »Ich habe andere Sorgen. Bringst du uns nach Marokko?« Die Frau nickt. »Morgen. In der Nacht. Wir werden über die Berge gehen. Auf der anderen Seite der Grenze wartet jemand, der euch nach Bouarfa bringt. Bezahlt wird im Voraus.«

»Wir haben schon bezahlt.«

Die Frau schüttelt den Kopf. »Bei Emre vielleicht.«

»Man kann diesen Schmugglern nicht trauen«, sagt Ranfort. Die Frau verzieht keine Miene. Ranfort hat sich getäuscht. Das Strahlen der Augen kommt vom Stahl dahinter. Er kramt den Rest aus dem Portemonnaie, Francs sind in Ordnung, die Menge knapp an der Grenze zur Finanzierbarkeit, aber sie stimmt zu.

»Organisiert euch festes Schuhwerk. Die Felsen sind tückisch und manchmal feucht.«

»Kennst du Matéo?«, fragt Ranfort.

»Hast du Geld?«

Ranfort verneint. Nicht einmal Mansouri dürfte noch etwas

übrig haben.

»Kenne ich nicht.«

»Also kennst du ihn?«

»Hast du Geld?« Ranfort grinst, dreht sich um und geht. Er schüttelt den Kopf, sie sieht ihm hinterher, das spürt er. Aber Ranfort widmet ihr keine Sekunde Aufmerksamkeit. Er hat genug investiert. Er wird auch so zu einem Ergebnis kommen. Ob Matéo der Schlüssel zu Augustes Ermordung ist, wird sich erst zeigen. Möglicherweise war er nur ein kurzer Abschnitt in Augustes Leben und hat nichts mit seinem Tod zu tun. Er könnte genauso gut ein freundschaftliches Verhältnis zu ihm gepflegt haben. Unwahrscheinlich, aber nicht gänzlich ausgeschlossen. Wenn Emre Matéo kennt, dann kennt sie ihn wahrscheinlich auch. Ein Waffenhändler aus Oran ist hier mit Sicherheit bekannt. Bleibt nur die Motivation zu klären, warum sie nichts sagen wollen. Haben die beiden Angst? Wollen sie ihn schützen? Ranfort greift in die Jeans und kramt die letzten Francs aus der Gesäßtasche. Einen kleinen Rest behält er immer außerhalb des Portemonnaies. Er dreht um und geht zurück zum Hof. Er sucht das Grundstück ab, vielleicht ist sie irgendwo. Ranfort findet nur den Zauber des Ortes, mit dem er nichts anfangen kann.

\*\*\*

Emre hat ein Grinsen aufgelegt, als Ranfort zurückkommt.

»Haben Sie Dinah getroffen?« Ranfort bestätigt.

»Sie ist eine Augenweide, nicht wahr?«

Ranfort kommt nicht umhin, ihm recht zu geben. Emre legt ihm die Hand auf die Schulter und geht mit ihm in ein Nebenzimmer, in dem sich nichts außer einem Kasten befindet. Dann schließt er die Tür und dreht sich zu Ranfort.

»Was wollen Sie von Matéo?«

»Kennen Sie ihn?«, fragt Ranfort.

»Was wollen Sie von ihm?«

»Also kennen Sie ihn?« Ranfort sieht ihm in die Augen. Er spürt sofort, wenn jemand lügt. Emre legt sich die Hand in den Nacken und reibt sie hin und her. Er wartet einen Moment, antwortet: »Ein wenig.« Er sagt noch immer nicht die Wahrheit. Klare Zeichen. Emre hält den Blickkontakt keine zwei Sekunden aus, doch Ranfort weiß, dass er die ganze Wahrheit nicht bekommen wird.

»Ich brauche Informationen von ihm. Über Auguste. Ein Franzose, der bei der Legion gekämpft hat.«

»Warum suchen sie Informationen über einen Toten? Reines Interesse wird es wohl kaum sein? Da gibt es andere Wege.«

»Er steht nicht im Telefonbuch. Ich werde ihn persönlich treffen müssen.«

»Sagen Sie mir, warum«, sagt Emre. Diesmal ist er derjenige, der Ranfort die Augen aus den Höhlen starrt. Ranfort fixiert ihn, überlegt. Was hat er zu verlieren? Unbrauchbare Informationen hat er schon genug.

»Vielleicht ist er der Einzige, der meine Unschuld beweisen kann.«

»Sehen Sie, das war nicht so schlimm.« Kurze Pause. Emre geht im Kreis, dann dreht er sich wieder zu Ranfort.

»Ich habe mit ihm gesprochen. Gehen Sie nach Bouarfa. Er

erwartet Sie dort.«

»Hat er sonst noch etwas gesagt?«

»Nichts Außergewöhnliches. Er ist Geschäftsmann wie ich. Wenn der Preis stimmt, bekommen Sie Informationen. Wenn es die eigene Unschuld betrifft, ist Sparsamkeit wohl keine Tugend.«

Ranfort ahnt nichts Gutes. Mansouri wird ihn etwas unterstützen müssen. Folter ist eine Option. Eigentlich möchte er mit Emre anfangen.

***

Mansouri sitzt am Tisch und wartet. Aufrecht, als ob er in Wachs gegossen wäre. Die Hände hält er gefaltet, der Kopf bewegt sich keinen Millimeter. Erst als sich Ranfort ihm gegenüber setzt, regt sich seine Miene.

»Haben Sie etwas erreicht?«

»Morgen geht es los. Haben Sie Geld?« Mansouri wippt mit dem Kopf hin und her. »Ich bin nicht mit Reichtum gesegnet. Ich bin keines von Allahs geliebten Kindern.« Synchrones Lachen. »Warum?«, fragt Mansouri. Ranfort winkt ab. Eigentlich unwichtig. »Ich habe mit Ferdjani telefoniert«, sagt Mansouri. »Es läuft etwas im Radio über Sie. Er hat nicht ganz verstanden, worum es sich handelt. Vielleicht hat es mit Ihrer Abwesenheit zu tun?«

»Möglich. Ich frage Emre, ob er ein Radio hat.«

»Wo ist er?«

»Keine Ahnung. Er hat mit mir über Matéo gesprochen, wollte wissen, warum wir ihn suchen. Wo könnte das Radio sein?« Mansouri steht auf, geht in die Küche und kommt mit einem kompakten Weltempfänger wieder, in dem er *Radio Algerien* einstellt. Mansouri erklärt, dass es nicht mehr lange dauert, bis die Nachrichten kommen. El Hachemi Guerouabi singt, dann etwas

Raï, dessen Interpret Mansouri nicht kennt, der ihn aber in Stimmung bringt. Es scheint, als ob er sich komplett in der Musik vergessen kann. So weit, dass er erschrickt, als die Nachrichten starten. Lokales, nichts Interessantes, die Verabschiedung des Familiengesetzes von der algerischen Nationalversammlung, international gewinnt Martina Navratilova in Paris die französischen Tennismeisterschaften, Ende des G7-Treffens in London mit darauf folgenden Protesten, Ranfort wünscht sich wieder El Hachemi Guerouabis Musik zurück. Sie raubt einem jede Möglichkeit nachzudenken, wie er findet. Dann der Bericht, weswegen er das Radio eingeschaltet hat. *»Heute Morgen hat uns eine wichtige Meldung aus Frankreich ereilt. Ein mutmaßlicher Mörder aus Saint-Lemis befindet sich auf der Flucht. Er soll einen Mann erschossen haben. Der Mann ist bewaffnet und gefährlich. Es besteht die Möglichkeit, dass er sich nach Algerien abgesetzt hat. Er ist ungefähr eins neunzig, vollbärtig, trägt eine alte Lederjacke, Jeans und ist von kräftiger Statur. Wenn Sie ihn sehen, sprechen Sie ihn nicht an, sondern nehmen Sie Kontakt mit der nächsten Polizeidienststelle auf.*

Ranfort dreht das Radio ab und hält Mansouri die Hände hin, damit er ihm Handschellen anlegen kann.

»Sie haben es gehört«, sagt er.

»Als ob ich das nicht gewusst hätte.«

»Sie sind das?«, fragt Emre, der in der Tür erscheint. »Jetzt verstehe ich Ihre Eile.«

Es vergeht ein Moment. »Haben Sie es getan?«, fragt Emre.

Ranfort hebt die Achseln. »Ich denke nicht. Dafür sind zu viele Menschen an mir interessiert.«

»Welche Menschen?«

»Polizei, OAS, französische Abwehr, vielleicht die FLN. Wer weiß das schon so genau? Bis jetzt hat sich niemand bei mir vorgestellt.«

»Was bedeutet: ,Ich denke nicht'?«

»Mir fehlt die Erinnerung an die Nacht, in der Auguste ermordet wurde.«

Emre fängt zu lachen an, klopft sich mit den Handflächen auf den Bauch, der mit jedem Schlag eine Welle absondert. Er grunzt wie ein Schwein, sagt: »Und deshalb suchen Sie Matéo? Damit der ihnen sagen kann, was in dieser Nacht passiert ist? Wo? In Saint-Lemis? Matéo weiß wahrscheinlich nicht einmal, wo das liegt.« Emre hat Glück, dass ihn Ranfort noch braucht. Sonst würde es übel für ihn aussehen.

***

Ein Handschlag mit Emre, nachdem ihnen seine Frau noch eine kleine Mahlzeit zubereitet hat. Der Rest für unterwegs. Pünktlich zum Einbruch der Dunkelheit hat Dinah angerufen. Keine Höflichkeiten, Reduktion auf das Wesentliche. So wie es Ranfort in Geschäftsbeziehungen schätzt. Kein Unterhaltung über das Offensichtliche, kein Kommentar, wenn er nicht vonnöten ist. Das und ihre Proportionen ließen Ranfort fast jeglichen Gedanken verlieren, wenn da nicht die Sache mit Matéo wäre, die er noch zu erledigen hat.

»Glauben Sie, dass wir ihn finden?«, fragt Mansouri. Ranfort hebt die Schultern. »Ich habe keine Ahnung, was ich glauben soll. Frankreich ist weit weg. Warum sollte Matéo Auguste nach so langer Zeit noch etwas antun wollen? Reicht sein Arm überhaupt so weit?«

»Bis nach Algier reicht er.«

»Auch über das Mittelmeer?«

Mansouri presst die Luft durch die Nase.

»Was werden Sie tun, wenn das alles vorbei ist?«

»Ich habe keine Ahnung. Zuerst muss es mal vorbei sein. Alles verkaufen, was ich habe, und mit dem Motorrad wegfahren. Alles hinter mir lassen und mich irgendwo niederlassen, wo das alles egal ist. In der Sahara vielleicht.«

Mansouri lacht. »Sie würden Land von der Regierung bekommen, wenn Sie sich für das bäuerliche Leben in der Sahara entscheiden. Sie graben Brunnen, damit Landwirtschaft überhaupt möglich wird. Oder Sie übernehmen ein Weingut an den Südhängen des Atlas. Ein Franzose kennt sich doch sicher mit Wein aus, oder?«

»Ich trinke Bier.«

»Glauben Sie, dass das irgendjemanden kümmert? Sie kommen doch aus der Provence.«

»Trinken Sie?«, fragt Ranfort.

Mansouri küsst den Zeige- und Mittelfinger, drückt die Finger auf die Stirn und hält sie gegen den Himmel, während er den Fingern mit dem Blick folgt. Er schüttelt den Kopf und hebt die Schultern, sagt: »Aber es gibt einige, die es nicht so genau nehmen.«

»Ich überlege mir das.«

Sie erreichen den Hof, die Lichter eines Fahrzeugs bohren sich durch die Dunkelheit. Der Fahrer des Mercedes hat es sichtlich eilig. Ranfort wirft Mansouri über die Mauer, bevor er selbst dahinter hechtet. Der Beifahrer kurbelt das Fenster des Wagens hinunter, hält eine Pistole aus dem Wagen und schießt. Ungefähr ein halbes Magazin, dann bleibt er am Ende der Straße stehen. Ein Mann steigt aus, öffnet die hintere Tür und wirft etwas aus dem Auto, bevor der Wagen das Weite sucht. Mansouris Arme liegen auf der Mauer, die Hände halten den Abzug fest umschlossen. Ranfort setzt sich auf die Kante und schwingt die Beine darüber, geht zu der Stelle, an der der Mercedes gestoppt hat. Mansouri wartet einen Moment und folgt ihm, nachdem er die Gegend mit der Waffe sondiert hat. Von dem Wagen keine Spur, dafür eine Leiche. Ranfort flucht in die Nacht. Anzugträger. Sein Blick streift Mansouri, der ihn ratlos erwidert, und Emre flüstert.

# 18

Ein Schaukeln holt ihn aus dem Schlaf. Ein Schlaf, der unbequemer nicht hätte sein können. Ein Stück Holz, das von der Decke hängt, hält ihm die Arme hinter dem nackten Rücken und bohrt sich langsam in das Fleisch. Die Gelenke fühlen sich an wie verklebt und machen sich mit einem Pochen bemerkbar. In der Kammer aus vernietetem Metall befindet sich nichts außer einem Tisch und einer Lampe, die im Gleichklang mit Pedro hin und her schwingt. Nicht weit, aber konstant. Pedro stemmt sich gegen die Fesseln, die ihn um das Holz wickeln, merkt sofort, dass es wenig Sinn hat. Das kostet ihn nur Kraft, die er vielleicht noch braucht. Er hat sich nicht getäuscht. Dennoch hat er nicht entsprechend reagieren können. Den Zweiten hat er gar nicht gehört. Auf dem nassen Deck schier unmöglich. Er arbeitet eben nur mit Profis. Die Tür geht auf, ein Mann kommt herein. Faltiger Hals, die Haut spannt sich um den Kehlkopf, die dürren Finger halten eine Rolle aus Stoff in der Hand, die der Mann auf den Tisch legt. Wortlos. Er zieht gemächlich den Klettverband auf und breitet den Stoff auf dem Tisch aus. Die lange Seite legt er parallel zu den Tischkanten. Er dreht sich zu Pedro und sieht ihn an. Von oben bis unten. Er geht zu Pedro, zieht ihm den Kopf an den Haaren hoch und lässt ihn wieder zwischen die Schultern fallen.

»10. Mai 1955. Ein junger Mann steht im Quartier Viénot in Aubagne. Er hat nichts dabei außer einem Rucksack und den Sachen, die er am Körper trägt. Er scheint weder eine Vergangenheit zu besitzen, noch irgendjemandem zu fehlen. Er hat nur einen spanischen Namen, der unglaubwürdiger kaum sein könnte, da er nicht eine Nuance spanischen Blutes in sich trägt noch irgendeine Spur eines spanischen Akzents. Das interessiert in Aubagne aber niemanden. Die Legion braucht Männer. Körperlich fällt der Jüngling kaum auf, ist eher von durchschnittlicher Natur. Ein Geheimnis trägt er scheinbar mit sich, wie so manch anderer in diesen Tagen. Besonders auffällig sind die nationalistische Einstellung und der Kampfeswille, den er mitbringt. Dazu mischt sich ein Hass auf die Turbane, obwohl er wahrscheinlich noch nie einen zu Gesicht bekommen hat. Er ist Einzelkämpfer, kommt mit niemandem so richtig zurecht, befolgt aber die Befehle und engagiert sich darüber hinaus bei Aufgaben, denen nicht alle Männer gewachsen sind. Dort zeichnet er sich durch Härte aus, die sich schnell herumspricht. Nicht nur in militärischen Kreisen. Bald werden die Putschisten auf ihn aufmerksam und rekrutieren ihn für ihre Absichten. Der Putsch schlägt fehl, der Spanier wird verwundet und erlangt einen sonderbaren Heldenstatus. Ein OAS-Mann kommt auf ihn zu und will ihn für sich gewinnen. Gewaltsam oder freiwillig. Der Spanier übernimmt ein paar Aufgaben, sprengt ein bisschen, mordet etwas und flüchtet dann vor dem, der es gar nicht gern hat, wenn man ihn so einfach stehen lässt. Während der OAS-Mann tobt, entkommt der Spanier fast auf der Fähre. Aber eben nur fast. Weil die OAS nicht die einzige Organisation ist, die Interesse an ihm hat.«

»Warum stellt sich niemand bei mir vor?«, fragt Pedro. Stoisch. Mit einer leichten Häme.

»Eine kleine Einleitung muss man mir zugestehen, M'sieu. Stilistisch jedenfalls.« Der Mann geht zu Pedro, zieht ihm den Kopf hoch, grinst ihn an, lässt ihn wieder fallen. Er holt aus und gibt ihm einen Haken in die Magengrube. Das Holz presst sich in den Rücken, Pedro schwingt weit, die Nieten der Wand schlagen gegen die Arme. Der Mann lehnt das Gesäß auf den Tisch und wartet, bis Pedro wieder ruhig am Holz hängt. Er widmet sich der Rolle und zieht ein Messer heraus. Die Klinge ist gerade so lang, dass sie einen Menschen komplett durchdringen kann.

»Sie werden verstehen, M'sieu Ramon, dass ich Ihnen meinen Namen nicht verraten kann. Ich kann aber so viel sagen, dass wir, theoretisch jedenfalls, für dieselbe Seite arbeiten, wenngleich sich unsere Arbeitgeber geringfügig unterscheiden. Ich persönlich teile Ihr Problem der strafrechtlichen Verfolgung keineswegs. Deshalb kann ich Ihnen eins verraten: Niemand wird sich für das, was gleich zwischen uns passiert, interessieren.«

»Ich hätte es schlimmer erwischen können.«

»Ach, finden Sie?« Der Mann nimmt Pedros Haare, den Kopf hoch, drückt ihm den Stahl genüsslich in die Wange. Er genießt den Augenblick, dann zieht er das Messer ab. Blut läuft die Wange herab, die pochenden Gelenke sind kein Thema mehr, nur noch das Brennen im Gesicht.

»Können Sie einfach sagen, was Sie wollen, verdammt?«

»Natürlich.« Kurze Pause. Der Moment zerfließt im Geiste des Mannes. »Wir haben einige Probleme mit den Turbanen. Nicht nur in Algerien, vor allem in Europa. Auf politischer Ebene. Dazu kommen noch ein paar Unterstützer von französischer Seite. Von den Schwierigkeiten mit Ihrer Organisation ganz zu schweigen. Sie werden uns Namen der OAS liefern, Pseudonyme, Kontaktleute, Gruppen, wer alles das Sagen hat. Dazu werden Sie uns mit den Turbanen etwas zur Seite stehen, ein paar Aufträge erledigen.«

»Darf ich wenigstens erfahren, für wen ich arbeite?«

»Frankreich, *mon ami*. Niemand sonst.«

\*\*\*

»Wie hat dir die *Athos* gefallen?«

Pedro schmerzen die Augen. Schlaf war ihm letzte Nacht wenig vergönnt. Eine Überfahrt im Schlauchboot, drei Stunden Autofahrt in der Dunkelheit, eine nicht enden wollende Zugfahrt von Lyon nach Paris.

»Der Service lässt stark zu wünschen übrig«, sagt Pedro, den Kopf gesenkt.

»Das Schiff wird schon einige Zeit nicht mehr bewirtschaftet. Ausgenommen diese Fälle.«

»Diese Fälle«, skandiert Pedro. Ein Haken in die glatt rasierte Wange des Mannes bleibt ein frommer Wunsch. Pedros Pupillen könnten nicht enger sein.

Der Mann nickt und bittet ihn zum Wagen. Sie verlassen die gut gefüllte Wartehalle und lassen die Palmen und das *Le Train Bleu* hinter sich. Trotz des verlockenden Duftes. Vorbei an den Massen, die durch die Torbögen eilen, steuern sie einen Citroën DS an, in dem bereits ein Mann sitzt, der Pedros Begleiter zumindest vom Kleidungsstil her ähnelt. Beige Trenchcoats, locker verschnürt, darunter lässt sich der graue Anzug erahnen, der den Höhepunkt mit der schwarzen Krawatte erfährt. Auf die hastigen Schritte des Mannes folgen zugeknallte Autotüren und quietschende Reifen. Pedro wird in den Sitz gepresst, dann wirft es ihn nach vorne, zur Seite. Er hat Mühe, sich gegen die Fliehkraft zu stemmen. Der Mann, der neben Pedro auf dem Rücksitz Platz genommen hat, gibt ihm ein Kuvert. Sagt ihm, dass er es einstecken soll, auf der Zugfahrt habe er genug Zeit. Pedro habe ein Abteil, in dem er die Unterlagen studieren könne. Am besten auswendig, um es danach vernichten zu können. Pedro bestätigt und packt es in den Rucksack.

»Warum hat er es eilig?«

»Dein Zug fährt gleich ab. Wir haben nicht viel Zeit«, sagt der

Beifahrer, den Blick auf die Uhr gerichtet.

»Ist ein Pass dabei?«

»Du brauchst keinen. Keiner der beiden hat ausgepackt. Obwohl es ihnen die Bullen bitter besorgt haben. Keine schlechte Entscheidung, von dort abzuhauen. Es wird schnell gehen mit dem Urteil.«

»Ich hab geahnt, dass das so kommt«, sagt Pedro.

»Garon ist tot. Hat doch alles funktioniert.«

»Was hat funktioniert? Die Rechnung stimmt nicht. Zwei für einen.«

»Zwei Idioten für einen Polizeichef. Dazu kommt die Schwierigkeit, einen Nachfolger zu finden, der ebenfalls Jagd auf die OAS machen will. Der nächste hat vielleicht die Fellaghas im Blick. Das gleicht sich mehr als aus, glaub mir.«

»Warum haben sie nicht ausgepackt?«, fragt Pedro. Er hat den Dicken und das Milchgesicht unterschätzt.

»Das müsstest du wohl am besten wissen. Die haben viel zu viel Schiss vor ihren Kontaktleuten. Dazu kommt die Überzeugung. Daran kann selbst die Guillotine nicht viel ändern.«

Pedro lässt den Blick entlang der kilometerlangen Arkaden streifen, hinter deren Glasfronten sich die Kunden tummeln. Der Verkehr hat sich ein wenig gelichtet. Der Fuß des Fahrers bleibt am Gas, aber die Stopps und Beschleunigungen bleiben aus. Vestal lässt Pedro immer noch frösteln. Die kalten Augen, die fast lose in den Höhlen liegen. Die mechanischen Bewegungen, die unbeholfen aussehen, aber akkurater nicht sein könnten.

»Ich brauche eine Waffe. Etwas Deutsches.«

»Du hast einen Kontaktmann in Hamburg. Alles, was du brauchst, bekommst du von ihm. Auch etwas Deutsches, wenn du meinst.«

»Hamburg?«

Der Mann nickt stoisch. Warum nicht? In Deutschland ist er noch nie gewesen.

***

Eine Adresse. Rehhoffstraße 11. Eine schmale Tür in einer Backsteinfassade. Pedro klingelt einmal kurz, einmal lang, der Summer ertönt ohne Nachfrage. Er geht in den zweiten Stock, die Tür steht einen Spaltbreit offen. Dahinter wartet einer im Anzug, Waffe im Anschlag. Er taxiert Pedro, steckt sich die Pistole in den Gürtel und schließt hinter ihm ab.

»Hast du das Kuvert angesehen?«, flüstert der Hüne. Die Haare hängen ins Gesicht, er ist bleich und mager, aber in den Augen trägt er Überzeugung. Die Art Überzeugung, die Pedro nicht zum Feind haben möchte. Er spricht langsam und andächtig, näselt gerade so viel, dass Pedro es wahrnehmen kann. Er verschränkt die Arme vor der Brust und stellt sich als Duréme vor, nachdem Pedro die Frage bestätigt hat.

»Was werden wir tun?«, fragt Pedro.

»Ihm einen Besuch abstatten.«

»Weiter?«

»Unsere Doktrin lautet, zu versuchen, ihn für unsere Sache zu gewinnen.«

»Er sieht eher so aus, als ob er aus Überzeugung handelt.«

»Warst du nicht eben noch bei der OAS?«

»Offiziell bin ich das noch.«

»Schöne Narbe«, sagt Duréme. Pedro fährt sich sanft über den Schnitt, der sich vom Jochbein bis knapp vor den Mundwinkel zieht. Er ist mit Schorf überzogen und brennt bei jeder Bewegung. Eine kleine Erinnerung, für wen er jetzt arbeitet. Duréme lacht, hebt die Schultern, die Hände behält er in den Taschen.

»Castellain hat schlagende Argumente. Er weiß, was er macht.«

»Ich mag Profis. Da weiß man immer, woran man ist.«

»Deshalb bist du da. Ehemalige Paras wissen in der Regel, was sie tun und wo es wehtut.«

Pedro lacht. Duréme tut es ihm gleich. In sonderbarer

Synchronizität.

»Ich hole dich um acht ab.«

Pedro nickt, Duréme verschwindet. Er geht zum Fenster, schiebt den Vorhang zur Seite und sieht ihm noch eine Weile nach. Bis er hinter der Ecke verschwunden ist. Pedro schiebt die Pistole ein, folgt den Backsteinen und lässt den hohlen Klang der Absätze auf dem Pflaster wirken. Eine Mischung aus Alster- und Elbluft durchzieht die Straßen, Pedro schließt die Augen und atmet tief ein. Er braucht einen klaren Kopf. Die Sache mit dem Geheimdienst macht ihm das Leben nicht einfacher. Ein Plan wäre gut. Ein Plan jener Sorte, in der er nicht zwischen den Fronten zerquetscht wird.

Ein Café an der Ecke überzeugt ihn. In gebrochenem Deutsch, das er in der Kindheit gelernt und von Zeit zu Zeit in der Legion gebraucht hat, bestellt er sich einen Kaffee. Er fragt nach dem Telefon, die Bedienung zeigt ihm den Weg, scherzt, dass er es kurz und vor allem im Inland halten soll. Er versteht nur die Hälfte, grinst höflich und wählt die Nummer. Das Freizeichen ertönt, er lässt es läuten. Pedro schickt der Bedienung einen verlegenen Blick und will auflegen, als sich Vestal endlich meldet. Pedros Stimme erzeugt Stille bei Vestal. Absolute Stille. Für einen Moment.

»Wo bist du, verdammt?« Vestals Stimme hebt sich, bereitet sich aufs Schreien vor, bleibt aber bei ungemütlich.

»In Sicherheit.«

»Du hältst dich hoffentlich nicht in Algier auf.« Vestals Tonlage steigert sich zu aggressiv.

»Es reicht, wenn es die beiden Idioten erwischt.«

»Wo bist du?«

»Ich brauche Kontakte. In Paris.«

»Dir ist deine Lage wohl nicht klar?«, fragt Vestal.

»Ich habe die Zeitung gelesen. Es könnte mehr passieren.«

»Ich werde sehen, was ich tun kann.«

Das Freizeichen ertönt. Pedro knallt den Hörer ins Telefon und bestellt sich einen Korn.

\*\*\*

Duréme hat den BMW 700 zwischen Dutzenden anderer Autos am Adolphsplatz abgestellt. Ein Moment Stille stellt sich zwischen den beiden ein, bis das Rauschen der U-Bahn in den Untergrund abtaucht. Duréme schnalzt mit der Zunge, Pedro folgt. Der Widerhall der Absätze vermischt sich mit dem Säuseln der Alster. Pedro kann den Atem sehen, der sich schnell vorwärtsschiebt. Nach links, zweihundert Meter geradeaus, dann drängen sie sich in einen Hauseingang und warten. Duréme lehnt sich an die Mauer, den rechten Fuß stellt er auf, und steckt sich eine Zigarette an. Pedro merkt nicht, dass er ihm das Päckchen vor die Nase hält. Das einzig Sichtbare ist die Glut, die Pedros narbiges Profil zum Leuchten bringt. Der Schorf schwindet, aber Pedro wird sich ewig an Castellain erinnern. Eine Sinnlosigkeit, da er so oder so kooperiert hätte. Eine Markierung wie beim Vieh? Auf jeden Fall zeigt die Narbe Pedros zukünftigen Herrn. Frankreichs staatliche Terroristen. Parallel zu den freischaffenden.

Ein Paar passiert den Hauseingang, Duréme schnippt die Zigarette auf den Boden und schiebt Pedro aus der Deckung. Die beiden beschleunigen die Schritte, Duréme drängt die Frau im weißen Naturpelz vom Gehsteig, sie sät einen empörten Blick und erntet Missachtung. Pedro nimmt vor dem Mann Aufstellung. Aus der Jacke sticht der Lauf einer Walther P21. Der Mann gibt der Begleitung zu verstehen, dass sie ohne ihn weitergehen soll. Er dreht sich um, sieht nur Durémes Colt aus dem Hemdsärmel blitzen und dreht sich wieder zu Pedro. Rainer Büchert, der Mann vom Foto aus dem Kuvert. Unterstützer der FLN, vielleicht wichtigster Lieferant für Kleinkaliber und Explosives. Des Öfteren war er schon im Visier der französischen Abwehr, hat sich jedoch immer wieder der Gerichtsbarkeit entzogen. Handelt mit Waffen wie andere mit Spielzeug. Pedro mustert ihn, Büchert schiebt die Hände in die Hosentaschen, die Schultern lässt er hängen. Nicht einmal die Brise, die ihm die Haare ins Gesicht drückt, beachtet er.

»Wer?«, fragt er lakonisch.

»Unwichtig«, gibt Pedro zurück.

»Franzosen. OAS? Rote Hand? Irgendeine Splittergruppe?«

»Sie wissen, warum wir hier sind?«

»Er da soll mir eine anzünden.« Geste mit dem Kopf zu Duréme.

Duréme nickt, Pedros Daumen entsichert die Pistole.

»Lassen Sie das«, fordert Büchert. »Sagen Sie, was Sie wollen. Ich habe noch etwas vor.«

»Die sofortige Einstellung der Geschäfte. Von hier bis Paris. Von Tanger bis Algier. Die Namen aller Verbindungsleute, Abnehmer und Lieferanten. Turbane wie Franzosen.«

Büchert verschluckt sich fast am Rauch.

»Was bieten Sie?«

»Entschädigung für die gesprengten Boote, Verdienstentgang und ein Schweizer Visum, wenn erwünscht. Dazu noch unseren Schutz, bis die Sache mit den Turbanen ausgestanden ist. Auch für das Mädchen.« Büchert zieht an der Zigarette, verteilt den Rauch im Mund, zieht die Lippen auseinander, bevor er eine Wolke entlässt.

»Ich brauche ein paar Tage. Die Sache kommt unerwartet.«

Pedro sieht zu Duréme, dessen Kinn sich langsam hebt und senkt.

»Gut«, sagt Pedro. Er geht zur Seite, Büchert stellt den Kragen des Mantels auf und geht seiner Begleitung hinterher. Ohne Eile und ohne einen Blick zurück.

\*\*\*

Pedro bestellt sich einen Kaffee und einen Korn. Er streckt die Füße unter den Tisch, der kaum Platz für die Tassen bietet, und hält die Nase in den Wind. Kühl, trotz der Sonne. Ein Blick zu Duréme, der für seine Verhältnisse ein Grinsen aufgelegt hat und am Glas nippt. Still. Wie das Wasser selbst. Pedro sieht auf die Uhr, leert den Korn und geht in das Café. Er wartet einen Moment, beobachtet den Eingang und fragt nach dem Telefon. Im hinteren Teil, hinter einer Holzvertäfelung hängt ein Wandapparat. Pedro wählt die Nummer, es dauert einen Moment, Vestal meldet sich. Unerfreut, wie üblich.

»Ich habe versucht, dich zu erreichen«, sagt Pedro.

»Wo bist du? Und vor allem mit wem?«

»Wie sieht die Sache mit Paris aus?«

»Nach Algier verliert sich deine Spur. Als ob es dich nie gegeben hätte.«

»Ich weiß eben, was ich tue.« Pedro weiß, worauf Vestal hinauswill. Ein schmaler Grat.

»Es ist schwierig, Nachschub nach Paris zu bringen. Du wirst dich selbst darum kümmern müssen.«

Pedro bestätigt, notiert die Nummer und geht wieder nach draußen. Ein Blick auf die Uhr, Duréme lehnt im Sessel und sieht zufrieden aus. Pedro leert den zweiten Korn und nimmt neben ihm Platz.

»Entspann dich. Genieß das Wetter. Die Sonne verirrt sich selten hierher.« Dem bleichen Teint nach zu urteilen hat Duréme recht.

Pedro setzt sich, möchte wieder aufstehen, zwingt sich aber gegen die Sessellehne. Er atmet durch, Blick auf die Uhr. Der Zeiger wandert gegen Punkt. Es dauert keine Minute, bis es beginnt. Der Adolphsplatz scheint wie ausgestorben. Eine Frau passiert das Café. Etwa Mitte dreißig, sie trägt ein gelbes Sommerkleid, das Pedro beinahe vergessen lässt, was gleich kommt. Sein Blick bleibt auf ihr haften, bis sie den Platz erreicht hat. Pedro drängt sie aus den Gedanken und erinnert sich seines Vorhabens. Jedes Einrasten der Zahnräder ist ein Zacken Ewigkeit. Die Stimmen der Gäste und Passanten verwirren sich zu einem unfassbaren Lärm. Der Wind lässt nach, die Hitze steigert sich ins Unermessliche. Er sieht das Gelb des Kleides in der Ferne. Bis die Zeit in einem Umkreis von ungefähr hundert Metern verebbt. Das Gelb verwandelt sich sekundenschnell in Rot, Glasscheiben springen aus den Fenstern, Bremsen jaulen, Schreie und Schall reflektieren sich immer wieder zwischen den Fassaden. Die Druckwelle schiebt sich durch den Asphalt und kriecht die Wände entlang, als ob ein riesiger Hammer in der Straße eingeschlagen hätte. Jetzt ist es still. Für einen Moment. Die Menschen im Café haben sich unter den Tischen versteckt, hie und da wimmert jemand. Die Köpfe sind zwischen den Armen verschwunden. Duréme sieht zu Pedro, es herrscht Einigkeit. Duréme leert das Glas. Nicken, Auftrag erledigt, sie verlassen das Café.

# 19

»Was soll ich mit einer Toten?«, fragt Emre. Ranfort hat Dinah über die Schulter geworfen und geht an Emre vorbei, dem sichtlich die Begeisterung fehlt, sich um Dinahs Leichnam zu kümmern. Ranfort soll den Körper ins Hinterzimmer bringen. Emre lässt sich Zeit, schließt die Tür ab, betritt den Raum. Er geht zu Dinah, leuchtet ihr mit der Taschenlampe in die Augen, kontrolliert den Puls und schüttelt den Kopf. Er verlässt den Raum und kommt mit einem schwarzen Plastiksack und zwei Schaufeln zurück. Er gibt Ranfort ein Zeichen, dass er Dinah auf die Schulter nehmen und ihm folgen soll. Die Schaufeln gibt er Mansouri. Sie gehen zurück zum Hof von Emres Großeltern, Mansouri und Ranfort graben ein Loch für Dinah. Emre kümmert sich um ihre Tasche und teilt Ranforts Geld zwischen ihnen auf.

»Dinah war eine Perle.« Er wartet, bis sie fertig sind, dann nimmt er die Schaufeln und geht weg. Mansouri und Ranfort sollen warten.

»Und jetzt?«, fragt Ranfort.

»Wird es schwierig werden«, antwortet Mansouri. »Ohne Führer werden wir es nicht über die Grenze schaffen.«

Ranfort entweicht ein Seufzer, dann setzt er sich auf die Kante eines Mauerrestes. Es dauert etwa zwanzig Minuten, bis Emre wiederkommt. Er hat die Schuhe gewechselt und Dinahs Tasche umgehängt.

»Gehen wir«, sagt er, ohne auf eine Reaktion zu warten. Die beiden folgen ihm. Ziel sind die Berge, die Marokko von Algerien trennen. Emre nimmt einen Pfad durch das Geröllfeld, ungefähr eine Stunde bergauf. Auf Taschenlampen müssen sie verzichten, die Grenzposten liegen nur einen halben Kilometer auseinander. Emre folgt einem Bergkamm eine halbe Stunde, bis sie ihn überqueren. In der Ferne kann man winzige Lichter sehen, die sich entlang der Berge knapp verteilt halten. Emre verschwindet in der Finsternis. Ranfort will ihn aufhalten, kann ihn nicht mehr sehen, schreit seinen Namen, erkennt aber im nächsten Augenblick, dass Lautstärke in seiner Situation die allerschlechteste Idee ist. Vor allem bei dieser Topographie. Dreihundert Meter entfernt regt sich etwas in der Dunkelheit, Taschenlampen wedeln unruhig hin und her, jemand startet einen Motor.

»Haben Sie einen Kompass?«, fragt Mansouri. Ranfort verneint.

»Ich wusste, dass man denen nicht vertrauen kann.«

»Wen meinen Sie?«, fragt Mansouri erbost.

»Schmuggler.«

»Was machen wir?«, fragt Mansouri.

»Wir gehen nach Norden. Nach Bouarfa.«

»Mit den Grenzern im Rücken?«

»Egal. Hauptsache wir gehen.« Ranfort beschleunigt die Schritte. Sie folgen dem Flusslauf, der sich durch die Hochebene zieht, vorbei an den Palmen, die sich wieder in der Ödnis verlieren. In Richtung des nächsten Gipfels. Bis der Lärm aus der Ferne verhallt.

»Haben Sie eine Karte?«, fragt Ranfort außer Atem.

Mansouri verneint. Sie sind auf sich allein gestellt. Kein Licht, keinen Kompass, keine Landkarte.

»Wir folgen dem Flusslauf, gehen zum nächsten Gipfel und warten, bis es hell wird. Dann wird sich etwas ergeben.« Ranfort bestätigt. Bis jetzt hat sich noch immer etwas ergeben.

\*\*\*

Die Nacht hätte unruhiger kaum sein können. Das vermiest den Sternenhimmel und rückt den Wunsch, Matéo zu finden, weit nach hinten. Ranfort erwartet jeden Moment Mansouris Häme. Vielleicht wäre Oran die bessere Lösung gewesen. Zumindest bequemer. Jetzt sitzen sie über dem Wadi und haben keine Ahnung, wohin sie gehen sollen.

»Sehen Sie etwas?«, fragt Mansouri.

»Wüste.«

»Ich schlage vor, wir gehen Richtung Norden weiter. Vielleicht ergibt sich etwas.«

Ranfort hebt die Schultern und marschiert. Kein Blick zurück, Mansouris Verbleib ist nicht von Interesse. Wieso erwischt es ihn nicht? Jeder in Ranforts Gesellschaft scheint dem Tod geweiht, nur Mansouri nicht. Dabei könnte er auf ihn am ehesten verzichten. Ranfort stoppt. Im Tal bewegt sich etwas. Eine Staubwolke, die sich durch die Wüste schiebt. Ranfort legt sich auf einen Felsvorsprung und beobachtet das rege Treiben. Ein Jeep bleibt am Straßenrand stehen, zwei Männer steigen aus, suchen die Gegend zuerst ohne, dann mit dem Fernglas ab. Ranfort macht Mansouri klar, dass er sich hinlegen soll. Mansouri versteht nicht, Ranfort wird lauter, im Tal kommt Bewegung auf, Ranforts Herz beschleunigt. Einer der Männer geht zurück zum Wagen und nimmt etwas heraus. »Wir müssen hier weg«, schreit Ranfort und läuft in Richtung des Bergkammes.

»Mansouri, verdammt, verschwinden Sie.«

Ranfort zerrt an Mansouris Arm, die Starre löst sich. Er läuft mit Ranfort nach oben, der erste Schuss schlägt neben ihnen ein.

Erschossen von marokkanischen Grenzposten. Eine wunderbare Vorstellung. Ranfort holt die letzte Energie aus sich heraus und sprintet. Mansouri erkennt die Situation und spurtet ihm nach.

»Norden ist wohl keine Option«, sagt Ranfort.

»Wir gehen nach Osten, den Flusslauf entlang«, sagt Mansouri. Ranfort ist einverstanden. Das Flussbett muss irgendwohin führen. Zu einer Stadt, einem Dorf, irgendwohin, wo sie jemanden finden, der sie nach Bouarfa bringen kann. Nach einer Minute Pause. Aus einer werden zwei, aus zwei werden fünf, dann zehn, dennoch hechelnde Einigkeit, weiterzugehen. Mangelnde Ausrüstung, Spuren des Alters und eine Prise Laisser-faire, die sich bemerkbar machen. Ranfort sieht zu Mansouri, der sich wieder erholt hat, nickt und setzt den Weg fort. Nach links, den Berg entlang, geradeaus gerät etwas in Bewegung, das sie nicht herausfinden wollen. Ranfort und Mansouri sind sich einig. Das Flussbett stellt die einzige Option dar. Wenn sie den Weg daneben wählen, werden sie schneller erschossen, als ihnen lieb ist. Abgesehen von dem Gedanken, erwischt zu werden. Mansouri provoziert einen internationalen Konflikt, verliert den Job und Ranfort wird der französischen Justiz ausgeliefert. *Flüchtiger Mörder aus Saint-Lemis in marokkanischem Grenzgebiet verhaftet.* Die Schlagzeile wird sich gut bei einem Gerichtsverfahren machen. Überhaupt die Sache mit der Flucht. Der Mangel an Unschuldsbeweisen und Entlastungszeugen. Ranfort atmet tief durch. Bleib ruhig, François. Lass dich nicht von der Panik lähmen. Es reicht die Unruhe, die sich nähert. Mansouri und Ranfort halten sich knapp an der Kante des Flussbetts, Mansouri glaubt, etwas zu sehen.

»Da oben«, hechelt er. Ranfort kann in der Monotonie des Abhangs nichts erkennen.

»Vertrauen Sie mir.«

Ranfort bleibt keine Wahl. Sie verlassen das Flussbett, klettern einen Abhang hinauf und stehen vor einem Felsen, in den ein Eingang führt. Mansouri drängt Ranfort, ihm zu folgen. Ranfort kneift die Lider zusammen, steigt in die Dunkelheit. Er blinzelt, die

Augen brauchen ein wenig, um sich an die Dunkelheit zu gewöhnen. Eine verlassene Stellung der marokkanischen Armee. Ein paar rostige Konservendosen und ein Gang, der nach hinten führt.

»Schlaflager und Magazin«, konstatiert Mansouri.

»Warum sind Sie sich so sicher, dass uns hier niemand findet?«, fragt Ranfort.

»Bin ich nicht«, antwortet er.

***

»Glauben Sie, dass sie unsere Spur verloren haben?«, fragt Mansouri. Ranfort sondiert die Dunkelheit nach Lichtquellen, kann aber nichts entdecken. Das letzte Lebenszeichen der Verfolger liegt Stunden zurück. Die Grenzer haben die Spur bis zum Flussbett verfolgt und sind dann vorbeigezogen.

»Möglich«, sagt Ranfort, ergänzt: »Vielleicht kreisen Sie uns auch ein oder warten bis Tagesanbruch. Zu Fuß sind wir in jedem Fall unterlegen.« Er verlässt die Stellung, geht zum Flussbett und sammelt vertrocknetes Treibholz. Dann geht er wieder zu Mansouri in die Höhle und versucht sich am Feuermachen. Mansouri sieht ihm zu, kann sich der steigenden Erheiterung nicht erwehren, bis er ihm schließlich hilft.

»Ihr Europäer seid ohne die Technik einfach hilflos.« Ranfort verzichtet, Mansouri die Meinung zu sagen, räumt aber das Feld und überlässt es ihm. Mansouri sieht ihn an, holt ein Stück Papier aus dem Sakko und stopft es unter den Haufen Holz, den Ranfort gesammelt hat. Er sieht ihn an, holt ein Benzinfeuerzeug aus der Tasche und steckt das Papier in Brand. Dann grinst er und setzt sich an den Rand des Feuers. Der Abend bringt Abkühlung. Ein unbequemer Kontrast zu den vierzig Grad bei Tag.

»Haben wir einen Plan?«, fragt Ranfort.

»Wir gehen weiter den Fluss entlang. Vielleicht gibt es da etwas.«

Ranfort nickt und starrt in die Glut, die sich langsam aufbaut. Minutenlanges Schweigen. Ranfort greift zum Portemonnaie und sieht sich Cécilles Foto an.

»Ihre Frau?«, fragt Mansouri. Ranfort bejaht.

»Ihre Lage ist nicht einfach für Sie. Ist sie in Sicherheit?«

»Wenn man so will.«

»Sind Sie schon lange liiert?«

»Wir waren nicht liiert. Cécille ist, ich meine, war verheiratet. Zumindest nicht offiziell. Ich würde es eher als Affäre beschreiben.«

»Das tut mir leid. Wie ist es passiert?«

»Zu Hause. In Saint-Lemis. Einem Kaff nicht unweit von Marseille. Auguste war ihr Bruder und mein bester Freund. Dass ich unter Verdacht stehe, hat sie in ein tiefes Loch fallen lassen. Sie … Wir beide hatten Schwierigkeiten, uns auf jemanden einzulassen. Ich hatte meine Frau einige Jahre zuvor verloren, davor meine Eltern, und war an einem Punkt angekommen, wo ich mich nur noch tot sehen wollte. Dann habe ich Auguste wiedergesehen und mit ihm kam sie in mein Leben. Zwar nur langsam, aber ab einem gewissen Zeitpunkt kann man so einen Menschen nicht mehr ausblenden. Wir waren vorsichtig, sehr vorsichtig. Saint-Lemis ist nicht besonders groß, mit dem Geist der Menschen dort verhält es sich ähnlich. Aber die meisten sind mit einer großen Beobachtungsgabe gesegnet. Besonders, wenn es sich um das Leben anderer Leute handelt. Natürlich haben alle über uns Bescheid gewusst. Wie auch alle von den Affären ihres Mannes gewusst haben. So wie sie. Deshalb hat sie sich auf mich eingelassen. Sonst wäre sie immer bei ihm geblieben. Auf ewig. Wie ihre Mutter bei ihrem Vater. Wir waren spazieren, haben die

Situation zu klären versucht. Sie war verärgert, hatte Angst, dass ich verhaftet werden würde. Ich wollte ihr nach, konnte nicht. Einer hat mit dem MG auf mich geschossen, ein anderer hat sie in einen Transporter gezerrt. Einen Tag später hat mich einer angerufen. Dann ist es gelaufen, wie es eben so läuft. Ein Leben gegen einen Gegenstand, eine Information. Etwas, von dem ich noch immer nicht weiß, was es ist oder welche Bedeutung es hat. Ich habe gedacht, ich könnte verhandeln, sie hinhalten, bis ich es gefunden habe. Aber diese Leute haben sich auf nichts eingelassen. Das waren Profis. An einer Auslieferung waren sie nie interessiert.«

Mansouri sitzt aufrecht wie eine Wachsfigur, die Augen weit aufgerissen und starr auf Ranfort gerichtet. Mit einem Fragezeichen über dem Kopf.

»Sie haben Cécille erschossen. Während ich mit ihr telefoniert habe. Um ein Exempel zu statuieren. Oder Dampf abzulassen. Ich habe gedacht, ich könnte solche Leute einschätzen, wüsste, wie das Ganze funktioniert. Dreißig Jahre Dienst, aber wenn es dich selbst trifft …«

»Wie war sie?«

»Leise, nachdenklich. In manchen Situationen hoch emotional. Kühl und herzlich zugleich. Eingeschlossen und frei im selben Atemzug. So nah wie unerreichbar. Ein Mensch mit Charakter eben.«

Ranfort reicht Mansouri das Foto. Cécille und Ranfort. Im Hintergrund die Weinberge von Saint-Lemis. Ein Picknick. Eines der ersten Male in der Öffentlichkeit, wenngleich nicht direkt.

»Überlegen Sie sich die Sache mit dem Weingut. Die Gegend sieht ähnlich aus. Nur ohne Franzosen.« Mansouri lächelt ihn an. Er meint es gut, aber Ranforts Stimmung reicht nicht, um es zu erwidern.

»Vielleicht haben Sie recht, Mansouri.«

»Ali.«

»François.«

Handschlag, die Kinne der beiden senken sich.

»Du hättest sie gemocht«, sagt Ranfort.

»Sie war hübsch.«

»Nicht nur das«, sagt Ranfort und legt sich wehmütig auf die Unterarme.

Das Wasser und die Hoffnung neigen sich dem Ende zu. Mansouri und Ranfort halten sich weiter am Verlauf des Wadis. Flüsse fließen ins Tal. In Tälern gibt es Dörfer. Ein Gedanke, mit dem sich Ranfort zunehmend zu trösten versucht. Weil seine Kräfte schwinden. Eine unruhige Nacht und ein Tag, der nichts außer Strapazen in sich trug.

»François«, schreit Mansouri, bevor er hechelnd stehen bleibt und mit dem Finger ins Tal zeigt. Ein paar Felder, dann fängt eine Stadt an, inmitten einer Palmenoase. Ranfort reibt sich die Augen, folgt Mansouri, der die Schritte merklich beschleunigt. Sie durchqueren Gärten, zwischen mannshohen Lehmmauern hindurch. Vereinzelt tauchen Menschen auf, die sich um die Gärten kümmern.

Pferdefuhrwerke aus Autoteilen, die an den Cafés vorbeifahren, nicht ein Funken Hektik hat sich in das Zentrum verirrt. Mansouri und Ranfort erregen wenig Aufsehen. Ein paar kleine Geschäfte an der Hauptstraße, dessen Häuserfronten sich streng in sandigem Ton halten. Erst der Schatten von den gegenüberliegenden Fassaden offenbart die rosa Färbung. Eiserne Türen, die sich tagsüber hinter den feilgebotenen Waren verstecken. Ranfort wird von Zeit zu Zeit gemustert, Mansouri ist der Kleidung optisch zu ähnlich, als dass ihm jemand Bedeutung zumessen könnte. Ranfort zeigt auf ein Café, in dem ein paar Männer in langen Dschellabas die Straße beobachten und Tee trinken. Ihre Mienen verstecken sie hinter ihren Bärten. Der Kellner steht hinter einer Glasvitrine und raucht gemächlich eine Zigarette, halb auf der Kante einer Arbeitsplatte sitzend. Mansouri bestellt zwei Tee und fragt nach einer Möglichkeit, nach Bouarfa zu kommen. Der Mann macht einen tiefen Zug und zeigt mit der Glut in eine Richtung. Er schenkt ihnen zwei Tee ein und widmet sich wieder der Zigarette. Algerische Francs weist er vehement ab, eine Sache der Einstellung. Analog zur Wahl der Gäste. Mansouri und Ranfort verstehen und folgen der Straße.

Ein Mann auf einem Campingsessel vor einem Toyota Hi Ace. Die Füße ragen ausgestreckt unter dem grau gestreiften Dschellaba hervor, unter dessen Kapuze nur die Sonnenbrille hervorsticht. Ranforts Blick gilt dem Bus, dessen Seiten das Portrait von Jimi Hendrix ziert. Mansouri und Ranfort stellen sich vor ihn, der Mann gibt keine Regung von sich. Erst ein leichter Tritt setzt ihn in Bewegung.

»Bouarfa?«, fragt er. Ranfort bestätigt, der Mann entgegnet mit einem Nicken, klappt den Sessel zusammen und bittet die beiden einzusteigen. Dann lehnt er sich aufs Lenkrad, schüttelt den Kopf und atmet durch. Er mustert Mansouri und Ranfort genau, bevor er den Motor startet.

»Bouarfa?« Ranfort nickt.

»Sicher?« Ranfort gibt ihm ein Zeichen, dass er fahren soll.

»Wo kommt ihr her?« Stark akzentuiertes Französisch, aber durchaus brauchbar. Synchrones Schweigen.

»Seid ihr über die Grenze?« Der Mann schüttelt den Kopf. »Warum nicht über Tanger? Nur Verbrecher und Schmuggler gehen über die Grenze. Ihr habt keinen Fotoapparat, noch tragt ihr Touristenkleidung.« Er mustert die beiden noch einmal. »Ihr sucht etwas. Oder sucht etwas nach euch?« Er grüßt die Grenzer, die gerade die Berge beobachten, wartet, bis sie an ihnen vorbei sind, fragt: »Vielleicht kann ich helfen?«

Ranfort sieht zu Mansouri, der die Schultern hebt und aus dem Fenster sieht. Als ob er Ranfort darauf hinweisen möchte, dass es nicht sein Fall ist. Ranfort stößt einen Seufzer aus.

»Matéo. Ein Waffenhändler aus Oran. Er soll sich in Bouarfa aufhalten.«

Die Augenbrauen des Fahrers verbinden sich zu einer. Er steigt in die Bremse, dreht sich zu Ranfort und fixiert ihn.

»Das kostet eine Kleinigkeit.« Ranfort holt tief Luft und holt die Reserven aus den Jeans. »Genug?«

Der Mann presst die Lippen aufeinander und nickt beständig. »Ihr müsst zurück.«

Mansouris Pupillen durchbohren Ranfort.

»Woher weißt du das?«, fragt Ranfort. Mansouris Blick ist ihm egal.

»Weil ich jeden kenne, der diese Grenze passiert hat. Noch dazu, wenn es so eine Berühmtheit ist. Über Tanger? Schier unmöglich für ihn. Viel zu gefährlich. Unsere Leute hätten ihn gejagt, gefoltert und … gewartet.«

»Du bist dir sicher?«

Konstantes Kopfnicken und ein Angebot, sie nach Bouarfa zu bringen, wenn sie dennoch möchten. Ranforts Blick streift Mansouri. Ein Blick, der eine Entschuldigung und ein paar Fragen enthält.

\*\*\*

# 20

Einladende Fensterläden aus Holz, Vorhänge, die im milden Juniwetter in strahlendem Weiß wehen. Geschäftigkeit, die die freundlichen Gesichter nicht zu dämpfen vermag. Eine Verkennung, die Pedro die Mundwinkel nach oben treibt. Duréme hat ihm eine Adresse gegeben. Rue Bonaparte 45. Eine Tür aus Holz in frischem Blau, fast unsichtbar, zwischen den Läden versteckt. Darüber das Schild mit der Nummer. Ein kühler Luftzug ersetzt Hitze und Lärm, die draußen vorherrschen. Pedro sucht den Hausmeister, holt sich den Wohnungsschlüssel und öffnet die Tür im ersten Stock. Zwei Zimmer, spärliche Einrichtung, ein Schwall abgestandener Luft kommt ihm entgegen. Ein Wecker, wahrscheinlich aus dem Zweiten Weltkrieg, tickt ihm die Einsamkeit in den Kopf. Ein Telefon steht auf dem Tisch. Er schenkt dem leeren Kühlschrank einen Blick, verlässt die Wohnung wieder und steuert das Café an der Ecke an. Sondiert, ob ihm niemand folgt, dann geht er zur Bar und wechselt ein paar Francs für den Münzapparat. Er zieht den Vorhang zu und greift in die Jackentasche. Pedro lässt es zweimal läuten, legt auf. Er wartet eine Minute und ruft noch einmal an. Es klingelt dreimal, es meldet sich eine gedämpfte männliche Stimme.

»Wer?«

»Vestal.«

»Der hat hier nichts zu melden.«

»Wann können wir uns treffen?«

»Hören Sie nicht zu?«

»Es ist wichtig«, sagt Pedro.

»Für wen?« Der Tonfall des Mannes hat sich kein bisschen verändert.

»Für Frankreich.«

Der Mann hüstelt ein Lachen durch den Hörer.

»Noch nie gehört.«

»Algier, 31. Mai, Boulevard Gambetta. Ein Kroate und zwei Franzosen schleichen in der Dämmerung umher. Man sieht die Klinge noch einen Moment im Mondschein blitzen, bevor sich der dicke Pied-noir das Messer unter die Jacke steckt und er und der Kroate Kommissare Garon einen Besuch in dessen Wohnung abstatten. Die Bullen tauchen auf, die Attentäter kommen aus Garons Wohnung. Zufrieden in ihrer ganzen jugendlichen Überheblichkeit. Man sieht ihnen förmlich an, dass sie ihre Arbeit genüsslich erledigt haben. Der Bulle, der die beiden entdeckt, lässt sie keine Sekunde aus den Augen und brüllt das ganze Viertel aus dem Schlaf. Die beiden haben gar keine Wahl, außer sich zu ergeben, da sie bei der Aktion auf Schusswaffen verzichten, um kein Aufsehen zu erregen. Der zweite Bulle ist von dem Geschrei irritiert und dreht dem Fahrer des Fluchtwagens nur einen kurzen Moment den Rücken zu. Dann geht alles schnell. Eine Kugel in den Hinterkopf, eine zweite, als er liegt, so wie er es von Vestal gelernt hat. Der Fahrer sieht seine Chance, den unfähigen und fetten Ballast abzustoßen, und verlässt per Express die Stadt. Nicht eine Sirene hat ihn erreicht, als die Lichter Algiers am Horizont verschwinden.«

Pedro kann nur noch den stoßweisen Atem hören. Er lässt einen Augenblick vergehen, fragt: »Kennen Sie den Fahrer?«

»Wo sind Sie?«

»Eine halbe Stunde. Place de la Concorde. Vor dem Obelisken.«

»Wie erkenne ich Sie?«

»Ich bin ein Para.«

Einverständnis, Ende des Gesprächs.

***

Ein Jucken zieht durch Pedros Finger, als er den Place de la Concorde erreicht. Scharenweise Touristen, Einheimische, verliebte Paare, Alte, Junge, Kinder. Eine Reihe Autos und ein paar Reisebusse, die meisten Leute sind zu Fuß unterwegs. Die Männer haben die Sakkos über die Schulter geworfen, die Frauen tragen Sommerkleider. Mit einem Sprengsatz könnte die OAS hier viel erreichen. Pedro sondiert Entfernungen und Möglichkeiten, das C4 unentdeckt zu halten. Es müssten mehrere Sprengsätze in Folge detonieren, alle zeitlich versetzt. Er könnte die Leute hin und her treiben wie Schlachtvieh mit einer Peitsche. Pedro kann das Chaos fast sehen. Blutige Kleider, Männerarme, die auf dem Pflaster liegen und das geschulterte Sakko in den blutigen, steifen Fingern halten. Kinderwagen, die auf der Seite zum Liegen kommen. Alles riecht nach Umschwung und dem Schwert der richtigen Franzosen. Nach einer Wahrheit, die die Flaneure hier nie begreifen werden. Die Augen verformen sich zu Panzerschlitzen, ein Mann spricht ihn an: »Das ist keine gute Idee.« Statur eines Ringers, akkurat rasiert, vor allem am Kopf. Der Anzug sieht maßgeschneidert und doch ein wenig zu klein aus. Pedro schüttelt die Gedanken aus dem Kopf und widmet sich dem Mann.

»Gehen wir ein Stück«, sagt der Kleine.

»Wieso schlagen wir nicht zu, wo und wann wir wollen?«, fragt Pedro.

»Es gibt andere Ziele. Wir haben keinen guten Stand in der Heimat. Da helfen uns die Unterstützer in der Politik recht wenig. Wir sind keine Chaoten.«

»Ist Chaos eine Schwäche?«

»Was wollen Sie von mir? Ein Treffen ist riskant genug. Gehen Sie zur Führung, wenn Sie über Politik sprechen wollen.«

»Ihre Werkstatt.«

Der Kleine zögert einen Augenblick, sagt: »Sie wissen, dass das nicht geht.«

»Es wird gehen müssen. Die Organisation wird infiltriert. Es hat einen Grund, warum ich hier bin.«

»Von wem haben Sie die Anweisung bekommen?«, fragt der Kleine.

»Sie wissen, dass das nicht geht«, sagt Pedro.

»Dann wird gar nichts gehen.«

Der Kleine quert das Pflaster, ohne sich nach Pedro umzudrehen. Pedro hält die Fahrzeuge mit der flachen Hand davon ab, ihn zu überfahren. Er schließt auf, hakt sich bei ihm ein und bringt ihn zum Anhalten.

»Sie kriegen den Kontakt«, sagt Pedro. »Wenn ich fertig bin.«

»Verquere Logik.«

»Vertrauen Sie mir. Ich weiß, was ich tue.«

»Das ist nicht Algier. Die Bullen hier sind echt.«

»Was wissen Sie schon von Algier?«

»Der Ungar sagt Ihnen nichts?«

Pedro schüttelt den Kopf.

»Wie kann man den Ungaren nicht kennen?« Der Kleine sieht ihn an, mustert ihn von oben bis unten. Er zieht einen Mundwinkel nach oben.

»Ohne einen Gedanken daran zu verschwenden, erwischt zu werden, betreibt er sein Geschäft in Birmandres. Fast zwei Jahre lang. Er hat eine kleine Organisation ähnlich der unseren mit dem Hauptquartier im Keller seiner Villa. Er schaukelt sich hoch zu einer lokalen Größe, das Militär und die Polizei wissen Bescheid, selbst die Gerichtsbarkeit nimmt er in die Hand. Ein kleiner Saal, in dem gefangene Fellaghas und deren Anhang verurteilt und gleich gerichtet werden. Im Souterrain befindet sich alles, was man braucht: Kaltwasserbäder, elektrische Fesseln, eine Menge Werkzeug für den Handwerker oder Chirurgenstahl für den ungarischen Arzt selbst.«

Pedro versteht nicht, was der Kleine will. Der Ungar wirkt sympathisch.

»Das gibt es hier nicht, verstehen Sie das? Wenn hier jemand von uns hochgeht, dann richtig. Kein Ungar, der erst vor Gericht gezerrt wird, als er General Salan mit der Panzerfaust aus der Wohnung schießt.«

»Deshalb brauche ich die Nummer der Werkstatt. Verstehen Sie das? Damit wir sicher sind.«

»Rufen Sie mich morgen an.«

Pedro lässt den Blick über den Platz streifen. Schade, dass seine Idee hier unerwünscht ist.

\*\*\*

Zweimal ertönt das Klingeln, bevor der Hörer wieder auf der Gabel liegt. Hinter dem Vorhang geschäftige Kellner, Löffel, die an Tassen anstoßen. Ab und an Geschrei, etwas Gelächter. Zigarettendunst, den der Vorhang nicht aufhalten kann. Pfeifende Milchschäumer kämpfen gegen das Murren der Kaffeemaschinen. Sechzig Mal tickt es im Kreis. Dann rattert die Wählscheibe.

»Wie sieht es aus?«, fragt Pedro.

»Wo sind Sie?«

»Geben Sie mir einfach den Kontakt.«

»Noch einmal. Wo sind Sie?«

Wieso gibt er ihm nicht einfach die Nummer? Verdammt, Ramon, der ahnt etwas. Hat er mit Vestal gesprochen? Hat ihn die rote Hand auflaufen lassen?

« *Le Petit Jaune*. Rue Bonaparte. In einer halben Stunde.«

Der Kleine bestätigt. Pedro bestellt sich einen Pastis, leert ihn mit einem Schluck und verlässt das Café. Wenn er sich mit dem

Kleinen trifft, braucht er eine Waffe. Die Sache ist nicht ganz koscher. Vielleicht kommt er nicht allein. Es wird keine Gefangenen geben. Pedro geht schneller, um dem Gefühl zu entkommen, das ihn gerade heimsucht. Hast du dich übernommen, Ramon? Wie lange wird es dauern, bis die Sache auffliegt? Er atmet tief ein, hält einen Moment inne. Da musst du durch. Sie werden dich finden, Ramon. Egal wo.

Pedro öffnet die Tür und geht in die Wohnung. Etwas ist anders. Aber es ist nicht die abgestandene Luft, noch hat er die Herdplatte angelassen. Castellain. Er lungert auf einem Stuhl, die Beine hängen über den Tisch. Neben dem Sessel liegt die Rolle, bei deren Anblick Pedros Narbe zu schmerzen beginnt. Castellain macht ihm mit der Pistole klar, dass er sich gegenüber setzen soll. Pedro schließt die Tür und folgt der Aufforderung. Castellain genießt den Moment, nimmt die Füße vom Tisch und lehnt sich nach vorne.

»M'sieu Ramon.« Lange Pause. Castellain lässt sich in den Sessel zurückfallen. »Ich glaube, wir hatten eine Abmachung. Eigentlich glaube ich das nicht nur, ich weiß es sogar. Warum, fragen Sie? Weil ich derjenige war, der die Abmachung getroffen hat. Ich bin mir nicht ganz klar darüber, warum Sie die Sache nicht ernst nehmen. Ist die Narbe nicht auffällig genug? Sitzt sie vielleicht an der falschen Stelle?« Castellain lehnt sich nach vorne, den Ellbogen auf das Knie. Den Blick hält er auf Pedro gerichtet, die Augenbrauen schieben die Stirn nach hinten.

»Das ist momentan nicht so einfach«, sagt Pedro.

»Das ist es nie. Ich, für meinen Teil, habe eine äußerst anstrengende Reise hinter mir. Irgendwie komme ich mit Paris nicht so ganz zurecht. Ich weiß nicht, woran das liegt. Möglicherweise sind es die lästigen Gründe, die mich immer wieder hierhertreiben, M'sieu.«

»Ich bin an der Sache dran. Geben Sie mir etwas Zeit.«

»Wie kann ich Ihnen Zeit geben, M'sieu, wenn Sie so sorglos damit umgehen?«

»Eine Woche.«

Castellain stützt das Kinn auf den Handballen und klopft mit dem Zeigefinger auf die Nasenwurzel. Dann zeigt er auf Pedro.

»Eine Woche. Dann will ich Ergebnisse.«

Pedro schluckt kurz, nickt. Verhalten. Castellain steht auf und geht zur Tür. Die Waffe lässt er auf dem Tisch liegen. »Das ist Ihre, M'sieu.«

***

Der Kleine sitzt in der Sonne vor dem Café und klopft mit dem Finger auf den Tisch. Er sieht auf die Uhr, dreht sich um, beobachtet jedes Auto, das am *Petit Jaune* vorbeifährt. Pedro schleicht aus dem Hauseingang, nähert sich unbemerkt und nimmt neben ihm Platz.

»Nehmen Sie einen Pastis. Die haben einen direkt aus Marseille. Geht auf mich.«

»Wo sind Sie gewesen?«

»Jedes Treffen ist ein Risiko. Was wollen Sie?«, flüstert Pedro.

»Ich habe mit Vestal gesprochen.«

Bleib ruhig, Ramon. Wer weiß, was er erzählt hat.

»Haben Sie ihm schöne Grüße von mir bestellt?«

»Er ist nicht besonders gut auf Sie zu sprechen.«

»Deswegen müssen wir uns treffen?«

»Genau deswegen müssen wir uns treffen.«

Der Kleine zieht sich das Sakko steif und greift mit der Rechten tief hinein. Pedro widmet der Walther P21 in seinem Gürtel einen Moment Beachtung. Er sieht sich um, taxiert, ob noch andere hier sind. Einer, der sie möglicherweise fixiert. Rückendeckung, die es ebenfalls auszuschalten gilt. Nichts. Eine Sache ist klar: Du musst schnell sein, Ramon. Vielleicht kannst du ihn nur nicht sehen. Die Hand des Kleinen ist gänzlich in der Sakkotasche verschwunden. Pedro muss eine Entscheidung treffen. Gib ihm einen Moment. Er sieht entspannt aus. Der Kleine zieht die Hand heraus und schiebt Pedro einen Zettel über den Tisch. Pedro lässt die Sicherung der Walther einrasten und nimmt die Notiz. Eine Nummer plus Adresse.

»Rufen Sie vorher an. Er hat es nicht besonders mit Überraschungen. Das Zeichen bleibt gleich.«

»Meine Leitung war sicher.«

»Noch einmal: Das ist nicht Algier.« Der Kleine spricht andächtig. Wie mit einem Anfänger, der nichts kapiert.

»Was wollten Sie von Vestal?«

»Wie lange sind Sie schon im Geschäft?« Der Kleine lässt jedes Wort auf der Zunge zergehen.

»Woher, glauben Sie, habe ich die Nummer?«, fragt Pedro.

»Das reicht mir nicht.«

»Vestal hat gebürgt.«

»Sonst wären Sie schon tot.«

Ein brauner Citroën DS hält neben dem Café. Der Kleine steht auf, schnippt mit den Fingern und steigt ein. Aus dem Schatten des gegenüberliegenden Hauseingangs tritt ein Hüne hervor und folgt ihm. Verdammt viel Glück für einen Tag, Ramon. Verdächtig viel davon.

\*\*\*

Pedro nimmt die U-Bahn Richtung Mairie de Montrouge und steigt bei Mouton-Duvernet aus. Er durchquert das grüne Gusseisen mit dem Hinweis zur Metro, sieht auf den Plan und macht eine halbe Drehung. Eine Telefonzelle, zwanzig Meter vom Aufgang entfernt. Direkt neben einer viel befahrenen Straße. Optimal, um die Werkstatt anzurufen. Hier wird ihm niemand zuhören. Pedro hält sich an das Schema. Zweimal klingeln, eine Minute Pause, dann folgt das eigentliche Gespräch.

»Wer?«, meldet sich ein Mann mit rauchiger Stimme. Er macht einen tiefen Zug, bläst den Qualm in die Muschel.

»Ich muss Sie treffen.«

»Niemand trifft mich.«

Aufgelegt. Pedro hängt zufrieden den Hörer in die Gabel, geht in die Rue Mouton-Duvernet. Vorbei an einer Reihe parkender Autos, einigen Passanten, die vor den Schaufenstern stehen. Damen, die mit neuer Frisur und einem Lächeln den Laden verlassen. Fahrräder, von denen einige im Schatten noch rostiger aussehen. Irgendwie herrscht Ordnung. Pedro passiert eine Autowerkstatt und biegt einige Meter weiter in einen Innenhof ein. Unter den Bäumen durch, die von oben gute Deckung gegen lästige Blicke bieten, bis er ein Tor erreicht, durch dessen Glas man kaum ins Innere sehen kann. Er klopft an, niemand meldet sich, er versucht die Klinke der kleineren Tür. Abgeschlossen. Er sieht sich um, schraubt den Schalldämpfer auf die P21 und schießt. Ein Klirren, dann ergibt sich das Schloss der Patrone. Die Adresse stimmt. Eine Werkstatt. Allerdings ohne Sprengstoff. Werkbänke mit dazugehörigem Werkzeug, einige Drähte, die am Boden liegen. Mit abgeschnittener Isolierung an den Enden. Ein paar Fetzen Packpapier, ein paar Reagenzgläser, Kanister in verschiedenen Größen und Formen. Kein bisschen Sprengstoff. Hat ihn der Kleine reingelegt? Pedro fällt ein Glitzern auf. Er bückt sich und will es ansehen, doch ein kalter Druck im Nacken hält ihn davon ab.

»Schieß besser gleich. Solange du die Chance dazu hast.«

»Du bist kein Bulle.« Der Druck lässt nach. Für ein Husten, das alles hat. Brodeln, Trockenheit, einen markdurchdringenden Laut. Der Mechaniker. Pedro nutzt den Moment. Er schlägt ihm die Waffe aus der Hand und zieht ihm den Ellbogen durchs Gesicht, das endlich Farbe bekommt. Rot.

»Nein, ich bin kein Bulle. Ich bin wesentlich gefährlicher.«

»Wer dann?«, fragt er und wischt sich das Blut unter der Nase weg.

»Warum ist die Werkstatt leer?«

»Wenn du was brauchst, ich kann's dir besorgen.«

Der Mechaniker sitzt am Boden und wischt mit dem Handrücken das Blut von der Nase. Er greift in die Brusttasche und zündet sich eine an. Dann kriecht er zurück und lehnt sich an die Werkbank an. Eine Statur fernab jeden Muskels, mit Wangenknochen aus einem Horrorfilm.

Pedro baut sich vor ihm auf, sagt: »Meine Zeit als Plastiqueur ist vorbei.«

»Warum drohst du mir, wenn du einer von uns bist?«

»Wir werden unterwandert. Ich brauche Nummern. Deine Kontakte. Alle.«

»Wer schickt dich?«

»Niemand.«

»Doch wohl die anderen, mein Freund.« Er grinst ihn an, behält aber die Augen am Lauf der schallgedämpften Pistole. Zitternd saugt er am Filter, zieht sich das Blut durch die Nase. Das wird schwierig für Pedro. Vestal zählt hier nicht. Und wenn, wäre es nur aufgeschobene Zeit. Den Namen des Kleinen weiß er nicht. Pedro entsichert die Waffe und schießt ihm eine Kugel zwischen die Augen. Er wartet, bis den Mechaniker das Leben verlassen hat, dann durchsucht er ihn. Ein Wohnungsschlüssel mit einer Marke daran. Etwas vergilbt, aber lesbar. Eine Nummer: zwölf. Mit Sicherheit nicht sein Hauptwohnsitz. Eher eine OAS-Unterkunft. Pedro zerrt die Leiche hinter die Werkbank und geht nach vorne zu den Wohnungen. Oberster Stock. Der Schlüssel passt. Ruhige und zentrale Lage, Bezug ab nächstmöglichem Datum. Pedro sucht das Wohnzimmer ab, das Bad, bis er in der Küche landet. Ein Telefon, daneben ein aufgeschlagenes Notizbuch.

***

# 21

»Es gibt nicht viele, die unbehelligt über die Grenze gelassen werden.« Wenige Zähne, die sich zu einem Grinsen zusammenrotten, begleitet von der Hoffnung auf einen Extraverdienst. Mansouri atmet tief durch und fängt an zu suchen. Der Mann hat keine Schwierigkeiten mit algerischen Francs, noch scheint ihm eine Menge davon zu wenig zu sein. Komfort ist im Preis nicht inbegriffen. Unter dem Heu auf einem Eselskarren, beinahe erdrückt vom Duft hunderter Blumen, die der Händler packweise auf Mansouri und Ranfort wirft. Der Karren gibt jede Bodenwelle ungedämpft weiter. Eine Toleranzübung für Mansouri und Ranfort. Nach dem ersten Kilometer spürt Ranfort jeden Punkt im Körper. Zahlreiche Flüche über sein fortschreitendes Alter verlassen ihn im Geiste. Die Anstrengung soll nicht umsonst gewesen sein. Es dauert über eine Stunde, bis sie halten. Der Händler erzählt, ein anderer lacht, während ein Dritter um den Karren schleicht. Er stochert mit dem Gewehrlauf in den Blumen und bleibt neben dem Karren stehen. In ruhigem Tonfall spricht er ein paar Worte, Mansouri greift zur Waffe. Die Tonlage und Sprachfrequenz des Händlers werden höher. Der Grenzer, der in den Blumen gestochert hat, entfernt sich vom Karren und entsichert die Kalaschnikow. Mansouri dreht den Kopf zu Ranfort und sieht ihn an. Er flüstert ihm zu, dass er sich festhalten soll, und nickt. Dann schießt er einmal in die Luft, die beiden Grenzer hüpfen auf die Seite. Das Tier wiehert, hackt die Hufe in den Asphalt und läuft wie ein pakistanischer Rennesel. Weg vom Knattern der russischen Sturmgewehre, vorbei an den Einschlägen der Kugeln. Geradezu auf die algerische Grenzstation. Jeder Versuch, den Esel zu stoppen oder wenigstens zu entschleunigen, versandet im Nichts. Mansouri hält den Polizeiausweis aus dem

Karren, das Tier läuft an den Grenzposten vorbei und kommt erst in Beni-Ounif zum Stehen. Ranfort stemmt sich gegen die Last der Blumen. Er bemüht sich, nicht zu fluchen oder zu jammern. Es fühlt sich an, als ob jeder einzelne Knochen im Körper gebrochen wäre. Er sieht die dekorative Spur von der Grenze bis hierher, alles voller Blumen, der Händler steht stumm hinter dem Karren und blickt den Hügel hinauf. Der Jeep der Grenzer folgt der farbigen Fracht, bis er vor dem Händler zum Stehen kommt. Mansouri stellt sich vor den Karren, holt den Ausweis hervor und klärt die Lage. Er sei Undercover mitten in einer Mission und es sei ihm gelungen, den Kopf der Schmuggler ausfindig zu machen. Er bittet die Grenzer, ihn zu begleiten, und den Händler um etwas Geduld, bis sich die Lage beruhigt hat. Der Mann hat wenig übrig für Erklärungen und betrachtet die verlorene Ladung, die das Geld für den Transit nie aufzuwiegen vermag. Mansouri und Ranfort haben wenig Zeit für Mitleid. Sie haben noch etwas mit einem übergewichtigen Schmuggler zu klären.

***

Mansouri und die beiden Grenzer geben Deckung, Ranfort knallt Emre die Kante der Tür gegen die Nasenwurzel. Emre taumelt zurück, fällt hin und greift zum Gewehr. Er visiert die offene Tür an, schießt, die drei springen auf die Seite, Mansouri deckt den Vorgarten ab und schickt die Grenzer zur Rückseite. Mansouri schreit etwas auf Arabisch, Emre antwortet. Es hört sich nicht so an, als ob eine Einigung in Sicht wäre. Ranfort sieht ihn fragend an, Mansouri lehnt an der Mauer und tätschelt die Luft. Offensichtlich will er nichts riskieren und warten, bis die Grenzer in Position sind. Es dauert einen Moment, Ranfort hört das Holz einer Tür bersten. Schnelle Schritte, Schreie, Ruhe. Die beiden

Grenzer führen Emre ab. Er spuckt auf den Boden, Mansouri kostet das ein Lächeln. Er und Ranfort springen auf den Jeep. Nächster Halt: Polizeirevier.

Mansouri bittet die Beamten hinaus und schließt die Tür. Die Substanz des Hauses dämmt die Hitze, die draußen vorherrscht. Emre sitzt auf einem Stuhl, die Hände hat er auf den Tisch gelegt, und sieht Mansouri an. Minutenlang. Als ob er ihm sagen möchte, dass er ihm nichts tun wird. Dass ihm das die Ehre verbieten würde. Mansouri entkommt kein Laut. Stattdessen stellt er sich ins Dunkel und gibt Ranfort ein Nicken, der sich die Jacke auszieht und die Ärmel hochkrempelt. Er nimmt gegenüber von Emre Platz, die Ellbogen lehnt er auf den Tisch. Dann starrt er ihn an. Bis Emre den Kopf senkt.

»Wie geht es deiner Frau?« Ranfort spricht langsam und leise. Gerade so, dass Emre es hören kann. Emre schweigt und spuckt auf den Boden. Ranfort steht auf, stellt sich vor ihn und lässt die Faust auf ihn niederfahren. Dann setzt er sich auf den Stuhl und sieht ihn an.

»Was hat Matéo mit einem Mann aus Saint-Lemis zu tun?« Emre saugt sich das Blut von der Lippe und schüttelt den Kopf.

»Warum schützt du jemanden, der dir nicht helfen kann?«, fragt Ranfort, geht zu Mansouri und hält ihm die Hand hin. Er nimmt die Pistole und geht zu Emre, dessen Blick zwischen Tür und Waffe hin und her pendelt, sagt: »Es wird niemand kommen.«

»Das machst du nicht.«

»Zwei Polizisten. Ein Schmuggler und wer weiß, was du sonst noch alles treibst. Was werden sie glauben? Was sie glauben wollen.«

Emre schließt die Augen und atmet tief ein. Er verharrt einen Moment, sagt: »Vor zwei Monaten war jemand bei ihm. Ein Franzose, lang, dürr, hässlicher Anzug, mit einer schmalzigen

Frisur. Er hat ihn nach einer Liste gefragt.«

»Was ist das für eine Liste?«

»Eine Liste, die dein Freund wohl besser nicht geschrieben hätte.«

Ranfort rückt den Sessel blitzartig nach hinten und hebt den Körper einen Tick an. Emre hält die Handflächen vor den Körper und sagt:

»Es geht um OAS-Mitglieder und deren echte Identitäten.«

»Was hat das mit Matéo zu tun?«

»Matéo hat viel mit Waffen mit der OAS gehandelt, aber auch mit den Algeriern.«

»Hat er die Liste?«

Emre schüttelt den Kopf.

»Hat er Auguste auf dem Gewissen?«

»Das musst du ihn schon selbst fragen.«

»Warum hast du uns in der Wüste ausgesetzt?«

»Warum wohl? Die Marokkaner hassen uns genauso wie die Franzosen. Die hätten euch erledigt.«

»Haben sie fast.«

»Fast«, sagt Mansouri in süffisantem Unterton.

*\*\**

Emre hat den Ernst der Lage erkannt. Es war nur eine Frage der Zeit, bis er Matéos Nummer herausrückt. Mit einem Lächeln wählt Ranfort, genießt das Freizeichen.

»Wie geht es der Familie?«, fragt Ranfort. Ein Gespräch mit einem Araber mit einer solchen Frage zu beginnen: äußerst unhöflich. In diesem Fall: reine Absicht.

»Seien Sie vorsichtig, mein Freund.«

Ranfort zieht es die Mundwinkel nach oben. Er droht, weil er nicht weiß, was gleich kommt.

»Ich habe etwas, das Sie möchten.«

»Lassen Sie die Spielchen. Das hat schon andere das Leben gekostet.«

»Ich habe die Liste.«

Es wird still am anderen Ende der Leitung.

»Die Liste von Ramon?«

»Wer ist Ramon?«, fragt Ranfort.

»Sie wissen nicht, wer Ramon ist, aber Sie haben die Liste?«

Ranfort überlegt einen Moment. Hatte Auguste einen anderen Namen? Warum hat ihm Eric nichts gesagt? Sie haben über dieselbe Person gesprochen. Haben sie seinen Namen überhaupt erwähnt?

»Ich habe die Liste des Toten aus Saint-Lemis.«

»Das Narbengesicht Pedro Ramon.« Dieses Mal ist es keine Frage.

»Das Hinkebein Pedro Ramon«, skandiert Ranfort.

»Was wollen Sie?«

»Antworten.«

»Das wollen viele. Aber ich weiß nicht, ob ich Ihnen die Antworten geben kann, die Sie sich erhoffen, mein Freund.«

»Dann nicht.«

Ranfort legt auf und wartet. Matéo soll sich gedulden.

»Sag ihm, dass wir Geld wollen«, sagt Mansouri.

Ranfort wählt noch einmal die Nummer. Matéo lässt sich Zeit.

»Antworten reichen mir nicht mehr. Ich will Geld.«

Matéo lacht. Aufgesetzt.

»Was wollen Sie sonst tun? An die Öffentlichkeit gehen?«

»Ich werde die Liste der FLN geben. Und der OAS.«

Er kann die gedachten Flüche förmlich durch die Muschel hören. Ein tiefer Seufzer, Matéo sagt: »Wir treffen uns in Oran.«

Zu viel Heimvorteil. Ranfort darf sich nicht nach Oran locken lassen.

»Algier.«

»Saida. Morgen Abend. An der Tankstelle im Süden. Die betreiben dort ein kleines Café. Trinken Sie einen auf mich.«

Matéo knallt den Hörer auf die Gabel. Ranfort kann sich das Grinsen nicht verkneifen, als er das Freizeichen hört.

*** 

»Glaubst du, dass er es war?«, fragt Mansouri.

Ranfort hebt die Schultern. »Was macht das noch für einen Unterschied? Vielleicht gibt er uns eine Antwort, vielleicht auch nicht. Erinnere dich an Rabeas Worte.«

»Rabea hat uns nach Bouarfa geschickt.« Mansouris Blick bleibt auf Ranfort haften.

»Aber es war ihr Ernst, dass sie ihn tot sehen will. Das habe ich in ihren Augen gesehen.«

»Du hast ihr auch geglaubt, dass sich Matéo in Bouarfa aufhält.«

Ranfort brummt in den Bart. Das lässt sich nicht von der Hand weisen.

»Wirst du ihn töten?«, fragt Ranfort.

»Wenn es nötig ist.«

Mansouri verzieht keine Miene. Jetzt, kurz vor der möglichen Rache, entspannt sich Mansouris Gemüt. Die Sonne taucht den Horizont in jeden erdenklichen Orangeton. Kaum ein Fahrzeug ist ihnen entgegengekommen. Hie und da Beduinen in der Ferne, nicht unweit der Warnschilder mit den Kamelen. Sie durchstreifen die Wüste, als ob sie nichts aus der Ruhe bringen könnte. Ein leichter Wind zieht den Sand von den Dünen. Die Beduinen halten sich das Leinen der Turbane vors Gesicht und lassen sich von den

Kamelen tragen wie von einer Welle. Wie wird das Treffen mit Matéo werden? Er hat sich nicht wie jemand angehört, der sich leicht erpressen lässt. Sie dürfen ihn keinesfalls unterschätzen. Aber Ranfort befällt eine Schwere, ein Gefühl des Gottvertrauens, dessen Ursprung er nicht ausmachen kann. Mansouri und er haben seit mindestens einer Stunde nicht miteinander gesprochen. Ranfort sieht ihn an, fragt sich, was für ein Mann neben ihm sitzt. Sie haben wenig Persönliches ausgetauscht, allein die Sache steht im Mittelpunkt. Vielleicht kommt er auf Mansouris Angebot zurück. Algerischer Weinbauer? Eine Möglichkeit. Warum sollte er überhaupt nach Saint-Lemis fahren?

Er setzt sich auf und will etwas sagen, die Fragen klären, als ihn plötzlich die Lichter eines anderen Wagens blenden. Jedoch nicht von vorne. Ranfort schreit Mansouri ins Ohr, dass er Gas geben soll, aber der Toyota reagiert nicht auf Stress. Das andere Fahrzeug trifft den Toyota in der Flanke und schiebt ihn von der Straße. Der Wagen wird in die Regungslosigkeit gezwängt, Mansouris Kopf hängt zwischen den Schultern herab. Ranfort rüttelt an den Schultern, verteilt nur das Blut aus der Platzwunde. Er zieht Mansouri die Waffe aus dem Halfter und schießt auf die Windschutzscheibe des anderen Wagens. Der Motor geht aus, aufgewirbelter Sand macht eine klare Sicht unmöglich. Ranfort schwingt sich auf das Heck des Toyotas und geht in die Hocke. Dann schleicht er auf der Ladefläche zum anderen Wagen und taxiert die Umgebung. Keine Bewegung. Ranfort springt vom Toyota und stiehlt sich den Land Rover entlang, dessen pfeifender Kühler alles übertönt. Dann legt er sich auf den Boden und kriecht unter den Geländewagen. Keine Spur vom Fahrer. Der Sand hält sich hartnäckig in der Luft. Eine Tür wird beim Toyota geöffnet, Schreie, dumpfe Laute, dann ruft Mansouri Ranforts Namen.

»Was willst du?«

»Er hat mich.«

»Was wollen Sie?«

»Die Liste.«

»Zuerst will ich Antworten.«

»Erste Antwort: Ihr Freund wird sterben.«

»Haben Sie das Narbengesicht getötet?«

»Leider nicht. Ich hätte das gerne selbst erledigt, glauben Sie mir.«

»Wer hat es dann getan?«

»Fragen Sie doch mal bei den Freunden mit den Anzügen nach. Die waren an der Liste interessiert. Weit mehr als ich.«

Ranfort kommt hinter dem Toyota hervor. Ein mittelgroßer, haariger Araber hält Mansouri eine Waffe an die Schläfe. Den Kopf hält er in der Ellenbeuge eingeklemmt. Ranfort zielt auf den Bügel der Sonnenbrille. Mach nur, dann bist du genauso dran.

»Was ist mit der Liste?«, fragt Matéo.

»Es gibt keine Liste«, sagt Ranfort.

Ein Schuss, fast zeitgleich mit einem zweiten.

***

# 22

Zwei Quadrate sind ausgefüllt, zwei leer. Am rechten Rand jedes Blattes steht eine Nummer. Eine Zahl pro Quadrat, auf der linken Seite ein Buchstabe pro Feld. Nur Vornamen, keine Nachnamen. Pedro blättert es durch, immer und immer wieder. Kontakte, aber welche? Die Nummern sind verschieden lang. Die Vorwahlen unterscheiden sich. Es gibt nur einen Weg, wie er das herausfinden kann. Er greift unter die Gabel des Telefons und stellt es auf den Tisch. Zögerlich beginnt er, die Wählscheibe gegen den Plastikhaken zu drücken.

»Sekretariat der Anwaltskanzlei Jacques Bidout?«, fragt eine Stimme mit überzogener Höflichkeit. Pedro hält kurz inne, lässt den Hörer in die Gabel fallen. Er nimmt den Stift und notiert den Nachnamen und die Art des Kontakts. Eine Zeile darunter, zwei Quadrate nach rechts versetzt. Ganz im Sinne des Mechanikers. Dann blättert er zum Anfang des Notizbuchs und fährt fort. Nicht alle melden sich mit Namen, nicht alle Telefone sind besetzt, aber von den weit über hundert Kontakten hat er etwa fünfzig. Anwälte, Polizisten, Kontaktleute der OAS-Gruppen, Verwaltungsbeamte, Stadt- und Gemeinderäte, Industrielle und Militärs. Wenige kleine Fische. Jeder einzelne Name ist einen Mord wert. Egal auf welcher Seite. Mächtiges Werkzeug und Todesurteil zugleich. In erster Linie eher Letzteres. Wenn er die Liste abliefert, hat er kein Druckmittel mehr. Dann wird er nutzlos für Castellain. Denk nach, Ramon. Irgendwie kommst du aus der Sache raus. Pedro geht im Kreis, sieht aus dem Fenster, setzt sich an den Tisch, geht zum Kühlschrank und nimmt sich ein Bier. Augustiner Lagerbier. Deutscher Export. Etwas herb, aber trinkbar. Pedro braucht keine zwei Schluck, bis das Bier weg ist. Dann reißt er eine Seite aus dem Notizbuch und sucht Namen. Wichtig, aber nicht zu wichtig. Vor allem darf es nicht an Glaubwürdigkeit mangeln, mit einer Prise Schlüsselposition.

Pedro hat die Wohnung in der Dunkelheit verlassen, auf die Metro verzichtet. Er braucht frische Luft. Die Temperatur hat sich kaum gemindert, seit die Sonne hinter den Wolken verschwunden ist. Der Jardin du Luxembourg verdrängt die Gedanken. Das Säuseln der Fontänen, das Rauschen der Blätter, begleitet vom Knacken des Schotters. Er hat keine Eile, muss sich um nichts kümmern. Ein Funken Erinnerung aus dem Hôpital Maillot kommt auf. Ein Moment Frieden. Das Café in der Rue Bonaparte, die Geschäfte, alles lebt in Einklang. Eine Crêpe, etwas Marmelade, die Welt scheint in Ordnung.

Bis er die Tür erreicht. Er traut dem Frieden nicht, zieht die Pistole aus dem Gürtel und schiebt mit dem Lauf die Tür zur Seite. Kein Licht, kein Laut. Pedro dreht das Licht auf, sondiert die Wohnung. Keine Veränderung. Vielleicht hat er die Tür offen stehen lassen. Er nimmt die Klinke in die Hand, plötzlich ein dumpfer Laut, das Holz gräbt sich in die Brust. Er taumelt zurück, zieht die Waffe nach oben, ein Tritt trifft die Hand. Die P21 fällt zu Boden, Pedro schlägt mit dem Hinterkopf gegen die Tischkante und verliert kurz das Bewusstsein. Jemand zerrt ihn hoch, legt ihn aufs Bett und fängt an, ihn zu durchsuchen. Der Angreifer dreht ihn auf den Bauch, zieht ihm das Sakko aus, die Schuhe, durchsucht die Gesäßtaschen der Jeans. Ein anderer mischt sich ein. Sie ziehen Pedro hoch, schleifen den schlaffen Körper Richtung Tisch. Sie setzen ihn auf einen Stuhl und fesseln ihm die Hände hinter der Lehne. Pedro denkt an die Polizei aus Algier, verwirft den Gedanken. Er hört die Wasserleitung, dann bekommt er eine Feuchte gewischt. Pedro sieht auf, gegenüber sitzt Castellain. Daneben steht ein Schläger mit verschränkten Armen, einen

Mundwinkel hat er leicht hochgezogen. Als ob er sagen wollte, dass Pedro seinen Ruf zu Unrecht trägt.

»Guten Abend, M'sieu. Ich hoffe, Sie haben den lauen Abend etwas auf sich wirken lassen.«

»Wir hatten eine Woche vereinbart.«

»*Non, non, non.* Sie haben um eine Woche *gebettelt*, M'sieu.«

»In meiner Sakkotasche.«

»M'sieu Ramon«, skandiert Castellain. »Mich ereilt die Reue sehr, sehr selten. Aber das, was Sie liefern, kann nicht Ihr Ernst sein. Wo ist der Mann aus Algier? Wo ist Vestals Äffchen?«

»Ich brauche Zeit. Das habe ich doch schon gesagt.«

»Zeit, M'sieu, Zeit. Leichtfertig gehen Sie mit meiner Zeit um. Abgesehen von Ihrem Talent, das ich gerne gefördert hätte, wenn ich irgendeine Art der Bemühung hätte erkennen können.«

»Tun Sie, was Sie nicht lassen können, Castellain.«

Der Hüne schlägt ihm die Faust in den Magen. Pedro muss sich fast übergeben, ringt einen Moment nach Luft.

»Ich überlege mir gerade, wie ich Sie überzeugen kann, das zu geben, wozu Sie imstande sind.«

»Ich brauche Zeit.«

Castellain hält dem Hünen die flache Hand hin, der zieht ein Messer aus dem Gürtel. Castellain geht hinter Pedro, presst ihm die Hand auf die Stirn und hält den Kopf neben seinen. Er sieht Pedro in die Augen, der nur einen Punkt in der Ferne fixiert, und drückt ihm die Klinge gegen den Hals.

»Wenn ich noch einmal das Wort ‚Zeit‘ höre, hat der Putztrupp morgen eine Menge Arbeit, M'sieu. Also. Wie können wir unser Problem lösen?«

»Sie kriegen den Rest. Morgen.«

Castellain zieht das Messer den Hals entlang, über den Kehlkopf, das Kinn, durch den Bart, bis er bei den Lippen angekommen ist. Pedro schmeckt den Stahl, aber kann sich nicht an den Geschmack gewöhnen. Castellain quetscht die Luft aus der Lunge, rollt ein lakonisches »Gut« über die Lippen und schneidet die Fesseln durch. Die beiden verschwinden aus der Wohnung. Pedro hat sich nicht getäuscht. Zu viel Glück ist immer verdächtig.

***

Es ist nicht lange her, seit der erste Sonnenstrahl Pedros Wohnung erreicht hat. Er ist einige Strapazen gewohnt und hatte selten Schlafprobleme, aber diese Nacht wollte er einfach nicht zur Ruhe kommen. Das mag am unterschiedlichen Nähebedürfnis zwischen ihm und Castellain liegen. Oder der Tatsache, dass er im Besitz einer Bombe aus Notizen ist. Deswegen kann er Vestals Frage, ob er ihn aufgeweckt hat, mit einem beruhigenden »Nein« abtun.

»Wir müssen reden.«

»Woher hast du diese Nummer?«

»Genau deshalb müssen wir reden, Ramon.«

»Findest du?«

»In einer halben Stunde. *Le Petit Jaune.*«

Pedro hört die letzten Worte nicht mehr. Wenn Vestal die Nummer hat, weiß er, für wen er arbeitet. Dann kennt er auch die Adresse. Es wird nicht lange dauern, bis sie vor der Tür stehen und Antworten wollen. Dann wird Pedro erklären müssen, woher er die Narbe im Gesicht hat oder warum er in einer Wohnung des französischen Geheimdienstes wohnt. Pedro hat die Pistole in der Nacht zerlegt, poliert, wieder zusammengebaut. Alles mit einem Auge Richtung Tür. Doppelt gedrehter Schlüssel, ein Stuhl unter die Klinke geklemmt. Möglicherweise die zwei Minuten, die entscheidend sind. Geschlafen, wenn man es so nennen will, hat er sitzend im Bett. Mit der entsicherten P21 in der Rechten. Volles Magazin minus eins. Ein Schuss zur Probe. Er hat sich eine kleine Ration in den Rucksack gepackt und das Geld für die Fahrkarte abgezählt. Am Fenster hängt der Bezug der Decke, verknotet am Heizkörper, der Pedros Gewicht hoffentlich standhält. Das sollte den Aufprall am Steinboden mindern. Das Notizbuch hat er noch in der Nacht aus dem Briefkasten geholt. Im Dunkeln. Um kein Aufsehen zu erregen. Castellain beschattet ihn mit Sicherheit, überwacht jeden Zug, den er macht. Damit er den Abzug betätigen kann, wann er es für nötig hält. Vielleicht alles nur ein Hirngespinst. Auch die Möglichkeit der Flucht über den Hintereingang. Wenn er in Algerien eines gelernt hat, dann, dass er seinen Vorahnungen vertrauen kann.

***

Die Straßenbahn donnert über Pedros Kopf hinweg, über den Stahl, der den Lärm und die Vibrationen geduldig erträgt. Zehn Uhr einunddreißig nach Lyon, dann geht es weiter nach Arles. Er steuert die Telefone an, von denen alle besetzt sind, und sieht auf die Uhr. Fünfzehn Minuten bis der Zug den Bahnhof verlässt. Das Quietschen der Stahlräder prügelt sich in das Gehirn, gemeinsam mit dem Stimmengewirr und den Lautsprecheransagen. Einer der Herren verlässt das Telefon, Pedro stößt ihn fast um, entschuldigt sich und erntet einen herablassenden Blick. Jucken im Abzugsfinger. Er entscheidet sich gegen unnötige Schwierigkeiten, zückt den Zettel mit Castellains Nummer und dreht die Wählscheibe. Das Rücksetzen dauert eine gefühlte Ewigkeit. Es klingelt, eine Minute, zwei Minuten. Keine Reaktion. Pedro sieht auf die Uhr, rechnet nach, wählt noch einmal die Nummer. Jemand meldet sich, aber nicht Castellain. Pedro verlangt nach ihm, der

Mann legt den Hörer beiseite. Pedros Blick streift die anderen Telefone, die Uhr in der Wartehalle, ein Atemzug verdrängt das Ziehen im Brustkorb. Beeil dich, Castellain.

»Ich wusste, dass ich mich auf Sie verlassen kann, M'sieu. Oder täusche ich mich etwa?«

»Ich habe die Liste.«

»Ich weiß. Sind Sie diesmal gewillt, mir zu geben, was mir zusteht? Oder wählen Sie stattdessen Ihr Schicksal?«

»Ich brauche Schutz. Sonst gibt es keine Liste.«

»Es gibt nichts, das Sie fordern könnten.« Pause. »Ebenso wenig, das Ihnen zusteht.«

»Dann gibt es keine Liste.«

»Es ist halt das Übliche mit Ihnen. Stur und unbelehrbar. Eine unglaubliche Zeitverschwendung. Sie sind und waren hier niemals Thema, M'sieu. Allein das, was Sie mit sich führen, ist für uns von Interesse. Ein ehemaliger Para, ein kleines Hündchen, das eine Belohnung will für etwas, das dem Herrn weit mehr als zusteht. Sie wissen wohl, was mit ungehorsamem Vieh passiert?«

Keine Antwort. Der Hörer baumelt an der Telefonschnur lose hin und her. Das Hinkebein humpelt über den glatten Boden. Beflügelt durch die Lautsprecheransage: Zehn Uhr einunddreißig nach Lyon fährt ein.

\*\*\*

Pedro hat noch fünfzig Meter bis zum Surren des Triebwagens. Jeder Schritt ist ein Stück Hoffnung. Er fließt mit den Massen Richtung Bahnsteig, taucht unter in der Menge, lässt sich treiben zur Rettung. Was dann kommt, weiß niemand. Er fühlt nichts in dem Moment, alles ist dumpf, wie betäubt. Der Lärm verstummt, als ob er in der Ferne entstünde. Alles ist nur ein einziger Fluss. Am Bahnsteig drängen sich die Trauben in die Waggons. Ansonsten ein unangenehmer Anblick, aber heute ist er alles für Pedro. Ein letzter Blick zurück, bald wird er alles hinter sich lassen. Ohne Reue oder Wehmut. Am Ende zählt das Überleben. Etwas unterbricht den Fluss. Quietschende Reifen, Autotüren, Pause, es folgen hektische Absätze, Schreie, die in der Halle dutzendfach verstärkt werden. Pedro duckt sich, nutzt die Masse, deren Augen sich in Richtung der Störung richten. Sechs Züge warten auf die Passagiere, er hat gute Chancen, nicht entdeckt zu werden. Die Männer teilen sich auf und beginnen, die Massen zu durchforsten. Anfangs zögerlich, doch als die Herren ihre Polizeimarken zücken, teilen sich die Menschen, als ob sie einen Keil hineingetrieben hätten. Pedro kann einen erspähen. Es ist der Hüne, der ihm mit Castellain einen Besuch abgestattet hat. Er hat die Waffe gezückt, die Marke hält er vor den Körper. Eine Rechtfertigung, die Pedro verwehrt bleibt. Noch hat ihn keiner gesehen, er schwimmt im Schutz des Schwarms. Das erste Mal, dass seine Körpergröße einen Vorteil darstellt. Ewig wird er sich nicht verstecken können. Der Hüne bahnt sich den Weg. Immer näher, bis er ihn entdeckt hat. Er dreht sich zu den anderen, will pfeifen, verstummt im Ansatz. Pedro zieht die P21 und schießt. Der Hüne hält sich die Brust und taucht zwischen den Menschen ab. Ohne einen Laut fällt er, selbst der Aufprall verhallt in der Menge. Pedro steckt sich die Waffe in den Gürtel, erneut hallen Schreie durch den Bahnhof.

»Ramon«, schreit einer. Immer wieder. Bis die Stimme versagt und nur mehr ein Krächzen aus dem Hals dringt. Pedro kennt die Stimme. Sein Blick sondiert die Halle, springt von Mensch zu Mensch, bis er die Quelle ausgemacht hat. Sein Herz springt fast durch die Brust, der Anblick lässt ihn beinahe erstarren. Vestal. Dazu der Kleine und ein Großer. Pedro löst die Starre und fixiert die Waggons. Langsam schwimmt er in der Menge den Bahnsteig entlang, steigt ein und nimmt im Abteil Platz. Schüsse ziehen an den Fenstern vorbei, die Menschen, die es noch nicht in den Zug geschafft haben, legen sich auf den Boden. Sechs Männer bleiben stehen, fünf davon haben Pistolen. Der Kleine hält ein Maschinengewehr im Anschlag und prügelt das Magazin durch den Bahnhof. Zwei Agenten fallen, inklusive Castellain. Der Dritte fängt an zu laufen, die Waffe hält er hinter dem Rücken und schießt wahllos in Richtung der OAS. Der Kleine wechselt das Magazin, Vestal schreit etwas, sie flüchten aus der Halle. Die Türen schließen sich und der Zug setzt sich in Bewegung. Pedro versinkt im Sitz und kann sich das Grinsen nicht verkneifen. Zu viel Glück ist immer verdächtig? Nicht heute, Ramon.

\*\*\*

# 23

Man begegnet sich immer zweimal. Eine Binsenweisheit, über die Ranfort oft stundenlang mit Auguste diskutiert hat. Wenn sich zwei Menschen kennen, eine klare Sache. Aber was, wenn sie sich treffen und einer nach dem Treffen stirbt? In einer alkoholgeschwängerten Atmosphäre nicht wichtig. In solchen Situationen herrscht die Überzeugung vor. Da geht es nicht um Argumente. Dennoch muss Ranfort grinsen, als er Revian sieht. Nicht nur, dass er in derselben Pose bei demselben Wetter wie bei der Abfahrt wartet. Es ist dieselbe Fähre, die sich die letzten Millimeter zum Hafendamm kämpft. Ranfort geht nach unten und wartet auf die Öffnung der Luke. Revian wird ihn auf die Seite winken und verhaften. Alles mit Charme und ohne großes Aufsehen. Ein Entkommen wird es nicht geben.

»Wie man hört, hinterlassen Sie überall Chaos«, schreit Revian in den Regen, als Ranfort das Motorrad neben ihm abstellt. Er hält den Knirps bedächtig in der Linken, die Rechte hat er in der Hosentasche. Er macht eine Kopfbewegung in Richtung des Renaults. »Kommen Sie.« Er hält ihm die Tür auf und nimmt neben ihm Platz. »Haben Sie gefunden, wonach Sie gesucht haben?« Ranfort schüttelt den Kopf.

»Warum sind Sie dann zurückgekommen?« Ranfort hat keine Antwort auf die Frage. Weil er den Menschen in seiner Umgebung kein Glück bringt? Oder führt er sie gar dem Schicksal zu? Mansouri ist von demselben Mann getötet worden wie sein Vater. Sein ganzes Leben hat Mansouri dieser Suche geopfert, alles aufgegeben für diesen einen Moment. In dem er Frieden verspürt hat, weil er es wusste. Vielleicht hat Auguste den gleichen Frieden gefühlt. Aber Cécille?

»Sie haben viel Staub aufgewirbelt, Kommissar. Einige Leute

nervös gemacht. Das gefällt mir.«

»Werden Sie mich gehen lassen?«

Revian schnaubt und wartet einen Moment.

»Meine Meinung zählt nicht. Dann wäre ich nicht besser als die.«

Ranfort versteht. Gerechtigkeit kann niemals etwas Subjektives sein. Was immer diese Gerechtigkeit auch sein mag. Die Kugel in Matéos Kopf? Das Klopfen der Regentropfen hämmert sich in Ranforts Gehirn.

»Danke«, sagt er.

»Wofür?«

»Dass Sie mich gehen ließen. Dass ich es wenigstens versuchen konnte.«

Revian nickt verhalten. Er dreht den Kopf in Richtung des Klopfens, das nicht vom Regen kommt.

»Machen Sie schnell. Es regnet.«

Der Mann neben dem Renault macht eine Kopfbewegung zu Ranfort. Revian kurbelt gemächlich das Fenster nach oben. Ranfort sieht ihn an, Revian hebt die Schultern, lehnt sich über Ranfort und öffnet ihm die Tür.

»Was soll das?«

»Gehen Sie.«

»Wollen Sie mich auf der Flucht erschießen?«

»Wissen Sie noch, was ich über die Männer in den Anzügen gesagt habe?

‚Leute, die auf die Gesetze pfeifen und glauben, sich ihre eigenen machen zu können. Leider stimmt das zu einem gewissen Teil. Immer, wenn man so einen an der Angel hat, kommt ein anderer und haut ihn raus.'« Ranfort kann sich gut erinnern.

»Es scheint, als ob Sie diesen Status erreicht hätten«, sagt Revian. Ranfort steigt aus dem Wagen, auf die Bonneville. Zwanzig Meter weiter steht der Mann, der ihn auf der Autofahrt durch

Marseille bedroht hat. Unter dem halb offenen Regenmantel blitzt der Anzug hervor. Er starrt Ranfort an, dreht sich ohne eine Miene um und steigt in den Mercedes. Ranfort gibt der Bonneville einen Kick, der Regen verstummt hinter dem Klang der Zylinder. Vielleicht stimmt die Binsenweisheit ja doch.

\*\*\*

Ranfort kann den Geruch von Krankenhäusern nicht ertragen. Alles trägt den Gestank von Endlichkeit, Trauer und ungewolltem Abschied. Seit dem Tod seiner Mutter hat er nur mehr unter Qualen ein Krankenhaus betreten. Seit Claudines Tod gar nicht mehr. Das Piepsen der Maschinen, dieses eigenartige Licht, alles verursacht nur Erinnerungen. Ranfort zieht sich die Jacke über den Kopf und geht im Laufschritt Richtung Zimmer 211. Anklopfen hält er nicht für notwendig. Eric wacht auf, stützt sich auf die Ellbogen und versucht ein Lächeln aus den lädierten Lippen zu pressen. Die Augenlider sind stark angeschwollen und die Hände bandagiert. Jede Bewegung sieht mühselig und schmerzhaft aus.

»Warum leben Sie noch?«, fragt Eric.

»Ich habe doch gesagt, dass sie mir nichts tun werden, solange ich es nicht habe.«

Erics Lächeln verschwindet. »Wissen Sie denn, was es ist?«

»Eine Liste.«

»Eine Liste?«

Ranfort nickt.

»Eine Liste mit Namen von ehemaligen OAS-Mitgliedern, inklusive Matéo.«

»Haben Sie ihn gefunden?«

Ranfort nickt, weicht Erics Blick aus, massiert sich mit gesenktem Haupt die Nasenwurzel.

»Hat er Auguste auf dem Gewissen?« Ranfort schüttelt den Kopf.

»Wer dann?« Ranfort hebt die Schultern.

»Vielleicht die Anzugträger. Vielleicht war ich es doch selbst. Wer weiß das schon?« Eric nickt beständig.

»Das Gewehr«, sagt Eric und reißt die Augen auf. Ranfort sieht ihn fragend an.

»Der Kolben ist hohl. Wenn Auguste die Liste irgendwo versteckt hat, dann dort.«

»Warum hat sie niemand gefunden?«, fragt Ranfort.

»Sie müssen die Liste an die Öffentlichkeit bringen«, sagt Eric.

»Glauben Sie, dass das irgendetwas ändern wird?«

»Haben Sie denn eine Wahl?« Kurze Pause, Eric setzt fort. »François. Das Einzige, was Ihnen bleibt, ist die Flucht. Oder dieses verdammte Stück Papier seiner Bestimmung zuzuführen. Sonst war alles umsonst. Auguste, Cécille und wer weiß, wen es in Algerien sonst noch erwischt hat. So wie Sie aussehen, war das kein Spaziergang. Es hat einen Grund, warum sie noch hier sind.«

Eric hat recht. Er hat einen Fall aufzuklären und seinen Arsch aus der Schlinge zu ziehen. Das ist er allen anderen schuldig.

»Eine Frage noch: Was bedeutet die Zahl auf dem Gewehr?«

»Das ist das vierzehnte, das ich gebaut habe. Und soweit das letzte.«

Ranfort presst Luft durch die Nase, zuckt mit den Schultern.

»Sie kommen klar?!

»Sie müssen schnell sein, François. Sie werden auch hierherkommen. Dann werden sie mich fragen, wo Sie sind. Ich weiß nicht, wie lange ich das durchhalten kann. Diese Leute kennen sich mit Schmerzen aus.«

»Ich weiß«, sagt Ranfort und verlässt das Krankenhaus. Er mustert das Gebäude, zieht einen dicken Brocken Luft in die

Lunge. Die gesamte Rue de Forbin sieht ruhig aus. Keine schwarzen Mercedes, keine Typen im Anzug. Ranfort rückt sich die Jacke und den Helm zurecht. Ein Blick zurück, dann reißt er den Gasgriff nach hinten. Es ist nicht weit bis nach Saint-Lemis.

*\*\**

Kaum eine Woche ist seit Augustes Tod vergangen. Aber diese Zeit hat Ranforts Bild der Dinge verändert, für immer verschoben. Saint-Lemis hat jegliches Gefühl einer Heimat verloren. Es bleibt lediglich ein Netz aus Vergänglichkeit. Als er in den Weg zum Weinberg einbiegt, wird es immer klarer. Hier gibt es nichts mehr für ihn, niemanden, der auf ihn wartet oder seine Anwesenheit schätzt. Weder beruflich noch privat. Wenn ihn die Kollegen erwischen, werden sie ihn verhaften. Die anderen, die Menschen, denen er mehr als einmal geholfen hat, werden das Monster sehen. Dann wird Genugtuung herrschen, die Gerechtigkeit siegen und ein Stück Ruhe in Saint-Lemis einkehren. Damit die Menschen wieder den Oberflächlichkeiten nachgehen können, den drögen Ritualen, die sie weit mehr schätzen als alles andere. Er parkt das Motorrad zwischen den Reben und geht die letzten Meter zu Fuß. Ein letzter Gang, ein Abschiedsritual, eine Zeremonie, die ihn von der Schuld zu erlösen vermag. Jeder Schritt beschleunigt Ranforts Herzschlag und dämpft die Aufregung gleichermaßen. Es ist fast, als ob er mit jedem Meter, den er schwimmt, trockener wird. Ein Kribbeln zieht die Unterschenkel herauf und entzieht ihnen gleichzeitig die Stabilität. Er passiert das Haus, geht durch den Garten in den Schuppen und nimmt den Lappen, in dem sich das Gewehr noch genauso befindet, wie er es hinterlassen hat. Er greift in die Tasche, holt ein Messer hervor und löst die Abdeckung des Kolbens. Eric versteht etwas von seinem Handwerk. Keine

Plastikteile, alles ist aus Vollholz und hochwertig lackiert. Ranfort ist vorsichtig. Er will das MAS-36 nicht beschädigen. Nach einigen Minuten Achtsamkeit sieht er den Grund der Aufregung vor sich. Ein Stück Papier. Ranfort zieht es heraus, faltet es auseinander und liest all die Namen, die darauf vermerkt sind. Einige kennt er, die meisten hat er noch nie gehört. Politiker, Industrielle, Personen öffentlichen Interesses und deren Pseudonyme. Der letzte Name: Pedro Ramon aka Auguste Petrus. Das Narbengesicht Pedro. Hinkebein Ramon. Säufer Petrus. Freund Auguste. Er steckt sich den Zettel in die Jackentasche und legt das Gewehr wieder in die Ecke. Ein zweiter Zettel fällt aus dem Kolben. Ranfort hebt ihn auf und liest Augustes Handschrift. Dann geht er zu den akribisch geordneten Tomatenstauden, entfernt die Erde zwischen zwei Pflanzen und holt eine Kiste hervor, in der sich ein Buch befindet. Abgegriffene Hülle aus minderwertigem Leder, darüber ein Gummiband ohne Elastizität. Ranfort schlägt die erste Seite auf und beginnt zu lesen.

*1. Mai 1955: Frankreich sucht Freiwillige*

*Ich habe mich entschlossen, der Heimat den Rücken zu kehren. Nicht ein Funken Reue hat mich ereilt, als ich im Geiste leise Lebewohl gesagt habe. Ein wenig mulmig ist mir schon bei dem Gedanken, vielleicht nie wiederzukommen, aber was hält mich hier noch? Vater hat nicht einmal reagiert, als ich es ihm gesagt habe. Keines Blickes hat er mich gewürdigt, als ich, sein einziger Sohn, ihm mitgeteilt habe, dass ich nach Algerien gehe. Ich bin aufgestanden und gerannt, dass nicht eine einzige Träne mein Auge erreicht hat. Maman war wie immer. Zerrissen in ihrer Mühe, die Lage zu beschwichtigen und bemüht, ihr Lächeln in die Lippen zu zwängen. Wie mich das anwidert, diese heuchlerische Fassade. Wie ich diese »Heimat« verfluche.*

Ranfort liest das Tagebuch, Seite für Seite. Jedes Detail, jedes Stück Leben, saugt er in sich auf, bis er nur noch Abscheu empfindet für diese traurige Gestalt. Ein Mörder, Attentäter und Folterknecht. Aber vor allem eines: ein Egoist.

***

Erics Rat hat sich in Ranforts Kopf gebrannt. Die ganze Fahrt nach Saint-Lemis hat er sinniert, überlegt, was er mit dem Stück Papier anstellen soll. Bis es ihn traf wie ein Blitz. Er muss jemanden finden, der Leute auseinandernehmen kann, ohne selbst ins Visier zu geraten. Jemanden, der Ranfort bereits auseinandergenommen hat.

»Es ist gar nicht so einfach, Sie zu erreichen. Ich musste meinen Status als gesuchter Verbrecher ausspielen«, sagt Ranfort nach einer Ewigkeit in der Warteschleife. Wer auch immer diese Lounge-Musik schreibt, wird Ranforts nächstes Ziel.

»Es bedarf schon etwas Berühmtheit, M'sieu Ranfort. Fühlen Sie sich geehrt.«

»Sie haben mir ja schon vor ein paar Tagen ihre kostbare Zeit gewidmet.«

»Ein Mann, der seinen einzigen und besten Freund umbringt, weil er ihn als FLN-Terrorist enttarnt. Eine Seltenheit, würde ich sagen.«

»Sie wissen, dass das nicht der Wahrheit entspricht?«

»Ist das wichtig?«

»Wichtig ist nur, was ich in den Händen halte.«

»Und das wäre?«

»Beweise für meine Unschuld.«

»Heben Sie sich das für den Richter auf.«

»Es geht noch weiter. Der Ermordete war Mitglied der OAS.«

»Inwiefern entlastet Sie das?«

»Er hatte eine Liste, die hochrangige Politiker als Mitglieder enttarnt.«

»De Gaulles Generalamnestie sagt Ihnen wohl nichts?«

»Da stehen Namen und deren Pseudonyme. Die Sache hat eine Menge Staub aufgewirbelt, Poivre. Da versucht jemand, sich und andere zu schützen.«

»Warum andere?«

»Da sind zu viele beteiligt, als dass es nur um einen ginge. Auguste hat in ein Wespennest gestochen.«

Der Journalist überlegt. »Rufen Sie mich in zehn Minuten noch einmal an.«

Freizeichen.

Ranfort beobachtet die Gegend. In der Telefonzelle kann er nicht bleiben. Er muss den Ort wechseln. Nach Hause kann er nicht und eine Rückkehr zu Augustes Haus ist zu gefährlich. Die Telefonzelle in der Rue de Lafette liegt zu zentral. Augustes Eltern. Ranfort schwingt sich aufs Motorrad. Augustes Vater sitzt genauso apathisch auf der Couch wie bei seinem letzten Besuch. Er bemerkt ihn nicht einmal. Augustes Mutter bittet ihn in die Küche.

»Was machen Sie hier? Die ganze Welt sucht nach Ihnen.«

»Florence, hören Sie mir zu. Ich muss Ihr Telefon benutzen. Der Wahrheit wegen.«

Augustes Mutter setzt sich zum Küchentisch und wartet. Ranfort ruft Poivre vom *Journal de 20 heures* an und vereinbart einen Termin. In Paris. Heute noch.

»Wissen Sie, wer es war?«, fragt Florence. Kühl. Ohne Erwartung.

»Ich nicht. Aber Sie hatten recht.« Florence sieht ihn fragend an. »Ich bringe allen Unglück, die mich lieben.«

Florence nickt. Ranfort bemerkt die Abwesenheit jeglichen Lebens in ihren Augen. »Sie sollten gehen, François. Jetzt.«

Ranfort streicht ihr über die Schulter und gibt ihr einen verhaltenen Kuss. Sie greift nach seinem Arm, sucht seinen Blick. Die Kälte ihrer Hände wird unangenehm, drängt sich in die Haut. Er spürt ihren Puls, zieht den Arm weg.

Florence starrt ihn an, sagt: »Ich liebe Sie nicht, François.«

\*\*\*

Ranfort hat sich dem Geräusch der Stahlräder auf den Schienen gänzlich hingegeben. Der Kopf lehnt an der Scheibe, die Schultern hängen herab. Das Motorrad steht auf einem bewachten Parkplatz in Arles. Mit einem Felsbrocken in der Magengrube. Ab dann kann er sich keines Gedankens mehr entsinnen. Der Blick von Florence: ein einziges Desaster. Cécilles Ebenbild, inklusive der Zerrissenheit, der Trauer von Jahrzehnten. Ranfort hat sich losgerissen, ist aus dem Haus gestürmt, dass es selbst Augustes Vater bemerkt hat. Pedro hat Ranforts Lebenskonstrukt ins Wanken gebracht. Nicht nur durch den Mord oder seine Vergangenheit. Wie oft hat ihm Ranfort in die Augen gesehen und nichts gespürt? Wie oft hat er mit ihm gesprochen und Auguste hat nicht einmal ein Anzeichen gemacht? Nicht einmal, wenn Auguste betrunken war, hat Ranfort etwas gemerkt. Pedro hat Auguste vergraben. Mit dem Tagebuch, zwischen den Tomatenstauden. Ranfort hat ihn respektiert und die Angewohnheit, unangenehmen Themen auszuweichen. Die Affäre mit Ranforts Frau: ein Wimpernschlag. Was hat er im Gegenzug bekommen? Eine tote Freundin und den Entzug der Lebensgrundlage. Jeder Gedanke an Auguste ist Verschwendung, die Freundschaft ein verblasstes Gemälde, eine Illusion. Fahr zur Hölle, Pedro Ramon.

Der TGV hat gerade Sens passiert, zwei Männer nehmen gegenüber von Ranfort Platz. Beide im beigen Trenchcoat, glatt gestreift, ohne eine Falte. Wie deren Gesichter. Keinerlei Emotion, die Münder wie mit dem Lineal gezogen. Ranfort bestätigt ihre Anfrage, sich zu setzen, mit einem Nicken und widmet sich dem Fenster. Er hat noch nie Paris gesehen. Er wollte mit Cécille Saint-Lemis den Rücken kehren. Von vorne anfangen. Vielleicht dort. Wenn er die Chance hätte. Wenn sie nicht tot wäre. Wenn dort nicht so viele Menschen wären. Wenn er nicht unter Mordverdacht stünde und gleich verhaftet werden würde. Zu viele Konjunktive bestimmen Ranforts Leben.

»Monsieur Ranfort?«, sagt einer mit verdächtig guter Rasur. Ranfort verzieht keine Miene und sieht auf den Ausweis, den sich der Mann vor den Mantel hält. Pariser Polizei.

»Keine Angst, ich mache kein Aufsehen«, sagt er mit hochgezogenem Mundwinkel, setzt fort:

»Ich war noch nie in Paris. Es soll schön sein um diese Jahreszeit.«

Ranfort lehnt an der Scheibe und lässt die Landschaft an sich vorbeiziehen. Da ist sie, die Resignation, die ihn nach dem Tod seiner Frau befallen und nur schwer verlassen hat. Dieses tiefe Loch, dem er bei jedem Schritt ausweichen musste, in das er immer zu fallen drohte. Er hätte gut Lust auf ein Bier. Oder mehrere. Daneben ein paar von diesen *petits jaunes*, die Eric das Leben erleichtern. Vielleicht sogar mit dem, der ihn in diese Situation gebracht hat. Schlägt ein gewohntes Übel das Unbekannte?

»Ich bin noch nie am Meer gewesen«, sagt der am Fenster. Fast entweicht ihm ein Quäntchen Wehmut, die Ranfort gern erwidert.

»Sie sollten hinfahren. Es ist schön dort. Als Tourist.«

# Epilog

Der Wind treibt den Regen vom Meer herein. Eine Störung, die nicht lange dauern wird. So der Wetterbericht. Pedro sitzt im Polstersessel, in dem sein Gesäß einen tiefen Abdruck hinterlassen hat. Die Tür öffnet sich. Kein Klopfen geht dem Besuch voran. Es ist auch nicht notwendig. Pedro weiß genau, wer kommt.

Ranfort. Er breitet die Arme aus, Pedro steht auf, ein inniger Druck, Ranfort nimmt gegenüber Platz. Ein Glas Wein, nicht zu viel, Ranfort hat noch etwas vor. Er ist anders als sonst. Pedro hat ihn schon lange nicht mehr lächeln gesehen. Er fragt ihn, was los sei, Ranfort zögert. Er lehnt sich auf den Tisch, sieht ihm in die Augen und beginnt zu erzählen. Über Liebe, mit der er nicht mehr gerechnet hat, einen Entschluss, von hier fortzugehen. Ranforts Augen glänzen, als er von Cécille erzählt und der Zukunft außerhalb von Saint-Lemis. Dann will er Pedros Segen. Weder stört Pedro, dass Cécille verheiratet ist, noch dass es Ranfort ist, den sie liebt. Heimlich, wie sie dachten. Weniger heimlich, wenn man sich umhört. Es ist die Tatsache, dass die einzigen beiden Menschen, die ihm je am Herzen lagen, von hier weggehen wollen. Das kann er nicht gutheißen. Was soll ER tun? Wo soll ER hin? Ranforts Lächeln ist weg, verschwunden, angespannten Lippen gewichen. Er hebt die Stimme, schreit, lauter als Pedro, gestikuliert sich die Wut aus dem Körper, stellt die Freundschaft auf die Waage. Pedro will nicht. Nicht heute. Er muss nachdenken, wie es weitergeht. Nicht nur wegen Ranfort, auch wegen Cécille. Ranfort soll gehen, er will ihn nicht mehr sehen. Ranfort verweigert, Pedro schießt das Weinglas vom Tisch, Ranfort das zweite. Dann wirft er die Tür hinter sich ins Schloss. Pedro geht in die Küche, nimmt sich ein neues Glas, füllt es an. Er leert es in einem Zug, die Reue soll verschwinden. Sieh dich an, Ramon. Ein Ebenbild deines Vaters. Kalt und egoistisch. Eine einzige Narbe deiner dunklen Vergangenheit.

Pedro lehnt sich auf die Hände, die Tür geht auf. Er lässt das Glas stehen und verlässt die Küche. Er hat es nicht so gemeint, natürlich heißt er die Liebe gut. Es ist die Vorstellung der Einsamkeit, die ihm zu schaffen macht. Verzeih mir, François.

Pedro verharrt im Schritt, als er Ranfort sieht. Bewusstlos, geschultert von einem kleinen, dicken Mann mit abgebissenen Ohren. Dahinter schiebt sich Vestals Silhouette durch die Tür. Begleitet vom Donner, der durch die Hügel dröhnt. Vestal setzt ein Grinsen auf, schlägt die Tür in den Rahmen.

»Der gehört zu dir, nehme ich an?« Pedro schweigt.

»Ein netter Zufall. So einer hat mir gefehlt, Ramon. Petrus. Auguste, Pedro. Wie auch immer.«

»Du kannst die Liste haben, wenn du willst. Aber lass ihn in Ruhe.«

»Welche Liste?«

Hat er keine Ahnung? Der Kleine muss ihm in Paris doch etwas gesteckt haben.

»Verdammt, welche Liste?«, schreit Vestal.

»Die Liste, die Castellain mit ins Grab genommen hat«, schreit Pedro.

»Die kriegen wir schon, keine Angst.«

»Wie hast du mich gefunden?«

»Ich sehe so gut wie nie fern. Einmal, vielleicht zweimal im Monat. Genau da kommt ein Bericht über dieses gottverlassene Kaff. Und wen sehe ich da?«

Vestal genießt den Moment, reißt den Mund auf. Er dreht die Handflächen nach oben und spreizt die Lider.

»Ge-nau. Meinen alten Freund Pedro Ramon.« Er geht vor,

nimmt die Waffe und schlägt sie Pedro ins Gesicht. Pedro taumelt zurück, Blut läuft aus der Nase, er wischt es mit dem Handrücken weg. Vestal stellt sich breitbeinig vor ihn, Ranfort liegt am Boden. Der Kleine hält die Hand im Sakko versteckt, beobachtet Vestal, wartet auf ein Kommando. Vestal winkt ab, schraubt einen Schalldämpfer auf die P21, sagt: »Drei-und-zwanzig Jahre, Ramon.« Vestal lässt die Worte am Gaumen verweilen, schüttelt den Kopf. »Und jetzt knie nieder.«

*** 

»Kommissar Ranfort«, sagt der Mann im Anzug. Akkurater Scheitel, schlank, Anfang dreißig, eine Idee freigeistiger Koteletten. Er zieht sich das Jackett über das Gesäß, öffnet die Knöpfe und zupft an der Manschette. Er prüft alles noch einmal und legt eine Aktentasche vor sich auf die Ablage. Ranfort ahnt etwas, das er in der Zelle für einen Augenblick verdrängt hat. Seit zwölf Jahren kein einziger Besuch. Kein einziger Tropfen, der ihm die Zeit erleichtert hätte. Von Zeit zu Zeit ein Buch, ab und zu eine Schlägerei, die ihm den Tag verkürzt hat. Die Drohung des Mannes aus Marseille hat sich nicht bewahrheitet. Einem Einzelgänger, der zuschlägt, ohne lange nachzudenken, der weiß, wo es wehtut, gehen die anderen nicht so schnell an die Wäsche.

»Sparen Sie sich den Kommissar«, sagt Ranfort. Lakonisch.

»Verzeihung. Ich bin etwas aufgeregt.«

»Ich nicht«, sagt Ranfort. Worüber auch?

»Sie wissen, warum ich hier bin?«

»Das weiß ich nicht einmal über mich. Ich kann beides nur erahnen.« Kurze Pause. »M'sieu?«

»Oh, Verzeihung. Secaut. Doktor.«

»Der Sohn, nehme ich an?«

Unruhiges Kopfnicken, gepresstes Lächeln. Es erinnert ihn an den Vater des Anwalts. Einer von jenen, die für Ranforts Situation Verständnis gehegt, ihm zugestanden haben, dass seine Schuld nicht ganz geklärt sei. Wenn es zu einer Verurteilung käme, dann wäre die Haft nicht von langer Dauer. Dennoch sitzt er hier. An der falschen Seite der schmierigen Scheibe. Zwölf Jahre lang. Achtzehn weitere in Aussicht.

»Was wollen Sie? Ich habe nicht den ganzen Tag Zeit.« Eine Lüge. Es könnte Wochen dauern und wäre egal.

»Es gibt Neuigkeiten im Fall Petrus.«

Ranfort lehnt sich auf den Ellbogen so weit nach vorne, bis sein Gesicht an der löchrigen Scheibe klebt.

»Zwölf Jahre«, lässt er sich Secaut Juniors Worte am Gaumen zergehen, »und es gibt Neuigkeiten. Ist Auguste auferstanden?« Leise, mit einem süffisanten Brocken.

»Natürlich nicht, Monsieur. Kürzlich ist die Verbindung eines ehemaligen Ministers zur OAS diskutiert worden.«

Ranfort schwingt die rechte Hand im Kreis.

»Es gibt keine Beweise, nur Vermutungen.« Ranfort lässt die Hand auf das Holz fallen.

»Da komme ich ins Spiel?«

Verhaltenes Nicken.

»Die Liste ist damals auf sonderbare Art verschwunden.« Ranfort sieht ihm in die Augen. Eine gefühlte Ewigkeit. Ist der Abklatsch eines Anwalts gekommen, um ihn auf den Arm zu nehmen? Er hat Glück, dass die Scheibe zwischen ihnen ist.

»Niemand hat mir geglaubt. Einem Kommissar mit bis Dato einwandfreiem Leumund. Weder mein Chef noch die Menschen in Saint-Lemis, für die ich mehr als einmal mein Leben riskiert habe, noch Ihr jämmerlicher Vater. Aber heute bin ich glaubwürdig?«

»Sie könnten Ihre Haftstrafe deutlich verkürzen.«

Ranfort steht auf, schlägt die flache Hand auf die Ablage und schreit: »Den Teufel werde ich. Sie und Ihre Bande bei irgendetwas unterstützen. Selbst wenn, würde das nichts bringen. Und wissen Sie, warum?«

Dr. Secaut Junior wendet den Blick von Ranforts gestrecktem Zeigefinger ab.

»Weil es diesen verdammten Krieg nie gegeben hat. Deshalb bin ich verurteilt worden. Nur deshalb.«

# Register

**AA-52** (*Arme Automatique Transformable Modèle 1952*) bezeichnet das erste Maschinengewehr, das von Frankreich nach dem Krieg selbst produziert wurde. Davor wurden vor allem amerikanische und britische Bestände genutzt. Cinquante-deux war der Kosename (französisch ‚52‘).

**bougnoul(e)**, ein abwertender, rassistischer Begriff für Araber.

**DGSE** (*Direction Générale de la Sécurité Extérieure*), französischer Geheimdienst außerhalb Frankreichs.

**DST** (*Direction de la Surveillance du Territoire*), Inlandsnachrichtendienst in Frankreich.

**FLN** (*Front de Libération Nationale*), algerische Partei, gegründet 1954 in Kairo; treibende Kraft für die Unabhängigkeit Algeriens (1962), Kaderpartei mit sozialistischem und arabisch nationalem Programm.

**Fellagha** (arabisch ‚Räuber‘), bezeichnet einen Kämpfer gegen die französische Kolonialherrschaft im Algerienkrieg.

**Harki** Araber, die an der Seite Frankreichs kämpften. Viele unfreiwillig, viele waren von der Überlegenheit des französischen Verwaltungs- und Politsystems überzeugt.

**OAS** (*Organisation de l'Armée Secrète*), bezeichnet eine Geheimorganisation von nationalistischen Algerienfranzosen und Mitgliedern der französischen Algerienarmee, die sich der Algerienpolitik des französischen Staatspräsidenten Charles de Gaulle mit Terroranschlägen widersetzte und nach der Verhaftung ihrer militärischen Führer zerfiel. Im Buch: die Anzugträger.

**Para** (Kurzform von *parachutiste*), französisch für ‚Fallschirmjäger‘.

**Marseillaise** ist die Nationalhymne der Französischen Republik.

**petit jaune** (deutsch ‚kleiner Gelber‘), eine Bezeichnung für Pastis (Anis-Spirituose) in und um Marseille.

**Pied-noir** (deutsch ‚Schwarzfuß‘), ein Ausdruck für die Algerienfranzosen, weiße Europäer, die sich während der Kolonialzeit in Algerien angesiedelt hatten. Nach der Niederlage Frankreichs wurden sie vor die Wahl gestellt: *La valise ou le cercoueil* (Koffer oder Sarg). Dieses Motto bezeichnet die Wahl der Auswanderung aus Algerien oder Hinrichtung. Viele der Pied-noirs wurden nach dem Krieg nach Korsika umgesiedelt.

**Plastiqueur** bezeichnet einen französischen Sprengstoffattentäter. Der Ausdruck entstand durch die häufige Benutzung von Plastiksprengstoff.

**Rote Hand** (französisch *La Main Rouge*), war eine von der DGSE betriebene Terrororganisation, die sich primär die Liquidierung führender FLN-Mitglieder und FLN-Sympathisanten zum Ziel setzte.

**Saint-Lemis** ist eine Stadt an der Südküste Frankreichs, ungefähr achtzig Kilometer westlich von Marseille. 15.481 Einwohner. Haupteinnahmequelle: Tourismus, vormals Fischfang und Weinanbau. Die Stadt hat in den Wintermonaten mit Arbeitslosigkeit und Kriminalität zu kämpfen. Saint-Lemis existiert nicht.

**têtes brûlées** (deutsch ‚verbrannte Köpfe‘), selbstgefällige Bezeichnung der französischen Fallschirmjäger, (‚Heißsporne‘, ‚Draufgänger‘).

## Danksagung

Bedanken möchte ich mich in erster Linie bei allen, die sich die Zeit nehmen und das Buch in die Hand. Ohne den Leser ist meine Arbeit inexistent.

Meine endlose Wertschätzung gilt meiner Frau Katharina, die all meine Launen erträgt und mich immer unterstützt. Nicht unwesentlicher sind all jene, die nicht müde wurden, Kritik zu üben und mir geholfen haben, dieses Werk zu verbessern. Insbesondere geht mein Dank an Brigitte Mayr-Pirker, Christian Maarhof, Peter K., meinen Lektor Lucas Humann und meine Korrektorin Anneke.

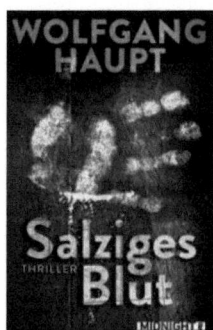

Wolfgang Haupt

# Salziges Blut

Thriller

## Das Buch

Der Personenschützer Felix Horvat bekommt einen Anruf: Seine beste Freundin und Polizistin Andrea hat ein mit Säure verätztes Opfer am Tatort vorgefunden, auf dessen Handrücken dieselbe tätowierte 5 zu erkennen ist, die auch Felix trägt. Felix war früher in einer Jugendgang und scheinbar hat es jemand auf die ehemaligen Mitglieder abgesehen. Er ermittelt auf eigene Faust und wird von den Geistern seiner Vergangenheit heimgesucht. Als Felix' Familie ins Visier der Verbrecher gerät, muss er sich an den Einzigen wenden, der jetzt noch helfen kann: Darius, alter Freund, gefährlicher Junkie und selbst Träger einer 5. Gemeinsam mit Andrea kommen sie einer hochexplosiven Mischung aus Drogengeschäften, Ex-Militärs und Verrat auf die Spur ...

# Prolog

Die Geschmacksknospen ziehen über den Stein, erfüllen das Maul mit dem Geschmack des Salzes. Wieder und wieder vergräbt sich die Zunge in den Kristallen, verlangt nach mehr. Wasser, eine Portion Heu, die Haflingerstute kreist den Kiefer in völliger Entspannung. Sie wiederholt die Prozedur, schüttelt die Mähne und spitzt die Ohren. Ein Laut versetzt die Zellen in Wallung. Die Hufe scharren im Heu, treten auf der Stelle. Der Körper gerät in Aufruhr, der Rumpf schüttelt sich. Die Ohren haben etwas vernommen, etwas Vertrautes, das sich nähert. Ein Wiehern, die Klinke der Box geht nach unten, die Tür geht auf. Das Tier senkt den Kopf, ein Streicheln über den Nacken. Ein sanfter Druck, Stirn gegen Stirn. Gleich kommt sie wieder, die Decke unter den Arm geklemmt. Ein gewohnter Handgriff, ein Säuseln, das den Raum erfüllt. Das Gewicht des Sattels erzeugt Gegendruck, kalter Stahl am Bauch, der vorsichtig in den Lederriemen eindringt. Ein Streicheln, das Zaumzeug, ein Ziehen, das Tier setzt sich in Bewegung. Links aus der Box, über den Hof, vor das Gatter. Ein Quietschen des Eisens, ein Ziehen am Maul, das Gatter fällt zu. Die Hand streicht über den Rücken, der Steigbügel senkt sich, alles ist gut. Dampf steigt aus den Nüstern, der Hals biegt sich, die Beine wollen vorwärts. Zuerst im Trab, den Hügel hinauf, zwischen den Bäumen hindurch. Altbekannte Pfade. Das Tier will mehr, übt sich in Geduld. Nicht mehr weit, dann kommt die Ebene, die Geschwindigkeit, die Hufe, die sich in den Schotter drücken. In der Abendsonne, in der Wärme der letzten Sonnenstrahlen. Hinter ihnen das Schloss, erbaut aus Lust am Leben, vor vierhundert Jahren.

Sie ist noch zu spüren, die Freude des Markus Sittikus von Hohenems.

Es geht nach Norden, das Schloss versinkt hinter dem Hügel, ist schnell vergessen in der Hoffnung der Ebene. Die Hufe beschleunigen, graben sich in den Boden, alles will vorwärts. Diese Momente waren selten in den letzten Monaten, der Winter hielt spät Einzug und ließ sich schwer vertreiben. Dann ist es einsam und kalt. Der Wind zieht über die Felder, pfeift gegen das Gehöft. Wider den Protest der wiehernden Meute.

Heute ist es anders. Die Sonne hat Kraft, die Welt aus dem Schlaf geholt, die Kälte vertrieben. Nun werden sie häufiger hinaus, vielleicht täglich, sie weiß es nicht. Was ist morgen?

Es existiert nur der Galopp, in dem sie gänzlich ertrinkt. Die Nüstern aufgerissen, zum Ansaugstutzen gedehnt. Es geht nach Westen, in den Wald, auf Forstwegen, geradeaus. Schneller, immer schneller, die Reiterin schmiegt sich an den Rücken. Die Köpfe verschmelzen im Wind, ein Schwall geht durch die beiden. Eine Symbiose, unzertrennlich im Augenblick. Der Schranken ist nicht weit, noch eine Sekunde, sie brauchen Platz, um zu stoppen. Es geht nach links, dasselbe Spiel, im Takt der Spechte durch den Duft des Nadelwaldes. Allein, keine Spaziergänger, die die Ruhe zu stören vermögen. Keine Hunde, Pferde, Forstautos. Niemand, der in ihr Universum eindringt. Langsam, links, noch eine Runde. Einigkeit, der Wald ist eine Mauer, die nur ihnen bestimmt ist.

Ein ungutes Gefühl, die Störung nähert sich, ein schwarzer Fleck in der Ferne. Statisch, glänzend, fremd. Wir haben noch ein paar Meter. Was kümmert uns das?

Sie spürt die Unsicherheit, wird langsamer, geht in den Trab, wittert etwas. Sie kann es nicht ignorieren. Eine Hand gleitet auf die Schulter, entspann dich, Mädchen. Der Blick geht nach links, durch die Spärlichkeit der Blätter, sucht nach Anhaltspunkten. Empörung macht sich breit, Frechheit schleicht durch die Gedanken.

Beruhigung. Sie alle dürften nicht hier sein. Autos und Pferde sind gleichsam verboten.

Eine Bewegung, hinter den Tannen. Geschrei, ein Streit, ein Schuss. Eine rote Jacke huscht hinter den Stämmen vorbei. Die Steigbügel schlagen gegen den Bauch, piano, keine Eile.

Du darfst den Fleck nicht aus den Augen lassen. Dann die Ablenkung, der BMW blendet, zieht die Aufmerksamkeit auf sich. Verdammt. Das Rot ist verschwunden. Das Herz beschleunigt, der Mund presst Luft aus der Lunge. Die Pupillen springen hin und her, die Linsen ziehen sich zusammen, fokussieren. Da! Braves Mädchen, Geduld. Sie müssen leise sein. Vielleicht ist er nicht allein.

Ein Schnauben, die Hufe klicken auf dem Schotter. Fünfzig Meter bis zu dem Rot, das nicht hierhergehört. Die Blicke trennen sich, die Reiterin sucht nach einer Bewegung zwischen den Bäumen. Kein Geräusch zwischen dem Klicken der Hufe, allein der Herzschlag pulsiert durch die Bäume. Noch ein paar Meter, der linke Steigbügel senkt sich und die Stiefel knacken auf dem Untergrund.

Verhaltene Schritte, ein Blick in den Wald. Keine Regung hier und dort. Die Reiterin läuft hin, dreht ihn auf den Rücken, nicht nur die Jacke versinkt im Rot. Eine Schaufel, Blut klebt am Stiel. Sichtlich nicht das seine, das passt nicht zum Loch in der Brust. An der Hand eine Zahl. Eingebrannt, vernarbt. Am ehesten eine Fünf.

# 1

Der Abend trägt den Wind herein. Er reist mit dem Fluss, verstärkt sich, nimmt den Schweiß des Südens mit in die Stadt. Er vermischt sich mit dem der Reichen, um sich dann mit dem der Migranten zu verbinden. Früher war kein Tropfen südländischer Ausdünstung dabei. Das war vor Felix' Zeit. Er kennt es nicht anders, ist damit aufgewachsen und hat sich nie daran gestört. Ist es doch ebenso sein Duft, der einen Teil beiträgt, mit dem Wind nach Norden verschwindet. Hinter der Stadt vergeht, sich über die Ebenen verteilt, über die Grenze nach Deutschland zieht.

Doch trägt er auch den Gestank und den Lärm der Fahrzeuge, die sich in den Abendstunden ineinander verschränken. Von Zeit zu Zeit ein Signalhorn, Blaulichter, die durch die Dunkelheit von Osten nach Westen schneiden. Oben an der Kreuzung biegen sie nach links ab und ihr Horn verliert sich in den Häuserschluchten. Dort bricht sich das Licht und mahnt zur Eile. Meist Rettungsfahrzeuge, manchmal die Polizei und selten die Feuerwehr. Früher oder später müssen sie alle hier vorbei, unter Felix' Balkon. Er ist ein Alibi, einen halben Meter lang und einen Meter breit, nicht viel mehr als die Tür, die hinausführt. Gerade groß genug, um den Rauch der Zigarette draußen zu halten.

Die rußgeschwärzten Häuserfronten wechseln sich mit bunten Fassaden ab, sind verbunden mit den Stromleitungen der Busse, die sich zwischen den Autos durchzwängen. Von Süden her dringen die Glocken der Kirchen, die zahlreicher nicht sein könnten. Ein Erbe, ein Vermächtnis, das an die Macht der Kirchenfürsten erinnert. Eine Sache, die Felix nicht kümmert. Es gibt nur eine orthodoxe Kirche, die er nie besucht. Zwar in der Nähe, doch der Glaube hat ihn nie erreicht in dieser Welt. Er ist verblasst, verloren zwischen den Welten, wie die Menschen, die dorthin gehen.

Die Augen starren in die Leere, vorbei an der Glut, die sich in den Tabak frisst. Das Knistern der Zigarette blendet alles aus, füllt die Lunge mit Rauch. Ein tiefer Zug, der Stummel verglüht im Aschenbecher, Felix geht in die Wohnung. Der Blick trifft das Telefon, eine jähe Störung, die ihm keine Ruhe lässt. Er setzt sich auf die Couch, die nachts als Bett fungiert, schaltet den Fernseher ein.

*Salzburg heute.* Barbara Weisl erzählt über die Geschehnisse im Bundesland, es ist nicht viel passiert. Sport, Wetter, Ende. Felix drückt die Weisl weg und setzt sich an den Rand der Couch. Er atmet durch, steht auf, geht eine Runde im Zimmer. In die kleine Küche, in der sich nichts außer einer Kaffeemaschine befindet. Er drückt den Knopf, George Clooney drängt sich in die Gedanken, die Mundwinkel wandern nach oben. Wegen ihm hat er die Maschine. Oder eher wegen seines Aussehens.

Ein Blick in den Kühlschrank, ein halb volles Päckchen Milch, Gemüse, ein Karton Eier. Er wäscht eine Tasse ab, platziert sie unter dem Zapfen, mit dem George Clooney in der Werbung die Frauen herumkriegt. Felix drückt den großen der zwei Knöpfe, ein Brummen, der Nasenbär spuckt zwei genormte Espressi in die Tasse. Keine Milch, kein Zucker. Dazu eine Zigarette, immerhin vergeht die Zeit. Felix öffnet die Balkontür, stellt die Tasse auf das Eisengitter. Feuer, Knistern, ein tiefer Zug. Es stinkt nach Essig, dem Abgas der Fahrzeuge. *Verdammt, warum lebst du eigentlich noch hier?* Wahrscheinlich liegt es an den Immobilienpreisen in den anderen Vierteln. Oder den Alimenten. Oder dem unterbezahlten Job. Oder daran, dass du selten dort bist. *Egal, konzentrier' dich auf den Rauch.* Ein Brennen, die Bronchien öffnen sich, das Nikotin ist in Sekundenschnelle da, wo es hingehört. Im Belohnungszentrum, direkt im Gehirn.

Nebel zieht auf, lässt den Anblick der Straße vergehen. Allein die Lichter scheinen durch, wie hinter Watte, der Lärm ist weit entfernt. Er will den Zigarettenstummel nach unten schießen, vielleicht bleibt er darauf liegen.

*Lass es.* Das verursacht nur Brandflecken. Das macht es nicht besser. *Das macht den Tag, dein Leben nicht besser. Morgen musst du was tun, raus aus dieser Enge, die dich erdrückt.* Vielleicht an den See, unter Menschen. So sehr ihm das widerstrebt. Wenn er sich hängen lässt, wird sie die Überhand gewinnen, ihn ewig mit Enissa erpressen. *Du brauchst einen Plan.*

Felix geht hinein, zum Kleiderschrank, steckt den Schlüssel in die Kassette und nimmt die Pistole heraus.

Eine ČZ 75, 9 mm, Baujahr 99. Klein, leicht, zuverlässig. Er zieht das Magazin aus der Pistole, kontrolliert die Patronen. Die Hand gleitet den Schlitten entlang, das linke Auge schließt sich, die Linse des rechten fokussiert einen Punkt hinter dem Ende des Laufs.

Angeln wäre eine Idee. Laut dem Wetterbericht soll es schön werden. Vielleicht hat Suzuki Zeit. Ein Griff zum Telefon, er setzt sich auf die Couch. Die Finger fahren den Oberarm entlang, kreisen um die Ornamente der Tätowierung, die Hand umschließt ihn, streicht nach unten, bis sie am Handrücken hängenbleibt. An der kaum sichtbaren Narbe, die einmal die Zahl Fünf dargestellt hat.

\*\*\*

Der VW Sharan schiebt sich durch den Nebel. Die Salzach entlang, den Kai hinunter, zwischen den Autos durch. Der Wind hat aufgefrischt, zieht von Süden herein, versucht die Schwaden zu vertreiben. Mit mäßigem Erfolg. Immer wieder taucht ein Auto vor dem Sharan auf, das Blaulicht ignorierend, um gleich wieder hinter ihnen zu verschwinden. Andreas Kollege, der Nowak, hält sich am Griff über dem Autofenster fest, den Blick möglichst nicht nach vorn gerichtet. Es ist die schlechte Sicht, die ihn beunruhigt. Andreas Fuß bleibt am Gaspedal, von Zeit zu Zeit bremst sie auch.

»Wer weiß, was da los ist. Da spinnt sicher nur einer.«

»Ich bin mir da nicht so sicher. Ich habe so ein Gefühl«, antwortet sie lakonisch.

»Kannst du das nicht auch unterdrücken, wie dein Privatleben? Dann kommen wir vielleicht lebend an.«

»Du hast doch nur Schiss, weil du nicht selber fährst.« *Und ich eine Frau bin.* »Sei nicht so ein Weichei. Dann erzähl ichs auch niemandem.«

Der Nowak widmet die Aufmerksamkeit dem Autofenster, schüttelt den Kopf.

*Was weiß er schon von deinem Privatleben?* Nur weil er keins hat?

Mit seinen fünfzig Jahren, der kahlen Birne und dem Bierbauch. Was hat er für eine Ahnung?

Andrea biegt ab, mit Folgetonhorn über die Kreuzung hinter dem Justizgebäude, mit Volldampf die Alpenstraße hinunter. Es ist nicht mehr weit. Nach einem Kilometer rechts in die Akademiestraße, der Sharan lässt den behelfsmäßigen Kreisverkehr unbeachtet, hundert Meter und rechts.

Vier Fahrzeuge der Freiwilligen Feuerwehr stehen vor dem Gebäude der ehemaligen Germanistik, Andrea stellt den Sharan dahinter ab. Sie springt aus dem Wagen, der Kommandant kommt auf sie zu.

Ein Nicken, sie gehen an der Bierbank vorbei, auf der ein paar Sauerstoffflaschen liegen und ein Freiwilliger Aufzeichnungen macht. Daneben eine Stoppuhr, die anzeigt, welche Gruppe sich wie lange im Gebäude aufhält. Drei Männer mit Atemschutzmasken kommen heraus, drei andere nehmen ihnen die Flaschen ab. Der hinter der Bank notiert. Andrea verharrt einen Moment, der Kommandant tippt ihr auf die Schulter. Sie sollen weitergehen. In das Gebäude, den Taschenlampen hinterher.

Sie folgen den Spuren der Verwüstung, ausgeschlagene Türen, zerbrochene Fenster, Männer in Sandgelb mit Gummimasken im künstlichen Nebel. Sie bleiben stehen, halten inne, als Andrea dem Kommandanten hinterher an ihnen vorbeigeht. Ihr blonder Pferdeschwanz und ihre Proportionen sind ein Blickmagnet. Die Uniformhose betont genau das, was sie eigentlich verbergen soll. Im Dienst etwas nachteilig, in der Regel wird Andrea kaum ernst genommen. Da kommt der Nowak ins Spiel. Vor einem bierbäuchigen alten Mann haben die Leute eher Respekt. Das gefällt dem Nowak. Der einzige Moment, in dem sie seine Brust hat anschwellen sehen. Er ist kein Chauvinist, ein zurückhaltender Typ, ein Normalo eben. Unauffällig und durchschnittlich. Die Leistung hangelt ebenfalls am Mittelmaß entlang. Doch ist er ihr Gegenpol, jemand, der ihren Ehrgeiz im Zaum hält. Manchmal ist sie dankbar dafür.

Heute weniger. Bis er Andrea folgt. Dann ist mit der Gafferei normalerweise Schluss. Dann wird sich das Hecheln unter den Atemschutzmasken auf ein normales Maß einstellen.

Sie folgt dem Kommandanten die Treppe hinab, die Baustellenlichter entlang, durch einen Rahmen ohne Tür. Andrea kann außer dem Nebel nichts erkennen. Eine Baustellenlampe steht an der Wand, der Kommandant sagt ihr, dass sie dorthin gehen solle. Vielleicht hat der Nowak recht. Vielleicht sollte sie die

Gefühle unterdrücken, anstatt ihr Leben für eine vage Vorahnung zu gefährden. Es gab keinen Grund, mit Blaulicht und Folgetonhorn in dieser Geschwindigkeit hierherzufahren. Keine Prügelei oder Schießerei, kein Einbruch. Der Nowak wird mindestens einen Kaffee verlangen. Oder eine Jause.

Andrea sieht den Kommandanten an, er drückt den Sprechknopf am Funkgerät, sagt, dass die Feuerwehrleute den Ventilator einschalten sollen. Es dauert keine zehn Sekunden, ein Motor startet, der Rauch beginnt sich aufzulösen.

Wie Watte zieht er durch das Kellerfenster, am Boden zeichnet sich eine Silhouette ab. Ein Mensch in einer Badewanne, umspült von einer braunen Brühe. Beziehungsweise das, was einmal ein Mensch gewesen ist. Eins achtzig groß, achtzig Kilo. Eine Hand hängt über dem Rand, außer den Knien der einzige Körperteil, auf dem sich Haut befindet.

»Rufen Sie den Nowak«, sagt Andrea. Weit entfernt von jeglicher Ruhe. Der Kommandant funkt, eine Minute später nähert sich ein Hecheln. Der Nowak sieht die Leiche, sieht Andrea, sagt: »Sag ich doch, dass wir es nicht eilig haben.« Andreas Blick schneidet ihn fast entzwei, der Nowak macht auf dem Absatz kehrt. »Ich gehe zum Auto. Du wartest hier.«

Ein Nicken, Andrea atmet durch, geht in die Hocke. *Scheiß mich an, wer hat dich so zugerichtet?* Es sieht aus wie verbrannt, die Haut, das Fleisch zerfressen. Dort, wo einmal das Gesicht war, ist nun das Weiß der Knochen. Sie sieht dem Toten in die Augenhöhlen, bedauert ihn einen Moment, sucht ihn ab. Eigentlich Sache des LKA, aber zu aufregend, um sich nicht darum zu kümmern.

Sie steht auf, der Rauch hat sich komplett verzogen. Die rechte Hand. Sie nimmt ihr Mobiltelefon, beugt sich hinab, stellt die Kamerafunktion ein. Ein Augenblick, die Linse stellt scharf, ein Foto. Sie spreizt die Finger am Display, vielleicht bringt das Licht in die Angelegenheit. Die Narbe kommt ihr bekannt vor. Der Nowak schlurft um die Ecke, sagt, er habe die Kollegen verständigt und fragt den Kommandanten, ob jemand den Toten angefasst hätte. Der Mann verneint, der Nowak sagt Andrea, dass sie fahren sollen, die Spurensicherung da sei. Andrea dreht sich um, lässt das Telefon in die Tasche gleiten. *Das musst du klären. Das kann kein Zufall sein. Und hoffentlich nicht deine Befürchtung.*

\*\*\*

Jemand macht sich an der Hand zu schaffen. Eine Berührung. Ein Flüstern. Eine zweite Stimme mischt sich ein. Alles ist fern, unwirklich. Ein Blinzeln gegen das grelle Licht, die Lider gegeneinandergepresst, die Augen öffnen sich. Ein Stich, der den Kopf durchfährt, die Pupillen werden enger, verschwinden hinter den Lidern. Das Flüstern wird unruhig, die Berührung fester. Der Herzschlag beschleunigt, Adrenalin durchfließt die Adern. Darius spannt alles an, streckt die Gliedmaßen, die Hände sollen verschwinden. Hektische Bewegungen neben ihm. Jeweils eine Hand drückt seine Schultern nach unten. Er reißt die Arme nach oben, zieht den Kopf nach vorne und dreht sich auf die Seite. Schreie, die Aufmerksamkeit verlangen. Sein Nachname, sein Vorname. Jemand packt ihn, Darius befreit sich, geht einen Schritt vor, reißt die Augen auf, blinzelt gegen den Schmerz. Mehrere Schatten stehen um ihn herum, er läuft einen Meter, ein dumpfer Laut, dann zieht ein Stich durch das Knie. Er schreit, die Lippen bleiben aneinander kleben, der Mund die Sahara.

Darius dreht sich um, geht auf eine Silhouette zu. Der Umriss weicht zurück, ruft etwas. Schritte, die sich hastig entfernen, eine Tür fällt ins Schloss. Er prügelt Schimpfwörter in den Raum, wartet, dreht sich im Kreis. Die Arme vor dem Körper, bereit zuzupacken. Nichts. Außer Brennen in den Augen und dem Widerhall der eigenen Rufe. Das Pochen im Knie wird stärker, er tastet den Raum ab. Vor sich, hinter sich. Eine Matratze, ein frisches Laken. Darius setzt sich auf die Kante, fährt über das Knie, zuckt beim Kontakt. Er streckt das Bein aus, zieht es zurück, hechelt, massiert sich das Gelenk. Ein Augenblick der Ruhe. Er muss weg von hier. Was immer hier passiert, wo dieses *Hier* auch sein mag. Die Hände streichen den Körper hinab. Kein T-Shirt, keine Hose, nur Boxershorts. Er steht auf, humpelt an der Wand entlang. Bis er eine Türklinke zu fassen bekommt. Er reißt daran, keine Regung. Es muss einen Ausgang geben. *Was würdest du für das Gefühl geben, das du gerade noch hattest, um das du eben betrogen wurdest.* Vielleicht soll er nicht glücklich sein, vielleicht ist es anderen bestimmt. Nur nicht ihm. Es war zum Greifen nah.

Tränen steigen ihm in die Augen, er lehnt sich gegen die Wand, lässt sich hinabsinken. Die Hand vor der Stirn, an den Beinen, die er eng an den Körper gezogen hält. Ein Schlüssel, der sich im Schloss dreht. Darius fährt mit den Fingerknöcheln über die Lider, schnieft die Flüssigkeit in die Nase, stemmt sich an der Wand hoch. Er wischt die Feuchtigkeit vom Handrücken, fährt mit der Rechten über das Auge.

Die Narbe glänzt unter den Tränen.

Ein Mann betritt den Raum. Aufrechte Haltung, schwarz gekleidet, die Schultern hat er nach hinten gezogen. Behutsam nähert er sich, die Hände hält er wie ein Cowboy am Körper. Darius weicht zurück, tastet die Wand entlang, atmet gegen das Gefühl, das ihn zu kontrollieren droht. Ein Gegenstand presst sich an die Finger. Kalt, metallisch, einen halben Meter lang.

»Ich würde das an deiner Stelle sein lassen.« Der schwarze Mann. Monotone Stimme, mit einem Brocken Überheblichkeit.

Darius umklammert den Feuerlöscher, hält ihn vor den Körper. Wenn er näher kommt, macht er damit Bekanntschaft. Dann wird er sehen, mit wem er es zu tun hat.

Der Mann lässt sich nicht beirren, setzt den Schritt fort. Darius' Atem wird schneller, das Herz springt aus der Brust. Er nimmt den Feuerlöscher und wirft. Der Augenblick dehnt sich zur Unendlichkeit. Der Blick folgt dem Rot, das mit einem hohlen Klang auf dem Boden aufschlägt. Der Kopf des Mannes senkt sich, ein Lachen, blechern, spaßbefreit.

»Dann bin wohl ich an der Reihe«, sagt der Mann, fährt einen Totschläger aus.

## Der Autor

*Wolfgang Haupt* lebt und arbeitet in Salzburg. Auf seinem Weg von der Sprachwissenschaft, über Kommunikationswissenschaft und Anglistik bis hin zur Informatik hat sich der Blick auf und vor allem in die Menschen als spannendster Antrieb erwiesen. Reisen und das Interesse an fremden Kulturen und Sprachen haben in seinem Leben einen großen Stellenwert.